I0719980

Un péché d'amour

Danielle Paquette-Harvey

1984 —

Ce document est une œuvre de fiction. Les noms, personnages, lieux et incidents sont le fruit de l'imagination de l'auteur ou sont utilisés de manière fictive. Toute ressemblance avec des personnes réelles, vivantes ou décédées, des événements ou des lieux est entièrement fortuite.

Copyright © Danielle Paquette-Harvey, 2022

Tous droits réservés. Aucune partie de ce livre ne peut être reproduite sous quelque forme que ce soit, par un moyen électronique ou mécanique, y compris les systèmes de stockage et d'extraction de l'information, sans l'autorisation écrite de l'éditeur, sauf par un critique qui peut en citer de brefs passages dans une critique.

Couverture par Jennifer Givner

ISBN 978-1-7388313-4-0 (livre de poche)

Première édition : Août 2022

Publié par : Danielle Paquette-Harvey

http://daniellephauthor.com

https://www.instagram.com/daniellephauthor

Inscrivez-vous à ma liste de diffusion pour ne rien manquer !

daniellephauthor.com

Suivez-moi
- Facebook : Danielle Paquette-Harvey, auteur
- Instagram : daniellephauthor

Autres livres par l'auteure

Tous mes livres sont disponibles sur Amazon, dans la plupart des librairies Barn & Nobles, et dans d'autres bonnes librairies.

Préquelle à cette série

- La prophétie
ISBN 978-1-7775721-9-8

Origines

- Les guardiens de la déesse ISBN 9798393774363

Série Âme sœur du désir

1. Ennemis Ancestraux ISBN 978-1-7782178-0-7

2.   Un péché d'amour ISBN 978-1-7775721-5-0

3.   Déchu ISBN 978-1-7782178-9-0

Série Sang et baisers

1.   Roi maudit — bientôt disponible

Y'vagroth
Sanctuaire Naïad
Terres des Elfes
de la lune
Ca.
Montréal
Meute Leila
Fleuve St-Laurent
Meute Sam
Lac Dormant
Ruines
Ancienne meute
Sépulcre Eurynomos

Sanctuaire
Déesse de la Lune
Delos
Bosquet sacré
des nymphes Melian
Vallée de Nysa
Château des vampires
Chalet

Ladon — Le dragon légendaire

Fait par le merveilleux Charles M. Allen

@c.m_allen

Danielle Paquette-Harvey

Un péché d'amour

Avertissement

Ce livre contient des expressions québécoises. Il a été traduit au Québec. Il est possible que certaines expressions soient un peu différentes qu'en France.

Bonne lecture !

Prologue (Eurynomos)

J'ai fixé le Styx pendant un moment, regardant les âmes tourmentées monter sur le traversier, traversant la rivière noire et boueuse. Le son de leurs lamentations était de la musique à mes oreilles. Traverser le fleuve était le seul moyen pour les âmes maudites d'atteindre les enfers. Charon, ce vieux squelette décharné, était le passeur. Il supervisait la traversée des âmes, mais s'assurait aussi qu'elles payaient le prix. Certaines d'entre elles essayaient de traverser la rivière à la nage, mais mouraient dans ses eaux empoisonnées. J'adorais la façon dont les âmes qui n'avaient pas de pièce pour payer devaient errer sur les rives pendant cent ans. Leur désespoir et leur agonie dus à l'attente étaient délicieux à regarder. Ce qui était encore mieux, c'est qu'à la fin de cette attente, leur tourment et leur punition ne faisaient que commencer. Je m'en réjouissais avec plaisir.

Le bruit des enclumes m'a sorti de mes pensées. Je me suis retourné pour regarder mes ouvriers. Les orcs forgeaient des armes, frappant le métal avec leurs lourds marteaux, la sueur dégoulinant sur leurs fronts. Les étincelles du métal contre métal éclairaient la sombre grotte du Tartare. Un peu plus loin, d'autres ouvriers versaient du métal liquide dans des moules à mains nues, en guise de punition pour de plus grands péchés. L'air était chaud, et l'odeur des cendres était omniprésente.

J'ai regardé mon portail magique, qui se trouvait non loin devant moi. Les piliers de bronze du portail étaient fermement ancrés dans le sol. L'intérieur du portail ressemblait à de la lave en fusion, rougeoyante. Des visages hurlants apparaissaient et disparaissaient aléatoirement, alors que des âmes perdues tentaient de le traverser pour fuir les Enfers sans y parvenir. Même si le portail semblait ouvert, je savais qu'il était scellé. Personne ne pouvait entrer ou sortir. La misérable déesse de la lune s'en était assurée il y a longtemps.

J'avais hâte d'ouvrir ce maudit portail ! Des gobelins sorciers y lançaient leur magie sans relâche, essayant de l'ouvrir pour que notre armée puisse passer dans le monde des vivants. Cela avait déjà commencé, lentement, je pouvais voir le sceau de la porte s'affaiblir. Bientôt, mon armée serait en mesure de dévaster le monde des vivants. Ils prépareraient tout pour ma venue. Après tout, je ne devrais pas tarder à les rejoindre. Quand cela arrivera, je régnerai sur tout !

J'ai regardé mon armée se préparer pour la
guerre. La force brute du corps de cheval du
centaure était suffisamment puissante pour qu'ils
n'aient besoin de rien d'autre que d'une lance.
Les harpies plongeaient et exerçaient leurs serres
acérées sur les gobelins qui étaient trop fatigués
pour fuir. Ces créatures rapides étaient
particulièrement vicieuses, cruelles et violentes
avec leurs victimes. J'aimais la façon dont elles
torturaient les gens lorsqu'elles les amenaient au
Tartare.

Mes orcs seraient bientôt armés et blindés, et les
gobelins préparaient leur arsenal de bombes et de
machines volantes. Mon armée s'étendait à perte
de vue. Sans même compter les démons inférieurs.
Ils étaient prêts à tout pour essayer de gagner une
place plus élevée dans les rangs. Même si cette
misérable garce avait scellé une partie de mon
pouvoir, avec une force aussi puissante, rien ne
pourra m'arrêter !

Chapitre 1 (Will)

Luna

Je me suis regardé dans le miroir en plaçant mes cheveux. J'ai vérifié que ma chemise était correctement boutonnée. Aujourd'hui était un jour important et je voulais être à la hauteur. C'était le jour où j'allais présenter ma Luna à la meute. Je me sentais nerveux et excité en même temps.

J'avais essayé de repousser ce moment autant que je le pouvais. J'espérais trouver mon âme sœur. Beaucoup de loups n'avaient toujours pas trouvé leur compagne à vingt-trois ans, mais j'espérais toujours la trouver. J'étais l'Alpha depuis deux ans déjà. C'était mon devoir de prendre soin de la meute. Les responsabilités étaient grandes et il

était temps que je choisisse une Luna pour
m'aider.

Ces dernières semaines, la pression des conseillers
de la meute a augmenté de plus belle. Ils ont
commencé à parler de me faire rencontrer toutes
les louves qu'ils pouvaient trouver. Ils ont essayé
de m'organiser des rendez-vous auxquels je ne
voulais pas aller. Ils ont essayé de me présenter de
jeunes femmes, en espérant que je tombe
amoureux. C'était inutile et ennuyeux. Avant
qu'ils n'aillent plus loin, je leur ai dit que j'avais
trouvé une Luna. Ce n'était pas vrai. Je leur ai
juste dit ça pour qu'ils me lâchent. Ils étaient ravis
d'apprendre que j'avais une compagne et avaient
hâte de la rencontrer !

J'ai secrètement commencé à chercher qui ferait
une bonne Luna. Je n'avais que quelques jours
pour le faire. J'ai eu quelques rendez-vous dans le
passé. J'aimais avoir une femme dans mes bras, je
les trouvais délicieusement parfaites. Mais je n'ai
jamais vraiment trouvé quelqu'un avec qui je
serais prêt à passer ma vie.

La femme que je choisirais ne serait pas seulement
ma Luna, mais aussi ma compagne. Même si ce
n'était pas mon âme sœur, les loups-garous
s'accouplaient généralement pour la vie. Elle
devrait être mon tout. Je voulais vraiment choisir
la bonne femme. C'était difficile…

Ma sœur a eu plus de chance. Elle a trouvé son âme sœur il y a deux ans. C'était le compagnon le plus inattendu qui soit ! Qui aurait cru qu'elle serait en couple avec un vampire ? Il a fallu du temps pour l'accepter. Finalement, tout le monde s'y est fait. Même moi… Damien était un bon gars ; il était un bon compagnon pour Kate. Ils étaient tellement amoureux qu'on sentait que rien ne pouvait les séparer ! C'était le lien que j'avais espéré trouver. Cet amour inconditionnel, un lien indestructible, décidé par la Déesse de la Lune elle-même.

Aujourd'hui, Kate est devenue la reine des vampires. Damien est devenu le Seigneur des vampires peu après que son père ait été tué par de viles succubes. Elle est allée vivre avec lui au château des vampires. En fait, c'est comme ça que je suis devenu le prochain en ligne pour devenir l'Alpha. Kate était censée être l'Alpha de la meute, puisqu'elle est plus âgée que moi de deux ans. J'ai toujours pensé que j'avais le temps de trouver ma compagne, puisque j'étais destiné à être un Beta de confiance, défenseur de la meute et chef de la force d'attaque. Mais lorsqu'elle est devenue la reine des vampires, j'ai soudainement été le prochain en lice pour devenir le prochain Alpha.

Toutefois, mon père était l'Alpha, jusqu'à ce que… Le jour du mariage de Kate, mon père est mystérieusement tombé malade. Nous étions tous en train de profiter du moment. Vampires et loups-garous unis pour célébrer un amour que tout le monde pensait impossible. Des ennemis ancestraux faisant la paix et s'acceptant mutuellement.

Tout se passait bien quand soudain, ma plus jeune sœur, Bianca, s'est levée de son siège pour nous avertir qu'Eurynomos essayait d'ouvrir une porte pour entrer dans notre monde. Ce misérable démon ! Nous étions tous choqués par ce qu'elle nous avait dit. Soudain, mon père, Sam, est tombé au sol. C'était un Alpha fort et il n'était pas encore vieux. Il était en bonne santé, donc c'était vraiment une surprise pour tout le monde. Nous nous sommes précipités vers lui pendant que ma mère criait. Personne n'a pu le réveiller. Steven et moi, nous l'avons ramené à la maison dans nos bras. Ma mère a appelé tous les sorciers et médecins de toutes les meutes de loups et du royaume des vampires. Nous avons même essayé d'appeler des médecins humains. Hélas ! Deux ans ont passé, et il repose toujours dans son lit. Nous n'avons pas réussi à le guérir ou à le réveiller. J'ai été déclaré l'Alpha de la meute un mois après le mariage de Kate.

J'ai sursauté quand quelqu'un a frappé à la porte. Je n'avais pas réalisé que j'étais si profondément perdu dans mes pensées. J'ai ouvert la porte et j'ai vu Bianca. Elle avait ses longs cheveux blonds presque blancs tressés sur le côté. Ses yeux d'un bleu glacé profond me fixaient avec affection.

« Te voilà », dit-elle en souriant, les bras ouverts.

Elle m'a serré fort dans ses bras, et ça m'a fait chaud au cœur. J'aimais beaucoup ma petite sœur.

« Tu sais que c'est presque l'heure, n'est-ce pas ? Es-tu prêt ? »

J'ai regardé ma montre. Comment le temps avait-il pu passer si vite sans que je m'en aperçoive ? J'ai souri, gêné, en me frottant l'arrière de la tête.

« Merci de me le faire savoir, sœurette. Je ne voudrais pas être en retard. »

Bianca a gloussé.

« Surtout que c'est toi qui fais la grande annonce, idiot ! »

Je lui ai répondu en gloussant.

« Oui, je suppose que tu as raison. Est-ce que maman est déjà là ? »

Elle a secoué la tête.

« Je vais aller la chercher, alors », ai-je répondu.

Bianca a hoché la tête, « OK, je t'attends avec les autres. »

J'ai serré ma sœur dans mes bras et je l'ai regardée partir, sa longue robe verte épousant ses courbes féminines. Je devais me rappeler que ma jeune sœur avait maintenant vingt-deux ans, elle n'était plus une enfant. Elle avait aussi trouvé son âme sœur, notre cousin Steven. Ce fut une surprise pour tout le monde. Mais nous avons découvert que Bianca ne partage pas les mêmes gènes que nous. Nous avons découvert qu'elle est la fille de la Déesse de la Lune. Elle a certains des pouvoirs de la déesse en elle. Elle a même ramené Damien à la vie pendant la guerre ! C'était incroyable à voir ! Je me demandais quels autres pouvoirs se cachaient en elle. Je suppose qu'elle ne le savait pas elle-même.

J'ai marché jusqu'à la chambre de mes parents. La pièce était silencieuse et faiblement éclairée. Comme d'habitude, ma mère était au chevet de mon père, en train de lire un livre. Elle ne sortait presque plus. Elle passait ses journées à veiller sur mon père. Mes parents étaient des âmes sœurs. Depuis que mon père est tombé malade, ma mère veille sur lui. Je pouvais voir à quel point elle l'aimait. J'ai toujours pensé que c'était génial qu'elle puisse sentir le lien d'âme sœur, même si ma mère était humaine et mon père un loup-garou.

J'ai regardé mon père, allongé dans son lit. Il était devenu si mince. Il n'était plus que l'ombre de l'homme qui m'a élevé. C'était un loup fort, respecté de tous. Il pouvait combattre tous ceux qui osaient le défier. Sa peau était maintenant blanche, on pouvait presque voir à travers. Il avait perdu tellement de muscles qu'on pouvait voir la forme de ses os à travers sa peau. Le voir comme ça me remplissait de tristesse. Je devais me rappeler que nous faisions tout ce que nous pouvions pour le guérir, même si personne ne semblait savoir de quel mal il souffrait.

J'ai regardé ma mère, toujours aussi belle après toutes ces années. Quelques rides ici et là commençaient à apparaître. Elle était une mère dévouée et une femme aimante. J'espérais seulement avoir la chance d'avoir une partenaire qui m'aimerait autant.

Ma mère était si concentrée dans son livre qu'elle n'a même pas remarqué mon entrée. Elle aimait les romans d'amour avec des loups-garous et les lisait tout le temps. Peut-être que c'était parce qu'elle savait que les loups-garous étaient réels. Peut-être parce qu'à sa façon, elle avait vécu sa propre romance de loup-garou quand elle a rencontré mon père.

Je me suis approché d'elle et j'ai posé mes mains doucement sur ses épaules, par-derrière. Elle a sursauté à mon contact et a levé les yeux, puis s'est calmée et a souri en réalisant que c'était moi.

Elle m'a grondé. « Oh Will! Ne me fais pas peur comme ça ! »

J'ai ri un peu, car je savais qu'elle n'était pas vraiment en colère.

« C'est l'heure », lui ai-je dit doucement.

Ma mère s'est levée et a pris mes mains dans les siennes. Elles étaient chaudes et fortes. Elle m'a regardé dans les yeux, même si elle était une tête plus petite que moi. Ses yeux noisette étaient remplis d'inquiétudes.

« Es-tu certain de faire le bon choix ? » demanda-t-elle anxieusement.

J'étais peut-être un adulte, mais les mères s'inquiétaient toujours. J'ai souri de façon rassurante et j'ai hoché la tête.

« Jane est l'une de mes meilleures amies. Nous avons grandi ensemble et nous sommes très proches. C'est ma confidente. Je sais qu'elle fera une bonne Luna. »

Ma mère a secoué la tête.

« Mais une amie n'est pas la même chose qu'une compagne. Elle est peut-être ta meilleure amie, mais elle n'est pas ton amoureuse. »

J'ai soupiré. Elle avait raison. Mais Jane était la personne la plus proche d'une amoureuse que j'avais. Je me souciais de ses opinions. Je m'assurais qu'elle allait bien et j'aimais passer du temps avec elle. Je la connaissais depuis que j'étais enfant. Elle était ma meilleure amie. Maintenant que je devais choisir une Luna, je me suis dit qu'il n'y avait qu'un petit pas à franchir pour passer de meilleure amie à amante.

« Tu sais que j'ai besoin d'une Luna. Et ce n'est pas comme si je pouvais me permettre d'attendre éternellement pour trouver mon âme sœur. Jane fera une excellente compagne pour moi. J'ai vu son âme, elle est pure et douce. »

Quand je suis devenu l'Alpha, je suis allé voir Ayanna, la reine nymphe Melian. Comme elle l'a fait pour tous nos Alphas précédents, elle a aidé à réveiller mon pouvoir intérieur. Il semble que j'ai le pouvoir de voir la couleur de l'âme des gens. Savoir s'ils sont bons ou mauvais, forts ou faibles, juste en les regardant, en jugeant de la couleur et de la taille de leurs âmes.

Sarah a hoché la tête.

« Si c'est ce que ton cœur désire », a-t-elle simplement dit.

« Ça l'est, s'il te plaît, ne t'inquiète pas pour moi, maman. »

Nous avons marché ensemble, bras dessus, bras dessous, jusqu'à l'entrée de la maison de la meute. Tous les membres de la meute, qu'ils soient loups ou humains, étaient déjà là. Même ma sœur Kate et son compagnon Damien ont volé du château des vampires pour être là. Ils regardaient, au premier rang, en souriant.

Tout le monde a arrêté de parler quand je suis arrivé. Un Alpha était respecté, et personne n'osait parler à moins que je ne le leur dise. J'étais heureux que ma présence soit tenue en respect par la meute. J'ai fait signe à ma mère d'aller à l'avant.

Elle a fait quelques pas de plus et a commencé à parler.

« Mes très chers amis, aujourd'hui, nous célébrons l'union de deux personnes très importantes. C'est le jour que vous attendiez. Le jour où mon fils, Will, votre Alpha, a enfin trouvé sa compagne. »

Les gens ont commencé à applaudir dans la foule, obligeant ma mère à arrêter de parler et à attendre. J'ai souri ; j'étais heureux d'être aimé par ma meute. Je croyais qu'il fallait s'entraider et obtenir leur confiance et leur amitié, plutôt que de gouverner par la peur et la force.

Ma mère semblait si calme devant tout le monde, maîtrisant la situation. Elle avait l'habitude de faire des discours. Elle avait été la Luna pendant de nombreuses années, aux côtés de mon père. Le fait qu'elle soit humaine ne semblait pas la déranger du tout.

Mais moi ? Je pouvais sembler calme à l'extérieur, mais à l'intérieur rageait une tempête. Était-ce le bon choix ? Aurais-je dû attendre mon âme sœur ? Allais-je le regretter ? Tant de questions !

Après quelques secondes, la foule est redevenue silencieuse. Ma mère m'a donné le signal. C'était le moment.

J'ai ouvert la porte de la maison de la meute. Elle était là, à m'attendre.

Jane était plus jolie que jamais. Ses cheveux roux bouclés tombaient sur ses épaules. Elle portait une robe courte et moulante de couleur pêche. La même qu'elle portait le soir de notre bal de finissants. Elle n'avait pas de bijoux extravagants, elle n'en avait pas besoin non plus. Elle était belle comme elle était. Elle m'a regardé, nerveuse.

Soudain, tous mes doutes ont disparu. Elle n'était peut-être pas mon âme sœur, mais elle sera une compagne formidable pour moi. Même si elle n'était qu'un simple loup de la meute. Je ne me suis jamais vraiment soucié des titres de toute façon. C'était une amie digne de confiance, une femme honnête, la plus douce que je connaisse.

Je lui ai souri en attrapant sa main et en lui murmurant : « Ça va aller ».

Elle m'a souri en retour ; son niveau de stress a semblé baisser un peu.

Ensemble, nous sommes arrivés devant tout le monde. J'ai annoncé d'une voix forte. « Je vous présente, votre Luna, Jane. »

La foule acclama et applaudit. Certains ont jeté des feuilles et des fleurs en l'air, pour porter chance. Je me sentais si fier d'être là, avec Jane à mes côtés.

Les gens ont fait de la place pour les parents de Jane, qui s'approchaient. Comme leur fille était maintenant la Luna de la meute, ils montaient eux aussi en grade. Ils ont pris leur fille dans leurs bras, puis sont passés derrière nous, à côté de ma mère.

Tout le monde avait les yeux rivés sur nous. Je savais ce qu'il fallait faire ensuite. Je devais la marquer. Cette marque durerait pour toujours. Une marque pour que tous les loups sachent qu'elle était à moi. C'était très intime et important. C'était la tradition de le faire quand la louve devenait la Luna si ce n'était pas déjà fait avant.

Je me suis approché de Jane. Elle s'est penchée vers moi, présentant son cou, fermant les yeux. Je sentais la douce odeur de sa peau. Elle avait mis du parfum et sentait les fleurs. J'ai laissé mes lèvres effleurer sa peau, ce qui lui a valu un petit gémissement lorsque j'ai passé l'endroit où le cou rencontre l'épaule. C'est là que je devais la marquer pour qu'elle soit à moi.

Je voulais vraiment le faire, mais je n'arrivais pas à faire pousser mes dents. Mon loup ne voulait pas sortir. Je ne ressentais pas l'envie de la mordre, et je ne comprenais pas pourquoi. Mais je ne voulais pas me forcer à le faire. Si mon loup n'était pas prêt, alors j'attendrais qu'il le soit. En même temps, je ne pouvais pas partir comme ça. Je sentais le poids du regard de tout le monde sur mon dos. Ils ne seraient pas heureux si je ne la marquais pas et ne pourraient pas l'accepter comme leur Luna autrement.

Je me suis contenté de la seconde meilleure solution. J'ai décidé de la mordre, avec mes dents d'humain. Je n'ai pas percé la peau comme je l'aurais fait avec mes dents de loup-garou. Ça ne laissait pas de marque permanente comme avec mes dents de loup-garou. Mais cela a eu l'effet désiré ; Jane a haleté en s'agrippant à son bras pendant que je la mordais et que je faisais un suçon dans son cou. J'ai continué pendant quelques secondes, pendant que tout le monde applaudissait, avant de relâcher son cou. J'ai souri en voyant le suçon rouge sur sa peau blanche.

Les conseillers de la meute avaient un air tendu sur leurs visages. Ils savaient que je ne l'avais pas mordue. Je ne pouvais pas les tromper. Ils étaient assez proches pour voir, ainsi que les parents de

Jane, et ma mère. Ils ont gardé un visage
impassible, ne montrant rien. La foule était assez
loin. Ils ont été trompés et ont pensé que je l'avais
mordue. C'était exactement ce dont j'avais
besoin : que tous les membres de la meute
considèrent Jane comme leur Luna et lui fassent
confiance. Le fait que je ne l'ai pas marquée ne
changeait rien pour moi. Elle était ma Luna, et je
voulais que tout le monde la respecte.

J'ai regardé dans les yeux de Jane. Elle avait un
regard d'incompréhension totale. Elle savait très
bien que je ne l'avais pas mordue. Je ne voulais
pas qu'elle dise quoi que ce soit, ni que la foule
voie l'expression de son visage. J'ai attrapé son
menton avec ma main et j'ai amené ses lèvres aux
miennes. Nous avons partagé un baiser passionné,
nos langues dansant ensemble. Je l'ai serrée contre
moi avec mon autre main, tandis qu'elle
s'accrochait à mes épaules. Mon cœur s'est
emballé.

Quand on a rompu le baiser, je lui ai murmuré :
« Je t'aime. »

Elle a souri en répondant : « Je t'aime aussi. »

C'était généralement la tradition pour la nouvelle
Luna de rencontrer tout le monde. Je ne voulais
pas prendre le risque que quelqu'un dans la foule
remarque qu'il n'y avait pas de marque sur son

cou, alors nous sommes retournés à l'intérieur de la maison de la meute immédiatement après. Les conseillers de la meute ont trouvé une raison pour expliquer que nous n'allions pas rencontrer tout le monde, en disant que nous étions occupés à nous préparer à nous défendre contre Eurynomos.

La porte s'est refermée après que les conseillers et nos parents soient entrés dans la maison de la meute. Après avoir vérifié qu'il n'y avait pas d'oreilles indiscrètes, les conseillers ont clairement indiqué qu'ils n'étaient pas contents que je ne marque pas ma compagne.

L'un des conseillers a pris la parole en premier.

« Pourquoi ne l'avez-vous pas marquée ? »

Ils n'ont même pas attendu mes réponses, ils ont tous commencé à crier des questions.

« Que vont penser les gens ? »

« Est-ce que tu l'aimes ? »

« Et si le peuple le découvre ? »

J'étais ennuyé par leurs questions. Ils n'avaient pas à savoir. C'était mon seul choix.

« Ce ne sont pas vos affaires. »

« Mais c'est la tradition », poursuivit un autre.

Je leur ai crié dessus, « En tant qu'Alpha, je prends mes propres décisions. »

Ils ont fait un pas en arrière.

Jane a commencé, avec une petite voix, « Mais Will… »

Je pouvais sentir qu'elle était nerveuse de demander, et je ne voulais pas en parler devant tout le monde. Je ne l'ai pas laissée finir sa phrase. J'ai baissé le ton, je savais que j'avais été dur avec les conseillers. Mais elle était ma Luna ; je voulais être gentil avec elle, comme elle le méritait et comme son compagnon devait l'être.

« Pas ici Jane, viens », lui ai-je dit doucement en passant mon pouce sur le dessus de sa main.

Les conseillers ont commencé à protester, « Mais, »

Je me suis tourné vers eux et j'ai dit d'un ton dur : « Je ne veux plus rien entendre. »

Cela étant dit, j'ai gentiment pris Jane par la main et l'ai conduite à ma chambre… Enfin, notre chambre. Elle était au fond de la maison de la meute, au deuxième étage. C'était la plus grande pièce de la maison. Elle était modestement décorée. Je n'aimais pas les choses luxueuses, les diamants ou ce qui brille. Nous avions un grand lit confortable et un petit foyer. Nous n'avions besoin de rien de plus pour être heureux. Du moins, c'est ce que je pensais.

Je me suis souvenu que Jane aimait les lys, alors j'avais demandé à Bianca et Steven de prendre quelques bouquets et de les mettre dans ma chambre. Ils ont un peu exagéré et ma chambre était maintenant pleine de bouquets de lys. Toutes les tables et les commodes en avaient un. On pouvait même sentir les fleurs sans ouvrir la porte.

D'un côté de la pièce se trouvaient les affaires de Jane. Ses parents avaient apporté ses affaires plus tôt afin qu'elle ait tout ce dont elle avait besoin pour s'installer dans sa nouvelle maison.

Jane a sursauté en entrant dans la pièce.

« Oh wow ! Tu t'es souvenu que j'aime les fleurs ! »

Je lui ai souri.

« Bien sûr que je m'en suis souvenu ! Tu les aimes depuis que tu es petite. Je voulais que tu sois heureuse, que tu te sentes bien accueillie dans ta nouvelle maison. »

J'ai pris un des lys blancs et le lui ai offert. Elle a gloussé en le prenant.

« Comme quand j'ai eu sept ans. »

J'ai ri, « Oui, tu te souviens ! »

« Bien sûr, que oui ! C'était mon anniversaire et tu m'as offert un lys. C'était la première fois que quelqu'un m'offrait une fleur. Ça rendait la chose beaucoup plus spéciale. »

« Eh bien, aujourd'hui, c'est le début d'un nouveau départ pour nous, donc c'est spécial aussi. »

« Oui, tu as raison », a-t-elle répondu avec un grand sourire. Elle avait l'air vraiment heureuse.

Elle est entrée dans la pièce et a tout regardé. Ouvrant les tiroirs, les placards. Apprenant à connaître la pièce, que nous partagions maintenant.

Quand elle a été assez satisfaite, elle s'est assise sur le lit et m'a regardé.

« Alors… pourquoi ne m'as-tu pas marqué ? Ne m'aimes-tu pas ? »

Je pouvais voir qu'elle était inquiète. Je me suis assis à côté d'elle sur le lit.

« Je n'étais pas prêt à te marquer. Mon loup n'était pas prêt. J'ai besoin d'un peu plus de temps, pour que notre relation devienne plus profonde. Je pense que mon loup a encore besoin de s'adapter à tout ce qui se passe. »

Elle a secoué la tête.

« Tu sais que ton loup serait prêt plus vite si tu me marquais, et qu'il pouvait rencontrer ma louve. »

« Tu sais que nos loups se sont déjà rencontrés, Jane. »

Elle a hoché la tête.

Quelques années auparavant, lors d'une soirée entre amis, nous avions tous les deux un peu trop bu. Nous avons couru ensemble dans les bois, loin des autres, et avons commencé à nous embrasser. À ce moment-là, j'ai vu une lueur dorée dans ses yeux, et j'ai su que c'était sa louve qui venait à la rencontre du mien. Je sentais que mon loup voulait la rencontrer, alors je l'ai laissé prendre le devant dans mon esprit et l'accueillir. Tous les deux se sont regardés, ont appris à se connaître, pendant que nous faisions l'amour. C'était un sentiment intense et je m'en souviens encore aujourd'hui. Tout semblait si réel, mes instincts d'animal prenant le contrôle de mon corps et exacerbant mes sens.

Pourtant, à ce jour, je n'ai pas ressenti la même chose avec quelqu'un. Mon loup n'a pas voulu sortir pour rencontrer une autre fille. Je n'ai pas ressenti l'envie de marquer quelqu'un.

« Tu dois me croire quand je dis que je t'aime, Jane. Mais pour l'instant, je ne suis pas prêt à te marquer. »

Jane a soupiré en posant sa tête sur mon épaule.

« Mais tu sais que tu devras me marquer si on veut avoir des petits un jour. »

J'ai haussé les épaules. Je savais qu'elle avait raison, je devais la mordre, pour qu'elle soit en chaleur. Mais je n'étais pas pressé d'avoir des petits.

« Es-tu si impatiente d'en avoir ? »

Elle a relevé la tête et m'a regardé dans les yeux, ses yeux verts m'étudiant pendant qu'elle réfléchissait.

« Pas tant que ça, mais… en même temps, tu es l'Alpha. Et l'Alpha a besoin d'avoir des descendants pour lui succéder à la tête de la meute. »

J'ai soupiré. Il y avait tellement de responsabilités liées au fait d'être Alpha. J'ai toujours fait de mon mieux pour respecter toutes les traditions et les devoirs qui m'incombent. C'était quelque chose que je considérais comme très important. Mais avoir des petits n'était pas un *devoir*. Je refusais de le voir comme ça. Je voulais avoir des petits un jour, ma propre famille, et regarder mes enfants rire et courir dans la maison. Mais je voulais attendre d'être prêt, je voulais en avoir parce que

nous le voulions, et par amour, pas par
responsabilités.

J'ai haussé les épaules, « ce n'est pas comme si
j'allais mourir bientôt. Nous avons le temps de
faire des petits. »

Elle n'a pas semblé satisfaite de ma réponse et a
légèrement retroussé ses lèvres, mais elle a
répondu : « Je suppose. »

Je pouvais sentir qu'elle avait de grands
sentiments pour moi. Je savais que je l'aimais,
mais je ne savais pas si je pouvais lui rendre des
sentiments aussi forts que ceux qu'elle avait pour
moi. J'avais l'impression qu'il manquait quelque
chose. Mais je n'arrivais pas à mettre le doigt sur
quoi. Je me demandais si mon loup n'avait pas
besoin d'un peu de temps pour s'adapter. J'étais
sûr que nos deux loups s'adapteraient l'un à
l'autre.

En attendant, je voulais vraiment que Jane soit
heureuse, et je voulais vraiment essayer de faire en
sorte que ça marche.

Je l'ai serrée dans mes bras, sentant son cœur
battre contre le mien, lui murmurant à l'oreille.

« Jane, tu es ma meilleure amie. Nous nous
connaissons depuis si longtemps. S'il te plaît,
donne-moi un peu de temps. Je te jure que je serai
là pour toi. »

Elle s'est détendue dans mes bras, ne répondant à rien, profitant simplement du moment.

Je l'ai embrassée tendrement. C'était encore l'après-midi et nous avions encore beaucoup de temps avant notre lune de miel. Et même si je ne l'avais pas marqué, j'avais l'intention de prendre soin d'elle. J'avais vraiment hâte à ce soir. J'aurais aimé rester au lit avec elle toute la journée et lui donner tout ce que je suis, mais j'ai pensé qu'elle voudrait probablement visiter sa nouvelle maison.

« Et si je te faisais visiter les lieux, en attendant que la nuit vienne ? »

Elle a souri, sachant très bien ce que je voulais dire.

« C'est une excellente idée. »

Chapitre 2 (Bianca)

Angelus Hyssopus

Eh bien, cet après-midi ne s'est pas passé exactement comme je l'avais prévu ! Je savais que Jane était la Luna choisie par mon frère, mais je m'attendais à ce qu'il respecte la tradition et la marque. Il a généralement un sens aigu du devoir. Je me demandais pourquoi il ne l'avait pas fait… J'avais confiance en mon frère, il devait avoir ses raisons de ne pas le faire. Je suppose que je devrai lui demander quand j'en aurai l'occasion.

Pour l'instant, j'avais d'autres choses à régler. Ma principale préoccupation était de trouver un moyen de briser cette stupide malédiction qui me liait à ce misérable démon. J'étais tellement fatiguée de

regarder et d'entendre Eurynomos tout le temps !
Au moins, je me consolais du fait que ça avait
l'avantage de me tenir au courant de l'avancement
de ses plans. Et d'après ce que j'en ai vu, c'était
assez effrayant. J'espérais de tout cœur qu'il ne
réussirait pas.

« Bianca ? »

Je me suis retourné pour voir ma sœur Kate,
souriante. Ses yeux noisette semblaient briller, et
ses cheveux bruns étaient tressés, laissant
apparaître ses boucles d'oreilles émeraude. Elle ne
portait pas beaucoup de bijoux, même si elle était
maintenant la reine des vampires et pouvait choisir
de porter ce qu'elle voulait. Damien était à ses
côtés, ses longs cheveux soigneusement attachés
en un chignon bas, portant son jean et sa chemise
habituels. Je ne l'ai vu s'habiller de manière
formelle que lorsque son titre de Seigneur des
vampires l'exigeait. J'aimais qu'il reste lui-même,
même après être monté sur le trône.

« Salut Kate ! Salut Damien ! »

Je les ai serrés très fort dans mes bras. Ils
souriaient tous les deux. Les canines de Damien
étaient légèrement saillantes même s'il n'avait pas
besoin de se nourrir.

Deux bras forts m'ont entouré par-derrière. Je savais sans regarder que c'était Steven. Je n'étais peut-être pas un loup-garou et je n'avais pas un odorat très développé, mais je pouvais reconnaître mon amoureux sans regarder.

« Salut beauté », a-t-il dit en déposant un baiser sur ma joue. « Salut, Kate, salut Damien ! Je suis tellement heureux que vous ayez pu venir », a-t-il ajouté.

« Nous avons quelque chose d'important à vous annoncer ! » dit ma sœur avec enthousiasme.

J'ai demandé, « Vraiment ? Qu'est-ce que c'est ? »

Damien a mis son bras autour de la taille de ma sœur avec affection. Kate a posé sa main sur son ventre plat.

« On va avoir un bébé ! » a-t-elle presque crié d'excitation.

« Oh ! C'est tellement génial !! » J'ai sauté et pris ma sœur dans mes bras.

« Félicitations ! » Steven a dit en serrant la main de Damien.

Je leur ai demandé, « Il est dû pour quand ? »

« Nous venons juste de l'apprendre, donc il faudra encore attendre quelques mois. Ça devrait être vers le printemps ou le début de l'été. » Répondit Kate en souriant.

Steven a réfléchi à voix haute. « Je pense que je n'ai jamais vu un bébé loup-garou-vampire… »

Damien a ri à son commentaire.

« Nous non plus. Mais d'anciennes archives disent que les hybrides loup-garou-vampire sont très puissants, nés avec les pouvoirs des deux races. Je suppose que nous finirons par le découvrir. La seule chose qui compte pour moi, c'est que nous ayons un bébé en bonne santé. Je ne me soucie pas du reste. » Il a serré ma sœur affectueusement dans ses bras.

« Est-ce que tout le monde est au courant ? »

Ma sœur a secoué la tête, « nous allons le dire à tout le monde aujourd'hui. Mais la mère de Damien et Arius le savent déjà. Ils étaient ravis quand on leur a dit ! »

« Bref, nous voulions aussi vous demander de revenir au château avec nous », a ajouté Damien.

Je l'ai regardé avec des yeux curieux. Il a continué sans attendre.

« Elwin a trouvé de nouveaux livres sur les démons à la bibliothèque. Tu pourras peut-être y trouver quelque chose sur Eurynomos. Il veut aussi te montrer des herbes qui, il l'espère, aideront ton père. »

C'était très intéressant ! Je n'avais plus d'idées fraîches sur ces deux sujets, alors j'accepterais volontiers toute l'aide que je pourrais recevoir. Je leur ai fait un signe de tête.

« C'est génial ! Quand est-ce qu'on part ? »

« Dès que mon frère et un ami arrivent », a répondu Damien.

« Ton frère s'en vient ici ? »

Il a hoché la tête.

« Nous allons voler jusqu'au château. C'est bien plus rapide que de marcher. Mais je ne peux pas faire voler tout le monde à moi seul. Alors, j'ai demandé à Arius de venir ici avec Blake, un de nos plus forts guerriers. Ils seront capables de voler avec vous pendant que je volerai avec ma douce Kate dans mes bras. »

Kate sourit à ses derniers mots et déposa un baiser sur ses lèvres.

Je n'avais volé qu'une seule fois jusqu'à présent, mais c'était génial ! Et c'était, en effet, plus rapide que d'y aller à pied.

« Parfait ! Je vais me préparer », ai-je répondu en tirant sur la main de Steven.

Kate et Damien ont continué plus loin. Ils voulaient annoncer le bébé à notre mère avant notre départ pour le château des vampires. Eh bien, je continue à penser le « château des vampires », mais je suppose que je devrais l'appeler le château de ma sœur, maintenant qu'elle était la reine des vampires. Je suppose que ce nom est coincé dans ma tête, me suis-je moquée.

Alors que je marchais avec Steven vers ma chambre, je pensais au fait qu'Elwin avait trouvé un nouveau livre sur les démons. C'était une bonne nouvelle. J'espérais qu'il contiendrait plus de détails que nous pourrions utiliser contre Eurynomos. Et juste au moment où je pensais à ça, je l'ai entendu dans mon esprit.

« Hahaha ! Espèce d'idiote ! Continue de rêver, tu n'apprendras jamais comment me vaincre ! Ni comment briser la malédiction ! Tu ne fais que gaspiller ton énergie. »

Il commençait vraiment à me taper sur les nerfs. Tant que la malédiction était en place, il était capable de savoir tout ce qui se passait dans ma vie, jusqu'à mes pensées. Si je parvenais à trouver un moyen de briser la malédiction, cela signifierait qu'il le saurait aussi. J'espérais seulement qu'il n'essaierait pas d'interférer.

Juste au bon moment, j'ai entendu. *« Tu peux y compter ! Tu ne te libéreras jamais de ma malédiction ! »*

J'ai juré à voix haute. Je me suis retourné en entendant le rire de quelqu'un derrière moi, pour voir mon compagnon, Steven, qui riait.

Il m'a enlacée et je me suis détendue dans ses
bras, sentant la chaleur de son corps, mon cœur
battant fort.

« Tu penses que c'est drôle ? »

Il a secoué la tête.

« Désolé mon amour, je n'ai pas pu m'en
empêcher. »

Je ne pouvais pas être en colère contre lui. Il
n'entendais pas le démon me parler. Il ne pouvait
pas savoir à quel point c'était agaçant. J'ai soupiré.

« Je sais… C'est juste que… L'entendre parler
sans arrêt, essayer de me rabaisser tout le temps.
C'est vraiment dur pour moi. Et comme si ce
n'était pas assez, je dois aussi supporter d'entendre
ses pensées. Et laisse-moi te dire que les pensées
d'un démon ne sont pas vraiment quelque chose
que tu veux entendre. »

Steven a resserré son étreinte un peu. Son amour
enlevant un peu le poids de cette malédiction, et
me faisant me sentir un peu mieux.

« Je sais. Je veux dire, je ne sais pas. Mais
j'imagine que ça doit être très dur, et pas vraiment
agréable. »

« Ouais… Tu n'as pas idée ! »

Je me suis dirigée vers notre lit et j'ai préparé un
petit sac. Je savais que nous allions probablement

rester au château de ma sœur pendant quelques jours. J'adorais y aller. Nous avions notre propre chambre maintenant au château, donc je n'avais pas besoin d'apporter trop d'affaires. Steven a terminé un peu après moi.

Nous sommes sortis de la maison de la meute et avons été accueillis par Kate et Damien. Deux autres hommes étaient avec eux. Le premier était très grand, avec des cheveux blancs courts. Je savais que c'était Arius, le jeune frère de Damien. Il avait déjà prouvé qu'on pouvait lui faire confiance pendant la guerre qui avait eu lieu deux ans plus tôt. Il nous a même aidés, Steven et moi, lorsque nous avons été encerclés par les vampires pendant ce combat. Mais je ne connaissais pas l'autre vampire à leurs côtés. Il avait l'air plus jeune. Il était aussi grand que Damien. Ses muscles apparaissaient à travers sa chemise. Il avait des cheveux noirs qui lui arrivaient aux épaules et des tatouages sur un bras. Il avait l'air très fort.

Damien a souri quand nous nous sommes approchés.

« Bianca, Steven, vous connaissez déjà mon frère Arius ? »

« Oui », nous avons répondu tous les deux en même temps.

Arius s'est avancé et nous a pris dans ses bras.
Comme tous les vampires, il était légèrement froid
au toucher. Son étreinte était quand même
chaleureuse.

Damien poursuit : « Voici Blake, l'un de nos plus
forts guerriers. »

Blake s'incline légèrement avant de répondre, « à
votre service ».

Je trouvais qu'il était beau. Steven a regardé
Blake, puis m'a regardé. Je pouvais sentir la
jalousie au travers de notre lien, ce qui m'a fait
sourire. C'était inutile pour lui d'être jaloux.
Steven était mon âme sœur. Personne ne pourrait
jamais le remplacer.

J'ai serré sa main avec amour.

Il s'est tourné vers moi et a dit, « tu voles avec
Arius. Je vole avec Blake. »

Je me suis retenue de rire.

« Bien sûr, mon amour », ai-je seulement répondu
en déposant un baiser sur sa joue.

Steven est devenu rouge quand je lui ai lancé à par
la pensée, « Tu n'as pas besoin d'être jaloux, tu es
mon compagnon ».

Il a répondu dans mon esprit, « Je sais… Mais j'ai
vu la façon dont tu le regardais. »

J'ai presque gloussé à voix haute. « Espèce
d'idiot ! Il n'y aura toujours qu'un seul homme
dans ma vie. »

J'ai immédiatement senti Steven se détendre à ces
mots. Je savais qu'il ne pouvait pas s'en empêcher.
Les loups sont toujours très protecteurs et jaloux
avec leurs compagnes. Surtout avec d'autres
mâles. Je savais que c'était comme ça, mais je
n'étais pas prête à me promener avec des œillères
pour éviter de voir d'autres hommes.

Après avoir vérifié que nous étions prêts, Damien
a pris ma sœur dans ses bras, Blake a attrapé
Steven et Arius m'a pris dans ses bras. En un rien
de temps, nous nous sommes envolés dans les airs.
J'appréciais le sentiment de liberté que cela
procurait. Les vampires avaient vraiment de la
chance de pouvoir voler tout le temps, autant
qu'ils le voulaient. J'ai levé les yeux pour voir
Arius me regarder. Il me tenait fermement,
s'assurant que je ne tombe pas.

« Quoi ? »

Il a souri à ma question : « On dirait que tu
t'amuses beaucoup. »

J'ai hoché la tête, « oui. Je n'ai pas l'occasion de
voler très souvent. »

« Alors attache ta ceinture, je vais faire en sorte
que le voyage en vaille la peine », a-t-il ajouté,

avant de prendre un virage à droite et de plonger vers le sol. Je me suis agrippée à lui en criant, tandis qu'il riait. Il a commencé à faire toutes sortes de loopings dans les airs, j'avais l'impression d'être dans une montagne russe. C'était un tel frisson ! Au bout d'un moment, on riait tous les deux comme des enfants.

Quand nous sommes enfin arrivés au château, tout le monde était déjà là.

Steven est venu en courant vers moi, « qu'est-ce que vous faisiez ? »

J'ai regardé Arius, qui souriait autant que moi. Je me suis mise à rire, « on s'amusait juste un peu ! »

« Mon Dieu, vous m'avez fait peur ! J'ai cru que quelque chose n'allait pas quand je vous ai vus plonger vers le sol. »

Arius a répondu, « désolé pour la frayeur. Ne t'inquiète pas, je prendrai toujours bien soin de ta compagne. »

Steven a rigolé un peu, il avait l'air embarrassé. Il a répondu en passant la main dans ses cheveux : « Je sais. Désolé, je n'aurais pas dû m'inquiéter comme ça. J'ai tellement attendu qu'elle se réveille de cette malédiction il y a deux ans, mon loup est encore un peu nerveux quand elle n'est pas avec moi. »

Arius a fait un sourire compréhensif. Kate m'a dit qu'il avait trouvé sa compagne, mais qu'elle avait été brutalement assassinée par son propre père. Il savait plus que quiconque ce que c'était que de perdre sa compagne, ou d'avoir peur pour son bien-être. Steven a donné une tape amicale dans le dos d'Arius, et nous sommes tous entrés dans le château.

Dès que nous avons mis le pied dans le château, Arius et Blake se sont excusés. Kate et Damien avaient aussi des choses à discuter. Être la reine et le seigneur des vampires signifiait qu'ils avaient beaucoup de travail et de responsabilités. Ils avaient rarement l'occasion de faire une pause. Ils prenaient aussi la menace d'Eurynomos très au sérieux. Depuis qu'ils ont appris qu'il essayait d'ouvrir une porte pour entrer dans notre monde il y a deux ans, ils ont essayé de rallier toutes les villes vampires à notre cause, en préparant une grande guerre contre le démon. J'ai entendu dire que les préparatifs se passaient bien, et que beaucoup de guerriers se sont ralliés à notre cause. J'ai même entendu dire que certains guerriers de pays lointains ont décidé de nous rejoindre… Mais j'espérais vraiment que nous n'aurions pas à faire la guerre au démon et à son armée. J'ai vu la taille de son armée grâce à la malédiction qui me lie à lui. Si une guerre devait avoir lieu, beaucoup de gens mourraient.

« *Vous pouvez y compter ! J'ai l'intention d'assassiner chacun de tes amis. Mais toi… je te réserve un traitement spécial…* » un rire diabolique résonna dans ma tête. J'ai frissonné à cette pensée. Je ne voulais pas découvrir ce qu'était ce traitement spécial.

Je détestais tellement ce démon ! Je lui ai crié dans ma tête : « Tu ne veux pas la fermer ? »

Steven a vu mon visage, « C'est encore lui, n'est-ce pas ? »

Bien que nous soyons âmes sœurs et que nous puissions communiquer par la pensée, il ne pouvait pas entendre ce que le démon me disait, ni mes réponses au démon. Je n'ai pas bien compris pourquoi. On m'a expliqué que c'est comme un lien de communication. Comme lorsque vous composez un numéro de téléphone sur votre téléphone. Vous atteignez exactement la personne que vous essayez de joindre.

J'ai entendu dire qu'à travers les âges, quelques personnes étaient capables de parler à plusieurs personnes à travers la pensée. Quant à moi, je savais qu'une partie de mon âme était encore prisonnière d'Eurynomos dans les Enfers. Cela expliquait la raison pour laquelle j'étais liée à lui et capable de lui parler.

J'ai hoché la tête à Steven. Il m'a serré dans ses bras. J'ai enfoui mon nez dans le creux de son cou,

prenant une profonde respiration de son doux
parfum. Il a doucement caressé mon dos avec sa
main. Il savait toujours comment me réconforter.

« Viens, mettons déjà nos affaires dans notre
chambre », m'a-t-il chuchoté à l'oreille.

Steven et moi connaissions très bien le château.
C'était une seconde maison pour nous. Nous avons
déposé nos sacs dans notre chambre et nous nous
sommes dirigés vers le laboratoire d'Elwin.

Au moment où nous allions ouvrir la porte, elle
s'est ouverte toute seule, une odeur étrange
s'échappant de la pièce. Zach et Lilith sont sortis
de la pièce en se tenant la main.

J'aimais mon oncle Zach. Il ne vivait plus avec la
meute depuis qu'il s'était transformé en vampire.
Mais je l'aimais de la même façon que lorsqu'il
n'était qu'un loup-garou. Il avait gardé la même
couleur de peau qu'avant, et on ne devinerait
même pas qu'il était un vampire si ce n'était pour
sa température corporelle plus froide. Ils ont dit
que le loup-garou en lui était assez fort pour
combattre le virus des vampires et lui permettre de
garder la même couleur de peau qu'avant sa
transformation en vampire. Je me demandais si
son loup était différent, maintenant qu'il était un
vampire.

« Hey ! Si ce n'est pas Bianca et Steven ! » Zach a crié joyeusement avant de nous serrer dans ses bras.

« Salut oncle Zach », ai-je dit joyeusement. Puis je me suis tournée vers Lilith. Elle avait tressé ses cheveux noirs d'ébène. J'étais toujours étonné par ses cheveux, ils descendaient jusqu'à ses genoux, même tressés. J'ai pensé que peut-être elle les gardait longs au cas où elle aurait besoin de les utiliser pour faire monter un prince à sa fenêtre. J'ai gloussé à cette pensée.

Sa peau était blanche comme neige, comme toujours. Même pour un vampire, sa peau était plus blanche que celle des autres. Et ses lèvres gardaient une teinte rouge sang qui leur donnait un air presque irréel. Elle a toujours été une beauté et semblait plus heureuse que jamais maintenant qu'elle était unie à mon oncle pour toujours.

Steven lui a dit. « Salut, Lilith, c'est tellement agréable de te revoir. »

Elle nous a souri avant de nous faire un gros câlin.

« Ça fait longtemps », a-t-elle commenté. C'était vrai, ça faisait longtemps que nous n'étions pas venus au château.

J'étais d'accord, « Trop long. »

Zach a demandé à Steven : « Alors, es-tu prêt à vérifier les préparatifs de la guerre ? »

Il leur a fait un signe de tête.

Comme j'étais liée à Eurynomos, et qu'il était capable de voir tout ce que je voyais, je ne pouvais pas aider aux préparatifs de la guerre. Steven avait le droit d'aider, tant qu'il ne me disait rien. Il avait du mal à me cacher des choses, comme il me l'a déjà exprimé. Mais je lui ai rappelé que c'était pour une bonne raison, et il a donc accepté de faire tout ce qu'il pouvait pour aider aux préparatifs de la guerre.

J'ai pris la main de Steven dans la mienne, le tirant vers moi avant qu'il ne parte. Il a attrapé mes hanches avec son autre main, me rapprochant de lui. J'ai fermé les yeux quand nos lèvres se sont rencontrées. Je ne pourrais jamais avoir assez de lui. J'ai joué avec ses courtes mèches blondes pendant que nous nous embrassions. Nous avons rompu le baiser et j'ai regardé ses yeux d'un bleu profond.

« Amuse-toi bien avec tes préparatifs de guerre, mon amour. Tu sauras où me trouver quand tu auras fini. »

Steven a serré ma main, « tu peux être certaine que je vais m'amuser. Je t'aime jusqu'au bout de l'univers. »

J'ai regardé Steven partir avec Zach et Lilith. Ils parlaient déjà avec entrain de ce qui allait arriver. Je savais que je pouvais compter sur eux pour les préparatifs de la guerre. Lilith était l'un des meilleurs généraux que les vampires avaient.

« Tu vois, tu n'as aucune chance, démon ! » J'ai dit à Eurynomos dans ma tête avant de me diriger vers le laboratoire d'Elwin.

Quand j'ai ouvert la porte, la même odeur étrange m'a frappé. Ça sentait un peu le caramel brûlé. Cela me donnait un peu faim. Je mangerais bien une crème anglaise au caramel brûlé en ce moment ! Mais ce n'était pas le moment de penser à manger, me suis-je rappelé.

En entrant dans le laboratoire d'Elwin, on ne savait jamais à quoi s'attendre. La seule chose dont on pouvait être sûr, c'est qu'il était encombré de toutes sortes de choses, allant d'animaux morts dans des bocaux à liquide, des crânes et des fioles, aux vieux livres et à la poussière qui s'empilait sur les étagères. Il semblait que partout où vous regardiez, vous pouviez trouver quelque chose que vous n'aviez pas vu la dernière fois que vous étiez entré dans la pièce. Il y avait toutes sortes d'outils et d'engins dont seul Elwin savait à quoi ils servaient. Est-ce que je voudrais vraiment savoir à quoi ils servaient ? Je suppose que c'était mieux que je ne le sache pas, j'ai gloussé pour moi-même.

Elwin était penché sur son expérience, sans même
me remarquer. Il était occupé à disséquer un
animal avec ses ongles pointus et à verser un
étrange liquide à l'intérieur en même temps. Une
fumée de couleur orange s'élevait du corps de
l'animal. C'est de là que venait l'odeur. Je ne
voulais pas interrompre, alors j'ai regardé en
silence. Quand Elwin a semblé avoir terminé ce
qu'il faisait, il a fait un pas en arrière pour
regarder le résultat.

J'en ai profité pour lui parler, car il ne m'avait
toujours pas remarqué.

« Sur quoi travailles-tu, Elwin ? »

Il a sursauté à ma question et s'est retourné pour
me faire face. Il n'était pas très grand, et son dos
était en permanence courbé à cause de tout le
travail qu'il faisait. Le gris commençait à se voir
beaucoup dans ses cheveux, ce qui signifiait qu'il
était très vieux, surtout que les vampires vivaient
des centaines d'années. Je n'avais jamais osé lui
demander son âge et je me demandais même s'il
s'en souvenait.

Il a souri quand il a réalisé que j'étais là.

« Oh, ma chère Bianca ! Je suis si heureux de te
voir ! Viens ! Regarde ! »

Il semblait très excité de me montrer son
expérience. Il y avait le corps d'un animal mort
dans une flaque de sang, avec des touffes de poils
autour. Il manquait la tête, donc je ne pouvais pas

savoir exactement ce que c'était. Le corps était ouvert et rempli d'un étrange liquide. La fumée semblait s'échapper de l'endroit où le liquide touchait la chair.

J'ai regardé Elwin avec des yeux inquisiteurs. Il attendait une réaction de ma part. Puis, se rendant compte que je ne comprenais pas ce qu'il faisait, il s'est excusé.

« Je suis vraiment désolé ! J'aurais dû t'expliquer d'abord. Tu vois, ce lapin a été fraîchement attrapé ce matin. Je l'ai gardé en vie jusqu'au moment où j'ai commencé cette expérience. La pauvre bête n'a pas souffert, cependant, je veille toujours à être doux avec les créatures vivantes. »

J'étais soulagée d'entendre cette dernière partie. Elwin savait à quel point j'accordais de l'importance à chaque vie, qu'elle soit humaine, vampire, loup-garou, animale ou même les insectes… bon, OK, peut-être pas les moustiques. Il a ensuite poursuivi ses explications.

« Tu vois, je cherche un moyen de localiser l'âme dans le corps. » Il tenait une fiole dans ses mains. Il a continué, « Dans cette fiole se trouve des larmes de Psyché. »

Ma bouche s'est ouverte à ce nom. Je me suis exclamée, l'interrompant.

« Tu veux dire LA Psyché ? La déesse de l'âme elle-même ? »

Elwin m'a souri.

« Cette même déesse, mon enfant. Elles sont très rares, mais j'ai mis la main sur ses larmes dans cette fiole. Ne me demande pas comment je les ai eues. Je connais beaucoup de gens et j'ai tiré les bonnes ficelles pour les obtenir. Inutile de dire qu'il a été difficile de s'en emparer, mais maintenant, je suis en quête de l'âme. »

J'ai regardé avec étonnement sa fiole. J'étais sans voix. Dieu seul savait où et comment il a obtenu ces larmes. Je supposais qu'elles étaient sûrement difficiles à trouver et qu'elles devaient se vendre à un bon prix sur le marché clandestin. Je préférais ne pas connaître tous les détails. Et bien que tout cela soit très intéressant, ce n'était pas la raison de ma venue dans son laboratoire. J'avais mes propres affaires urgentes à régler.

« Tout cela semble très fascinant, mais tu sais pourquoi je suis ici. »

Elwin a levé un doigt en l'air en s'exclamant : « Exact ! J'ai failli oublier ! »

Il s'est retourné et s'est dirigé vers l'une de ses grandes étagères en bois qui décorent les murs. De nombreux livres étaient alignés sur l'étagère. Certains d'entre eux semblaient très vieux et poussiéreux. Certains d'entre eux semblaient avoir été reliés avec des peaux d'animaux. D'autres étaient gravement endommagés. L'un d'entre eux

avait une partie de son côté manquant, les pages
tenant à peine ensemble. Je me suis demandé de
quoi ils parlaient. Elwin a attrapé quelques gros
livres en cuir. Ceux-ci n'avaient pas de poussière.
Ils semblaient avoir été ajoutés récemment à sa
collection.

« Voilà, ma douce enfant. »

Mes yeux ont pétillé lorsque j'ai lu le titre du
premier livre, 'Des démons et les Enfers'. Je
devinais que les autres livres portaient également
sur des sujets similaires. J'étais impatiente de
commencer à les lire.

« J'ai trouvé ça au fond de la bibliothèque du
château l'autre jour. Je suis sûr que les secrets
qu'ils contiennent t'aideront contre Eurynomos. »

« Oh, merci beaucoup ! » J'ai presque crié tant
j'étais excitée! Je n'ai pas pu m'empêcher de
sauter un peu.

Elwin a souri. Il avait beau être un vieux sorcier
vampire, il semblait toujours désireux d'aider et
heureux quand il se révélait utile.

« J'ai également travaillé pour essayer de trouver
un remède pour votre père », a-t-il poursuivi. Il
m'a fait signe de le suivre tandis qu'il se dirigeait
vers un lutrin au fond de la pièce. Le pied du lutrin
était fait de pierre grise, sculptée de motifs
intrinsèques. C'était magnifique.

Sur le dessus, il y avait un grand livre, avec un marque-page en tissu à l'intérieur. La lumière de la fenêtre l'éclairait, donnant l'impression que les lettres brillaient.

J'ai regardé le livre en attendant qu'Elwin m'explique de quoi il s'agissait.

« J'ai trouvé ce livre décrivant les herbes elfiques. Pour la plupart, je les connaissais déjà. Mais celle-là », dit-il en désignant du doigt la page ouverte. « Je n'en avais jamais entendu parler. »

J'ai regardé le livre. Il y avait le dessin d'une longue tige dressée avec quelques longues feuilles poussant à la base de la plante. Au-dessus, des centaines de petites fleurs blanches recouvraient complètement le haut de la tige. J'ai lu le nom de la plante à voix haute, « Angelus Hyssopus. »

« Oui, » dit Elwin. « L'hysope des anges. Je connaissais déjà l'hysope commune. Elle pousse à peu près partout sur les terres elfiques. Ses fleurs sont violettes, et elle fait un thé très délicieux. Mais je n'avais jamais entendu parler de l'hysope des anges. »

« Ok, » j'ai interrompu. « Mais qu'est-ce que ça avoir avec mon père ? »

Elwin fronça un peu les sourcils. « Patience, mon enfant ! J'allais y venir. »

Il s'est ressaisi et a continué. « On dit que cette plante possède les plus grands pouvoirs de guérison. On pense qu'elle protège de la peste et qu'elle est utilisée pour purifier les lieux sacrés. Je crois que nous devrions essayer de la récupérer et préparer une concoction pour votre père. »

Cette fleur avait l'air merveilleuse ! Mon cœur battait vite, et je ne pouvais pas retenir mon excitation.

« C'est parfait ! Où peut-on trouver cette fleur ? »

« L'hysope des anges est très rare. On dit qu'elle ne pousse qu'en haute altitude, là où il y a de l'eau en abondance. Toutes les tentatives pour la faire pousser à l'intérieur ont échoué. Lorsqu'elle est coupée, elle doit être immédiatement enveloppée dans un tissu et rapportée dès que possible, sinon la fleur se flétrit trop vite et ses propriétés magiques sont perdues. »

« Donc, si je comprends bien. On ne sait pas où elle pousse, on sait qu'elle est rare, et il faut la ramener immédiatement, sinon ça ne marchera pas. »

Elwin a hoché la tête. J'ai secoué un peu la tête. Ce sera un plus grand défi que je ne le pensais. J'avais très peu de connaissances sur les terres elfiques. Et même si nous le trouvions, je n'étais pas certaine que ça marcherait. *Mais* je savais que ça valait la peine d'essayer. Je ne voulais pas que père meure. Il était dans son lit, souffrant, depuis plus de deux ans maintenant. Je devais au moins essayer.

« Ok, merci Elwin. Je vais commencer à lire les livres que vous m'avez donné sur les démons. Et je vais commencer à chercher dans les terres elfiques pour voir si je peux trouver un endroit où pourrait pousser l'hysope des anges. »

« À votre service, ma douce demoiselle », dit Elwin, avant de revenir à ses précédentes expériences sur l'âme.

J'ai quitté son laboratoire et je me suis dirigé vers le jardin intérieur du château. J'adorais aller dans ce jardin ! Il était encadré par de très grands arbres, avec quelques carrés de fleurs. Il semblait toujours y avoir beaucoup de papillons qui volaient autour de ces fleurs. Je me suis assise sur l'un des bancs. C'était mon endroit préféré pour lire.

J'ai été surprise qu'Eurynomos n'ait rien à dire sur tout ce qui venait de se passer. Avait-il peur ? Peut-être que nous étions sur une piste ? Cela m'a donné de l'espoir. J'ai ouvert le premier livre, *"Des démons et les Enfers"*, et j'ai commencé à lire.

Chapitre 3 (Will)

Âmes sœurs

J'étais dans la salle de réunion de la maison de la meute, étudiant une carte. J'avais déjà rallié toutes les meutes voisines à notre cause. Si Eurynomos devait réussir à venir dans le monde des vivants, nous aurions besoin de toute l'aide possible. Il fallait maintenant faire un choix difficile. Devais-je aller plus loin, à la recherche des meutes les plus éloignées ? Ou devrais-je essayer de rallier la meute recluse de loups-garous sauvages qui vivaient au nord ?

Mes conseillers m'avaient dit que ce n'était pas la peine d'essayer de convaincre les loups-garous sauvages de nous rejoindre. Ils avaient une réputation de voleurs de toute façon et ne respectaient pas nos règles. Mais je n'en étais pas si sûr. Au nord, un peu plus loin sur la rive ouest du fleuve Saint-Laurent, se trouvait la seule meute de loups sauvages connue. Habituellement, les loups solitaires ne font pas de meutes. Ils vivent seuls, ou en couples, refusant de se soumettre à toute société. Mais ceux-là m'intriguaient. Ils avaient décidé de former une meute ensemble. Ils ne suivent pas les lois communes des loups-garous, mais ils avaient leurs propres lois. Je me demandais si on pouvait leur faire confiance.

J'ai fait quelques calculs rapides. La meute de loups sauvages n'était qu'à quelques heures d'ici. S'ils ne se ralliaient pas à notre cause, je perdrai moins d'un jour. Dans le pire des cas, s'ils essayaient de m'attaquer, je suis un Alpha. Je devrais être plus que capable de me défendre. Cependant, si je décidais d'aller voir les meutes de loups qui vivent plus loin, il me faudrait plus d'une semaine rien que pour y aller, et la même chose pour revenir. Il me semblait qu'aller voir la meute sauvage était un meilleur choix. Et si ça ne marchait pas, je pourrais toujours me préparer à un voyage plus long de toute façon.

En sortant de la salle de réunion, je suis tombé sur Marcus, l'un des plus anciens conseillers. Ses cheveux gris étaient courts, et il portait également une épaisse barbe grise. Malgré son âge, il continuait à faire des patrouilles quotidiennes sur le territoire de la meute. Il prenait à cœur la sécurité de la meute, mais je savais qu'il avait aussi ses raisons personnelles de patrouiller. Il était maintenant trop vieux pour se battre, mais il était sage. Je me doutais qu'il pouvait encore donner un coup de poing, si quelqu'un empiétait sur le territoire de la meute. Je le respectais beaucoup. C'était l'un des meilleurs amis de mon père.

« Mon Alpha », il s'est incliné devant moi.

« Marcus, s'il te plaît, pas besoin d'être si formel avec moi, mon vieil ami. »

Il s'est relevé et a souri.

« Je rendrai toujours hommage à mon Alpha. »

« Tu l'as déjà fait, je ne douterai jamais de ta loyauté. »

Marcus a souri à mes mots.

« Avez-vous décidé de votre prochaine destination ? »

Je lui ai fait un signe de tête.

« Oui, je vais rendre visite à la meute de loups sauvages. »

Marcus secoua la tête en arrière, surpris. Il joua nerveusement avec ses doigts tout en répondant, « mais… Vous savez qu'on ne peut pas faire confiance aux loups sauvages, n'est-ce pas ? Qu'est-ce qui vous fait croire qu'ils vont vous écouter ? »

J'ai haussé les épaules.

« Je ne sais pas, mais ils vivent en paix depuis des années, pas très loin de nos frontières. Je me dis que ça vaut le coup de faire le voyage. »

Marcus ne semblait pas complètement convaincu, mais je n'avais pas besoin qu'il le soit. J'étais l'Alpha ; je prenais les décisions ici.

« Tout ce que vous voulez », a-t-il simplement répondu.

J'ai soupiré ; je ne voulais pas être rude envers un vieil ami. Je me suis approché de lui, posant ma main sur son épaule.

« Écoute Marcus, je sais que tu n'es pas d'accord avec moi. Mais s'il te plaît, comprends mes raisons. Si cette guerre arrive, nous aurons besoin de tous les loups que nous pouvons trouver. Même les humains ! La meute sauvage est à moins d'un jour de voyage. Ils pourraient nous avérer utiles si une guerre éclate. »

Marcus a laissé échapper un souffle qu'il retenait.

« Oui, vous avez raison. Je laisserai mon opinion sur les loups sauvages de côté pour le plus grand bien de la meute. »

Je savais que Marcus n'aimait pas les loups
sauvages. Un de ses meilleurs amis a été tué par
l'un d'eux, il y a des années. Son ami passait dans
les bois et un loup sauvage n'était pas très loin.
Pour une raison inconnue, le loup a tué son ami.
Marcus a essayé de courir après ce loup solitaire
aussi vite qu'il le pouvait, mais il s'est échappé.
Personne ne l'a jamais revu. Seul Marcus se
souvient de son odeur. Il a passé le reste de sa vie
à essayer de retrouver l'odeur de ce loup sur le
territoire de notre meute, et il le faisait encore
aujourd'hui. Je savais que c'est la raison pour
laquelle il continuait à patrouiller les frontières de
la meute.

« Si tu sens l'odeur du loup qui a tué ton ami
quelque part dans cette meute, nous nous
abstiendrons de nous associer à eux. Cela te
conviendrait-il ? »

Marcus a mis sa main sur son cœur. Il a semblé se
détendre un peu et a souri.

« Oui, merci ! Ce serait parfait ! »

Heureux de sa réaction, je me suis retourné pour
aller voir Jane. Je voulais la voir avant d'aller
m'occuper de la meute des sauvages.

Jane était une Luna depuis quelques jours
maintenant. Je voulais m'assurer qu'elle se sentait

en confiance. Je voulais aussi m'assurer qu'elle était respectée par la meute avant de partir. Je l'ai trouvée dans notre chambre, regardant des documents, assise au bureau. Je ne pouvais toujours pas me résigner à la marquer. Je ne savais pas pourquoi, mais mon loup ne semblait pas désireux de le faire.

Encore maintenant, assise dans le fauteuil en train de lire, elle était belle, et mon cœur palpitait à sa vue. Elle était une merveilleuse louve et j'aimais l'embrasser et lui faire plaisir jusqu'à ce qu'elle crie mon nom. Je ne comprenais vraiment pas ce qui retenait mon loup. J'ai essayé de parler avec lui. Je savais qu'il espérait vraiment trouver notre âme sœur. Mais je lui ai clairement dit que Jane était notre compagne maintenant. Il ne m'a pas parlé depuis. Il s'est complètement renfermé sur lui-même et c'était étrange de perdre cette connexion avec mon loup. Je suppose que ce n'était qu'une question de temps avant qu'il ne l'accepte et que tout redevienne normal.

Je suis entré dans la pièce. Jane a levé la tête du document qu'elle lisait et m'a souri alors que je m'avançais vers elle. Elle s'est levée, ses yeux émeraude fixant mon âme. Je l'ai attirée vers moi, entourant sa taille de mon bras. Elle s'est levée sur la pointe des pieds et a approché ses délicieuses lèvres des miennes. Nos langues ont dansé ensemble. Je pouvais sentir mon cœur battre fort et mon souffle s'accélérer. J'ai gémi un peu quand elle a rompu le baiser.

« Oh, Jane, tu as le goût du paradis. Je pourrais passer toute ma journée dans tes bras. »

Elle a rigolé un peu.

« Dommage que tu aies des tâches d'Alpha à faire », a-t-elle taquiné.

J'avais presque oublié ce dont je devais parler…

« Cela me rappelle que je dois partir pour un jour. »

Elle a demandé, clairement en désaccord. « Pourquoi ? »

J'ai soupiré. « Des trucs d'Alpha… Je dois aller voir la meute des loups sauvages au nord. »

Jane a croisé ses bras sur sa poitrine.

« Tu ne peux pas envoyer quelqu'un d'autre ? Tu passes à peine de temps avec moi. Je comprends que tu as tes devoirs, mais j'aimerais que tu restes avec moi. »

J'ai attrapé ses mains, les pressant doucement.

« Jane, j'aimerais pouvoir. Mais c'est une affaire importante. Je ne voudrais pas que ça échoue parce que je n'y suis pas allé moi-même. »

Jane s'est rapprochée et s'est appuyée sur ma poitrine. Son souffle chaud soufflait doucement sur mon cou.

« Je comprends. Je voulais juste passer plus de temps avec toi. Et tu sais… peut-être que nos loups apprendraient à se connaître davantage. »

Je savais qu'elle était impatiente que mon loup l'accepte comme compagne. Je savais qu'elle voulait être marquée. Passer plus de temps ensemble aiderait sûrement à accélérer le processus.

« Et si je ne partais que demain ? On pourrait passer le reste de la journée ensemble. »

Jane avait le plus grand sourire.

« Vraiment ? Tu ferais ça pour moi ? »

J'ai souri en retour. « Bien sûr ! »

Elle a mis ses mains autour de mon cou et m'a embrassé une fois de plus, en mordillant ma lèvre inférieure. Je pouvais sentir l'odeur de son excitation. Comme je voulais la prendre en ce moment.

J'ai commencé à l'amener vers le lit, tout en l'embrassant. Sa respiration s'accélérait, et ses mains ont commencé à parcourir mon corps. Je pouvais déjà sentir la bosse dans mon pantalon durcir.

Au moment où j'allais enlever la chemise de Jane, la porte de notre chambre s'est ouverte, claquant contre le mur.

J'ai grogné, en colère. « Qui ose entre dans ma chambre sans frapper ? »

Un guetteur se tenait là, à bout de souffle. Les yeux écarquillés, il a fait un mouvement de recul.

« Je… je suis désolé mon Alpha… » bégaya-t-il en tripotant nerveusement ses doigts. « Un loup sauvage a été vu sur notre territoire. »

Ma colère est soudainement tombée.

« Où ? »

« Au nord du territoire, près de la frontière. »

« Merci, je vais y aller maintenant ! »

Le guetteur semblait soulagé. Je me suis tourné vers Jane, qui avait un air compréhensif sur le visage. Notre temps ensemble venait encore d'être écourté.

« Désolé », je lui ai dit.

Elle a secoué la tête, « c'est bon. Tu es l'Alpha. Vas-y ! »

J'ai couru à l'extérieur de la maison. Je n'ai même pas pris le temps d'enlever mes vêtements avant de laisser mon loup prendre le contrôle de moi. Il frappait pratiquement dans ma tête, me demandant de le laisser sortir. Mes vêtements ont été déchirés, mais je m'en fichais. Courir sous ma forme de loup serait bien plus rapide que d'y aller à pied.

J'ai couru aussi vite que je le pouvais, laissant mes sens me guider. Lorsque j'ai commencé à me rapprocher de la frontière du territoire, j'ai perçu la faible odeur d'un loup. Je ne savais pas ce que c'était, mais ça sentait… si bon. J'ai essayé de rappeler à mon loup que nous devions poursuivre le loup sauvage qui avait été vu sur notre territoire, mais il n'en avait plus rien à faire. Tout ce qu'il voulait faire, c'était de suivre l'odeur.

Plus on se rapprochait, plus l'odeur devenait forte. Je dois admettre que ça sentait bon, et je mourais d'envie de savoir qui sentait comme ça. C'était une attraction indéniable. C'était si fort, je ne pouvais pas résister, je ne voulais pas résister.

J'ai suivi l'odeur. Elle était maintenant si forte que je pouvais sentir la douce odeur du jasmin et des agrumes. Cette odeur me rendait fou! Finalement, j'ai trouvé d'où venait l'odeur. Une femme se tenait debout, pas très loin devant moi. Elle avait une belle peau couleur café. Elle avait de nombreux tatouages sur le bras et trois paires de boucles d'oreilles. Ses cheveux étaient longs, noirs et bouclés. Des leggings serrés épousaient ses jambes, leur vue allumant un feu en moi. Sa chemise révélait ses épaules avant de s'écouler librement. Elle était armée d'un arc à flèches.

J'ai regardé son aura et j'ai vu qu'elle était pure et forte. Je pensais qu'elle était tout simplement la plus belle femme que je n'avais jamais vue. Elle ressemblait à une pierre précieuse brute pour moi. Et elle était aussi une métamorphe. Je pouvais sentir sa louve. Mon loup criait à l'intérieur de ma tête, « âme sœur ! Elle est à nous ! » Mais… mais ça ne pouvait pas être vrai. J'avais déjà une Luna. Je ne pouvais pas quitter Jane, juste comme ça. Pas après l'avoir présentée à la meute et avoir travaillé si dur pour que tout le monde lui fasse confiance.

La femme devait sûrement ressentir l'attraction du lien aussi. Elle me fixait intensément. Elle n'avait pas du tout peur de mon loup, même si j'étais un Alpha et que mon loup était énorme. Il était inutile d'essayer de me cacher. J'ai repris ma forme humaine pour pouvoir lui parler. Je pouvais lire le feu dans ses yeux qui fixaient mon corps nu. Elle a tourné un peu la tête et a sorti un jean de son sac, le jetant vers moi. Le jean était imprégné de son odeur puisqu'il était dans son sac. J'ai dû me retenir d'y plonger mon nez pour y sentir son odeur. Je me suis demandé ce qu'elle faisait avec un pantalon d'homme dans son sac. Appartenait-il à quelqu'un de spécial ? Un grognement sourd s'est échappé de ma poitrine à cette pensée.

Elle a souri à ce bruit, comme si elle lisait dans mes pensées.

« Je garde toujours toutes sortes de vêtements avec moi, on ne sait jamais quand on peut en avoir besoin », a-t-elle expliqué. Bien sûr, elle ne pouvait pas savoir ce que je pensais, puisque je ne l'avais pas marquée encore et que nous venions de nous rencontrer. Je suppose que c'était juste évident.

J'ai demandé : « Qui es-tu? Que fais-tu sur le territoire de ma meute ? »

« Je suis Leila, de la meute des Mains du Destin. »

Leila, quel beau prénom, ai-je pensé ! Il sonnait si féminin. Pourtant, en même temps, son nom avait une force. Un peu comme elle, elle était forte et belle à la fois. J'ai secoué la tête. À quoi pensais-je ? Bon sang, Will, concentre-toi !

« Je n'ai jamais entendu parler de ta meute avant. »

Elle a posé une main sur sa hanche tout en réfléchissant, rendant ses courbes encore plus tentantes.

« Oh oui ! Vous nous appelez sûrement des loups sauvages, ou des voleurs, ou quelque chose comme ça. »

Est-ce qu'elle vient de dire « sauvages » ? Elle devait être celle que mon guetteur a repérée sur notre territoire. Ce n'était pas possible ! Il était impossible qu'un Alpha puisse être en couple à un

loup sauvage ! Ce n'était pas bon, la meute
n'accepterait jamais ça. Mon loup n'était pas
d'accord. Il ne se souciait pas qu'elle soit un loup
d'une meute sauvage. Mais je lui ai rappelé que
nous avions déjà une compagne qui nous attendait.
Il m'a grogné dessus, mais je m'en fichais. J'avais
mes responsabilités en tant qu'Alpha de la meute.

« Tu n'as pas répondu à ma question, que fais-tu
sur le territoire de ma meute ? ».

Leila m'a regardé avec ses profonds yeux
chocolat. Je pouvais sentir le lien d'âme sœur me
tirer fortement. Tout ce que je voulais faire, c'était
de céder. Je savais qu'elle le sentait aussi.

« Il y a quelques jours, j'ai senti ton odeur. Je
devais trouver d'où ça venait. Et maintenant c'est
fait », a-t-elle ajouté avec un sourire. Son sourire a
fait fondre mon cœur. Comme j'aimerais pouvoir
la faire mienne.

Mais je ne pouvais pas. J'avais déjà une Luna. La
meute a accepté Jane comme leur Luna, je ne
pouvais pas la remplacer comme ça. Et il n'y avait
aucune chance que la meute accepte une Luna
venant d'une meute sauve.

J'ai parlé aussi froidement que possible, en
essayant de cacher mes émotions.

« J'ai déjà une compagne. »

Leila a fait un pas en arrière quand j'ai dit ces mots. Elle a mis une main sur sa bouche et a dit d'une voix tremblante, « c'est impossible ».

Mon cœur se déchirait à l'intérieur, et mon loup était furieux contre moi. Je savais que je lui faisais du mal, et ça me faisait mal de le faire. Mais je savais que c'était le bon choix à faire, en tant qu'Alpha de la meute. J'avais des responsabilités et elles passaient en premier. Je me suis éclairci la gorge.

« C'est le cas, bien qu'elle ne soit pas mon âme sœur, j'ai une compagne. »

J'ai essayé de cacher mes sentiments autant que je le pouvais, mais je savais qu'elle pouvait probablement en ressentir au moins une partie, puisque nous étions des âmes sœurs.

« Alors, rejette-moi ! Ainsi, ce sera fait, et nous serons libérés de ce lien. » Elle était furieuse maintenant. Je pouvais voir la douleur dans ses yeux, et j'étais tellement désolé de l'avoir blessée. Je pouvais aussi voir à quel point elle était forte. Comme j'aimerais pouvoir la connaître pleinement. Mon loup n'arrêtait pas de me crier : « Âme sœur! On a besoin d'elle ! » Mais je continuais à l'ignorer.

« Moi, Will, de la meute de la forêt du Sud, je rejette… »

Toute ma vie, j'ai cherché mon âme sœur.
Aujourd'hui, je l'avais enfin trouvée. Qu'est-ce
que je faisais ? Devrais-je vraiment la rejeter ?
Qu'en était-il de mes responsabilités en tant
qu'Alpha ? Et Jane ? Si je la rejetais, le lien d'âme
sœur serait rompu. Cela ferait mal pendant un
moment, mais elle s'en remettrait et moi aussi.
Mais si je faisais cela, je perdrais la chance que la
déesse de la lune m'a donné de trouver celle qui
est faite pour moi. Devrais-je vraiment le faire ?

Ma tête était pleine de doutes. Je ne savais plus
quoi faire. Je voulais m'asseoir, je n'arrivais plus à
penser correctement.

J'ai regardé Leila, qui avait les yeux fermés,
comme si elle se préparait à l'impact de la rupture
du lien d'âme sœur. Est-ce que je voulais vraiment
lui faire subir cette douleur ? Même avec ses yeux
fermés, elle était parfaite. Ses lèvres étaient
alléchantes, je devais me retenir de céder et de
l'embrasser.

Réalisant que je ne parlais plus, elle a ouvert les
yeux.

Sa voix était tremblante.

« Eh bien ? Qu'est-ce que tu attends? C'est déjà
assez douloureux comme ça ! »

Je me sentais mal. Je ne pouvais rien répondre, un
nœud se formant dans ma gorge. J'aurais voulu
pouvoir la réconforter. Elle a soupiré.

« Bien ! Alors je vais le faire ! Moi, Leila, de la meute des Mains du Destin, rej… »

Je ne lui ai pas laissé le temps de finir. J'ai crié, « Non, tu ne peux pas ! »

Elle a eu l'air surprise et avant qu'elle ait pu finir sa phrase, je me suis retransformé en loup, déchirant le pantalon qu'elle m'avait donné, et j'ai couru aussi vite que possible vers la maison de la meute. Je savais qu'elle ne me suivrait pas.

*********** PDV de Leila ***********

Ma bouche s'est ouverte. Je ne pouvais pas bouger, je regardais, abasourdi, mon compagnon s'enfuir. Que diable venait-il de se passer ? C'est lui qui a dit qu'il avait une compagne. Pourquoi ne m'a-t-il pas laissé le rejeter ? Au moins, nous aurions pu être libérés de ce maudit lien. À quoi bon trouver son âme sœur s'il ne veut pas de vous ? Maintenant, ma louve ne sera jamais satisfaite tant que je ne le retrouverai pas. Voulait-il garder ce pouvoir sur moi et sur son autre compagne aussi ? Quel homme arrogant ! Pourquoi la Déesse de la Lune m'aurait-elle accouplée avec quelqu'un comme lui ? Le destin est si difficile à comprendre !

J'ai regardé le sol où il se tenait quelques secondes auparavant. Le jean que je lui avais donné, tout déchiré. C'était une de mes meilleures paires. En m'approchant des morceaux sur le sol, je n'ai pas pu m'en empêcher. J'ai pris un des morceaux et l'ai porté à mon nez. En prenant une profonde inspiration, j'ai réalisé que ça sentait comme lui. Ma louve a été immédiatement ravie. Elle n'arrêtait pas de dire « âme sœur » dans ma tête. J'ai essayé de lui dire qu'il voulait nous rejeter, mais elle m'a répondu qu'il ne l'avait pas fait… Ce qui était vrai. Je suppose que je devrai le trouver un autre jour pour finir ça. Même si je n'en avais pas envie, j'ai pris le morceau de jean avec moi, le pliant soigneusement dans mon sac. J'ai ramassé mon arc et j'ai commencé à marcher vers le territoire de ma meute.

Eh bien, aujourd'hui s'est avéré être une journée minable. J'étais là, espérant trouver mon compagnon et trouver l'amour. Mais à la place, je trouve un mâle arrogant qui préfère son autre compagne à moi. Je veux dire, allez ! Celle qui a été choisie par la Déesse de la Lune ! Je ne peux pas croire qu'il ait autant de culot ! Je ne peux pas croire que son loup accepte ça ! Ma louve n'accepterait jamais de s'installer avec quelqu'un d'autre que son âme sœur. Un rendez-vous occasionnel peut-être, mais pas de façon permanente. Si j'étais en couple avec un homme et

que je trouvais mon âme sœur, j'irais
immédiatement avec mon âme sœur ! N'importe
quel loup comprendrait ça ! Trouver son âme sœur
est une bénédiction. Il n'y avait qu'une seule
personne faite spécialement pour vous. On ne dit
pas non à la Déesse de la Lune.

J'avais hâte de raconter à Skye ce qui s'était passé.
Au moins, elle sera là pour moi. J'avais de la
chance d'avoir une si bonne amie. Cela me
remontait un peu le moral.

Chapitre 4 (Leila)

Les mains du destin

Le retour à la meute m'a permis de me vider un peu l'esprit. Mon cœur n'était toujours pas fixé, et ma louve continuait à me demander d'aller à sa recherche. Mais je me sentais un peu mieux. Bientôt, je suis arrivée à notre petit village. Enfin, je dis village, mais ce n'est que quelques rangées de maisons en fait. Nous n'avons pas de magasins ou d'écoles. Nous allons dans les villes humaines pour cela, nous mêlant aux humains comme nos ancêtres l'ont toujours fait, vivant en paix. Bien sûr, nous préférions rester ici, dans notre petit coin de paradis, autant que possible.

Notre meute est ancienne. Nous avons appris à vivre ensemble, en harmonie avec la nature. Nous essayons de ne pas perturber la forêt. Nous construisions nos maisons uniquement à partir des arbres tombés, en mélangeant le bois à des pierres, de la boue et des feuilles si nécessaire. Nous laissions généralement pousser des plantes sur les côtés et sur le toit des maisons. Elles absorbent la chaleur du soleil pendant l'été et gardent les maisons fraîches. Les plantes qui poussaient sur nos maisons les rendaient également plus difficiles à détecter pour un œil non averti. Nous ne voulions pas attirer inutilement l'attention.

C'était un bel endroit pour vivre. Bientôt, je suis arrivée à la maison principale du village. Ce bâtiment était plus grand que les autres. C'est là que je vivais avec ma grand-mère Ravynne. À soixante-deux ans, elle était l'aînée d'entre nous. Elle n'était pas très vieille pour être l'aînée. On m'a raconté que quelques années avant ma naissance, il y avait eu une attaque soudaine d'orcs sur le village. Personne n'a jamais su d'où ils venaient, ni pourquoi ils avaient décidé de nous attaquer. Tout ce que je savais, c'est que tous les adultes de la meute sont partis se battre, pour protéger les plus jeunes. Notre meute était forte, mais malgré les loups et les pouvoirs magiques que nous détenions, presque tout le monde a été tué. Ce jour-là, ma grand-mère est soudainement devenue l'aînée de la meute et la cheffe.

Nous ne respections pas l'ordre social de l'Alpha comme les autres meutes de loups. Je pense que c'est l'une des raisons pour lesquelles on nous appelait les loups rebelles ou sauvages. Notre société était matriarcale, ce qui va à l'encontre de toutes les autres meutes de loups que j'ai rencontrées jusqu'à présent. Dans notre meute, nous valorisions la sagesse des membres les plus âgés. Ce sont également les membres les plus âgés qui enseignaient aux plus jeunes tout ce qu'ils ne pouvaient pas apprendre dans les écoles humaines, comme la magie. Nous n'avions pas seulement des loups-garous dans notre meute, mais aussi des sorcières. Certains d'entre nous, comme moi, étaient des sorciers-loups. Nés avec un loup, mais aussi avec des pouvoirs magiques. Ma grand-mère, ainsi que quelques membres plus âgés de la meute, se souvenaient des anciens secrets des pouvoirs magiques des sorcières.

En approchant de ma maison, j'ai vu ma grand-mère assise sous le porche, racontant une histoire aux enfants. Ils étaient suspendus à ses lèvres alors qu'elle racontait, une fois de plus, l'histoire de la nuit de l'attaque des orcs. Nous nous assurions de raconter les histoires de notre meute, de génération en génération, pour qu'elles ne soient jamais oubliées.

Je me suis assise avec les enfants, écoutant la suite
de l'histoire, attendant que ma grand-mère ait
terminé. Je regardais les enfants ouvrir grand la
bouche pendant qu'elle racontait son histoire.
Certains fermaient les yeux ou regardaient à
travers leurs doigts quand ils avaient peur. L'un
d'eux a même crié et s'est bouché les oreilles avec
ses mains. C'était si mignon de voir l'admiration
des enfants. Je pouvais voir l'histoire se dérouler
dans leur imagination.

Quand ma grand-mère a fini de raconter l'histoire,
elle s'est levée. Je suis venu la serrer dans mes
bras. Elle était si jolie, avec ses longs cheveux
blancs qui descendaient dans le bas de son dos.
Quelques tresses ici et là complétaient son look.

Elle portait son habituelle cape en peau d'ours noir
sur une simple robe en coton qui descendait
jusqu'à ses chevilles. Elle portait une ceinture en
cuir de cerf. Quelques bibelots pendaient à sa
ceinture, ainsi qu'une sacoche. Elle y gardait
toujours des herbes de base, au cas où elle aurait
besoin de préparer un remède d'urgence ou un
poison. Ma grand-mère n'était pas un loup-garou.
C'était une sorcière. Elle ne pouvait pas se
transformer en cas de danger, mais sa magie était
très puissante. Elle savait comment guérir les gens,
et comment blesser ses ennemis.

Ma grand-mère était la seule famille qui me restait. Je l'aimais très fort. Elle m'a élevé quand mes parents ont été brutalement assassinés par des humains. Mon père travaillait dans la ville humaine voisine et s'est lié d'amitié avec des humains. Il pensait qu'il pouvait leur faire confiance. À un moment, il leur a dit qu'il était un loup-garou. La semaine suivante, ses amis ont invité mes parents à manger avec eux. Mais ils ont versé du poison dans le repas de mes parents, les affaiblissant. Puis ils ont attaqué mes parents. À cause du poison, ils ne pouvaient pas se transformer en loup pour se défendre ou utiliser leur magie. Quel que soit le poison qu'ils avaient utilisé, il devait être fort. Les cadavres de mes parents ont été retrouvés à l'extérieur de la ville humaine par un de nos guetteurs. Ils avaient été portés disparus depuis des jours. J'essayais de ne pas repenser à ces souvenirs. Je n'étais qu'une enfant, mais cela me faisait mal, même aujourd'hui.

« Comment s'est passée la recherche de ton âme sœur ? » a demandé ma grand-mère.

Une boule s'est formée dans ma gorge, j'ai senti mon estomac se serrer. Je n'avais vraiment pas envie d'en parler.

J'ai suggéré : « Hé, pourquoi ne parlerait-on pas de la planification de la prochaine chasse ? »

Je sentais déjà que ma voix commençait à
trembler. Le simple fait de penser à Will me faisait
mal.

Ma grand-mère avait un regard plein de
compassion sur son visage et m'a tendu la main. Je
me suis précipitée dans son étreinte, laissant couler
mes larmes. Je n'avais pas réalisé à quel point
j'avais besoin de son réconfort.

« Oh chérie, ça ne s'est pas bien passé, n'est-ce
pas ? Tu ne veux pas me dire ce qui s'est passé ? »

J'ai reniflé. Le fait d'être dans les bras de ma
grand-mère me réchauffait un peu le cœur et je me
sentais un peu mieux.

« Mais qu'est-ce qu'il a fait à ma meilleure
amie ? » a demandé une voix derrière moi.

J'ai tourné la tête pour voir Skye.

Je connaissais Skye depuis aussi longtemps que je
me souvienne. Nous avons toujours été amies. Elle
était petite, avait des cheveux noirs raides qui lui
arrivaient aux épaules et aimait porter des robes
sophistiquées qu'elle achetait dans les villes
humaines. Contrairement à moi, Skye n'était pas
née avec un animal. Elle n'était pas née avec les
pouvoirs des sorcières non plus. Je l'aimais quand
même. Ma grand-mère disait toujours que ce ne
sont pas les pouvoirs, ou le fait de ne pas en avoir,

qui définissent notre personne. Je savais qu'elle avait raison.

En étant avec ma meilleure amie et ma grand-mère, je me sentais déjà mieux.

« Skye! Comme c'est gentil de te joindre à nous », a commenté ma grand-mère.

« Ravynne, c'est toujours un plaisir de te voir, » répondit Skye en souriant.

« Leila, mon trésor. Tu veux bien nous raconter ce qui s'est passé quand tu as trouvé ton compagnon ? » m'a demandé ma grand-mère.

J'ai soupiré. Je leur devais au moins une explication, même si je n'avais pas envie d'en parler. J'ai pensé à la façon la plus rapide et la moins douloureuse de le leur dire.

« Il a dit qu'il avait déjà une compagne. » Je me suis dit que je n'aurais peut-être pas à en parler davantage en disant ça.

« Quoi ? Je pensais que c'était impossible ! » s'exclama Skye.

J'ai réalisé que Skye pensait que Will avait une autre âme sœur. Ce n'est pas exactement ce que je voulais dire, me suis-je dit. Je n'avais pas envie d'en parler non plus. J'ai regardé ma grand-mère. Elle me regardait avec des yeux remplis de tendresse. Ma grand-mère me connaissait bien.

Elle avait compris sans que je dise quoi que ce soit.

« C'est bon Skye », a-t-elle commencé. « Nous ne savons pas tout ce que la Déesse de la Lune nous réserve. »

« Mais… » Skye voulait protester.

« Ce n'est pas le moment », interrompit ma grand-mère. « Viens, il est temps de préparer les plantes pour le cours de sorcellerie sur les remèdes. »

Skye a soupiré et a serré ses lèvres. « Bien, ce n'est pas comme si j'avais le choix en la matière », se plaignit-elle.

Ma grand-mère a ri un peu, habituée aux pleurnicheries de Skye.

« Allons, Skye. Tu as toujours le choix dans la vie », a répondu ma grand-mère.

Je les ai regardés marcher vers la maison. J'étais heureuse que nous n'ayons plus à parler de mon compagnon. Je savais que grand-mère devait préparer les choses pour le cours de sorcellerie. Je savais aussi qu'elle n'avait pas à le faire tout de suite et qu'elle le faisait pour moi, pour que Skye arrête de poser des questions. Je me sentais vraiment reconnaissante pour ça.

Je suis allée ramasser des feuilles et des plantes
dont je savais que nous aurions besoin pour le
cours de sorcellerie. Cela me permettrait d'oublier
Will, du moins j'espérais que ça aide. J'adorais
assister aux cours de ma grand-mère. Même si mes
compétences en sorcellerie étaient avancées,
j'aimais aider de toutes les manières possibles.
J'aimais aider les petits qui apprenaient la base de
la magie. Sans même y penser, je sortis le morceau
de jean de mon sac et le portai à mon nez. Je n'ai
pas pu m'empêcher de sourire à son odeur. Ce lien
d'âme sœur me rendait vraiment folle. Je l'ai
rapidement remis dans mon sac avant que
quelqu'un ne me voie et j'ai continué à ramasser
des herbes.

Le soleil descendait déjà à l'horizon, embrasant le
ciel de couleurs. C'était l'heure du cours de
sorcellerie de ma grand-mère. J'ai mis de côté les
perdrix que j'avais chassées avec mon arc durant
l'après-midi. J'étais l'une des meilleures archères
de la meute. Combiné à mes pouvoirs magiques et
à ma louve, on peut dire que j'étais bien préparé à
toute situation.

Des souches de bois et des rochers formaient un
cercle dans la petite vallée près de notre village.
Les enfants étaient déjà assis, impatients que la
classe commence. Ils parlaient ensemble, certains
d'entre eux se vantant de la force de leur magie.

C'était amusant de les regarder, et d'écouter leurs histoires.

« Je vous le jure ! J'ai pu faire des flammes à cette hauteur ! » dit un petit garçon en levant la main bien au-dessus de sa tête.

« C'est impossible ! » a rétorqué une petite fille.

« Je te le jure », a-t-il répondu.

« J'ai entendu dire que Melissa a obtenu des flammes deux fois plus hautes que celles-ci », leur a chuchoté une autre fille. Elles ont toutes poussées un soupir d'admiration, imaginant des flammes presque aussi hautes que les arbres.

Je devais me retenir de rire. J'aimais voir combien les enfants étaient insouciants. J'étais heureuse que notre meute leur fournisse la protection nécessaire pour qu'ils grandissent heureux.

J'ai pris une profonde inspiration, une étincelle de magie traversant mon corps, me faisant frissonner. C'était mon endroit préféré pour faire de la sorcellerie. La magie était forte sur ces terres. Je pouvais la sentir couler dans mes veines. Les nuits de pleine lune, on pouvait même voir des étincelles de magie apparaître ici et là. Tout le monde aimait les cours de ma grand-mère. Même les fées s'étaient rassemblées et attendaient qu'elle commence. J'aimais voir leur lueur à travers les brins d'herbe, dans l'obscurité de la forêt.

Au centre du cercle se trouvait une zone avec de la mousse et des petites plantes. C'était l'endroit idéal pour pratiquer la sorcellerie, car tout le monde avait une bonne vue.

Ma grand-mère est arrivée, suivie de Skye, qui tenait un grand panier rempli de plantes.

« Fais attention à ce que tu fais maintenant », l'a prévenue ma grand-mère.

Skye a soupiré après son commentaire. Je savais que Skye détestait qu'on lui dise de faire attention. Mais grand-mère avait raison, Skye avait tendance à être maladroite. Ce ne serait pas génial de trébucher, en tenant un panier rempli de plantes, devant tout le monde.

Quand elles sont arrivées au centre du cercle, ma grand-mère m'a fait signe de m'approcher. On commençait toujours les cours de sorcellerie par la danse sacrée des ancêtres de notre meute. Skye ne pouvait pas l'exécuter puisqu'elle n'était pas née avec des pouvoirs magiques. Elle s'est placée derrière les enfants, nous regardant. J'ai toujours eu l'impression qu'elle m'enviait. J'essayais de repousser ces pensées ; Skye était ma meilleure amie, elle était comme une sœur pour moi. Pourtant, chaque fois que j'exécutais la danse avec ma grand-mère, le même sentiment s'insinuait en moi.

Je me tenais devant ma grand-mère. Nous avons toutes deux fermé les yeux et joint nos mains, faisant apparaître un petit orbe bleu de magie dans l'air devant nous. Mes pieds et mes mains ont commencé à bouger d'eux-mêmes. Je connaissais si bien cette danse que je n'avais même pas besoin d'y penser. Avec chaque tour de nos pieds et de nos mains apparaissait un autre orbe de magie. Chaque orbe était d'une couleur différente, selon l'élément qui avait répondu à notre appel. Tour à tour, la terre, l'air, l'eau et le feu sont venus à nous, nous prêtant leur pouvoir. À chaque mouvement de mes hanches, les orbes dansaient autour de nous. C'était d'une beauté totale, et les enfants étaient en admiration. Nous terminions toujours cette danse en faisant fusionner les orbes ensemble. Une fois fusionnés en un énorme orbe d'énergie blanche, l'énergie était si forte, elle ne pouvait pas être contenue. Elle s'envolait vers le ciel et explosait, laissant de multiples traces colorées dans le ciel, comme le ferait un feu d'artifice. Tous les enfants étaient en extase devant une telle beauté. Au fond, Skye pinçait les lèvres en attendant que nous ayons terminé.

Les lumières se sont éteintes. Enfin, le cours de sorcellerie pouvait commencer. Je me suis assise avec les enfants pendant que ma grand-mère commençait à parler. Skye est venu à côté de moi et s'est assis avec moi.

« Beau travail, comme toujours », m'a-t-elle chuchoté en souriant.

« Merci », j'ai murmuré en retour.

Nous nous sommes tournés vers la classe, en gardant notre attention sur ma grand-mère, au cas où elle aurait besoin de notre aide pour le cours.

************ PDV de Will ************

J'ai couru jusqu'à la maison de la meute aussi vite que je le pouvais. Mon cœur martelait dans ma poitrine. Mon loup était furieux contre moi. Mes yeux étaient embués, mais je connaissais le chemin et n'avais pas besoin de voir clair. Quand je suis arrivé devant la maison de la meute, je me suis retransformé en forme humaine. J'ai secoué ma tête, en attrapant mon visage avec mes mains. Mon cœur battait vite, même si je ne courais plus. Mon cœur me faisait mal et je me sentais engourdi. Que s'est-il passé ? Pourquoi n'ai-je pas pu la rejeter ? Quand elle a commencé à dire les mots, je n'ai pas pu supporter de rester et de l'écouter. Je ne pouvais pas la laisser faire. Mon loup a pris le contrôle sur moi. Il n'acceptait pas d'être rejeté. Il était clair pour moi qu'il n'accepterait jamais Jane comme sa compagne.

Pas maintenant que nous avions rencontré notre âme sœur. C'était certain.

Elle faisait partie de la meute de loups sauvages. Je devais annuler mon voyage. Il n'était pas question que je demande leur aide pour la guerre. Marcus serait heureux, j'irais voir les meutes qui vivent plus loin. Je ne pouvais pas me permettre de la revoir. C'était déjà assez douloureux comme ça. Si je la revoyais, je ne savais pas si je pourrais lui résister. Je n'avais jamais ressenti une attraction aussi forte auparavant. C'était comme si j'étais accro à elle, sans jamais l'avoir goûtée. Si le lien d'âmes sœurs était aussi fort, je pouvais comprendre pourquoi on disait que ce lien est éternel. J'ai pris quelques secondes pour essayer de me ressaisir. Je ne pouvais pas me permettre d'avoir l'air secoué devant la meute. J'étais l'Alpha, je devais être fort. Reste concentré, ne montre pas tes sentiments. J'ai pris une profonde inspiration avant d'entrer dans la maison de la meute.

Je pris des vêtements de rechange dans le hall d'entrée de la maison et m'habillai. En enfilant mon jean, je n'ai pas pu m'empêcher de penser à la paire que Leila m'avait offerte et que j'avais déchirée en me transformant en loup. Je me sentais mal et j'espérais qu'elle comprenait. Je suppose que cela n'avait plus d'importance, puisque je ne la reverrais jamais. D'une certaine manière, cette pensée m'a fait plus mal que je ne l'aurais cru.

Jane et les conseillers sont venus me voir quand ils ont réalisé que j'étais de retour. Ils m'observaient, attendant d'avoir mon rapport sur la situation. Je les ai regardés, j'étais entouré de gens, et pourtant je me sentais seul.

« Je me suis occupé du loup sauvage », ai-je simplement déclaré.

« Il est mort ? » Marcus a demandé.

J'ai secoué la tête. « Cette louve ne voulait pas faire de mal. Elle est retournée sur le territoire de sa meute. »

J'ai essayé de garder un visage sévère, en essayant de cacher mes émotions. À l'intérieur de moi, j'étais un désastre total. J'espérais seulement avoir réussi à tromper tout le monde.

« Merci, mon amour », a dit Jane.

Je l'ai regardée. Elle était aussi belle que jamais. Mais quelque chose était brisé dans mon cœur. Je savais que c'était ma responsabilité en tant qu'Alpha de la garder comme Luna de la meute. Même si mon loup n'était pas d'accord. Il n'y avait pas moyen que je puisse avoir une louve d'une meute sauvage comme compagne. J'étais reconnaissant que Jane ne puisse pas entendre mes pensées. Je ne voulais pas la blesser. Ce serait ma

douleur, quelque chose que je devais supporter
seul, en tant qu'Alpha. J'espérais que Jane pourrait
vivre heureuse avec moi, sans le savoir.

Je savais que je souffrirais pendant un moment,
mais cela devrait s'atténuer avec le temps. J'avais
tout le temps nécessaire pour que les choses
fonctionnent avec Jane. Je l'ai prise dans mes bras.
Elle a reposé sa tête sur ma poitrine. À l'intérieur,
je me sentais vide. Je ne pouvais plus rien ressentir
pour elle. Je n'ai rien dit, je ne trouvais pas les
mots.

Marcus a demandé, « était-elle de la meute au
nord ? »

J'ai acquiescé. Parler de ça me faisait mal au cœur.

« Je n'irai pas voir la meute de loups sauvages »,
leur ai-je dit avec autorité.

« Comme vous voulez », a répondu Marcus. Il
semblait soulagé par ma décision.

« J'ai besoin de quelques jours. Je vais me
préparer à aller voir la meute du Nunangat, au
nord », ai-je ajouté.

Les yeux de Marcus se sont agrandis.

« Le pack Nunangat ? Mais c'est bien plus au
nord ! Même en allant en avion, ça prendrait
environ huit heures ! Et les avions ne vont même
pas jusqu'à leur meute. En plus, tu ne pourras

jamais réserver un vol… Les avions ne partent qu'une fois toutes les quelques semaines pour Nunangat. »

« Je sais », ai-je répondu, « c'est pourquoi je vais y aller en voiture ».

« En voiture ? » Marcus était stupéfait. « Mais ça va vous prendre au moins une semaine, et je ne suis même pas sûr qu'il y ait des routes jusque là-haut ».

« C'est pourquoi je vais prendre quelques jours pour faire mes bagages et passer du temps avec ma Luna », ai-je répondu. Jane a souri à ma dernière phrase.

Mon esprit était fixé. Aller aussi loin dans le nord. C'est ce dont j'avais besoin pour m'empêcher de penser à Leila. Avec cette distance entre nous, ça devrait être plus facile.

Tout le monde a acquiescé. Je suis allé commencer à préparer ce dont j'avais besoin pour le voyage.

Quelques jours plus tard, j'étais presque prêt à partir pour la meute du Nunangat. J'étais impatient de partir. Les derniers jours ne s'étaient pas bien passés. J'étais un désastre ! J'ai essayé autant que je pouvais d'arrêter de penser à Leila, mais je ne pouvais pas. Mon loup souffrait de ne pas voir son âme sœur. Chaque fois que je regardais Jane, je la comparais à Leila. J'étais grincheux et indifférent.

Je me sentais comme si j'avais la gueule de bois sans même avoir bu. Je n'arrivais pas à marquer Jane, et pire encore, je n'arrivais pas à lui faire l'amour. L'embrasser était devenu difficile et j'essayais de l'éviter autant que possible.

Elle savait que quelque chose n'allait pas et m'a demandé plusieurs fois ce que c'était, mais je ne pouvais pas le lui dire. Je ne mangeais presque rien, mais je n'avais pas faim non plus. J'ai essayé de me convaincre que c'était pour le plus grand bien de la meute. Mon loup se languissait tellement de Leila, qu'il était agité. Il ne pouvait plus se soucier des responsabilités d'Alpha.

Jane m'a sorti de mes pensées.

« Will, tu pars dans deux jours. Veux-tu au moins passer un peu de temps avec moi avant de partir ? »

Elle avait l'air triste. Je savais que je l'avais négligée ces derniers jours. Je me suis renfermé, j'ai monté mes murs et je n'ai laissé personne entrer. Il était légitime que j'essaie au moins de passer du temps avec elle avant de partir.

« Oui, je suis désolé Jane. Je sais que je n'ai pas été le meilleur compagnon ces derniers temps. » Le simple fait de dire le mot *compagnon* m'a fait penser à Leila. J'ai repoussé la douleur à l'arrière de mon esprit, en essayant de l'ignorer. Jane avait raison, je devais partir bientôt. Je devrais essayer de passer le reste du temps que j'ai ici avec elle.

« Pourquoi ne pas écouter un film, comme on le faisait quand on était plus jeunes ? »

J'ai souri à la suggestion de Jane. J'adorais regarder des films avec elle. Je me rapprochais toujours d'elle pendant que nous regardions le film, petit à petit, sans qu'elle s'en rende compte. C'était le moment parfait pour flirter. Je l'avais tellement perfectionné au fil des ans que je pouvais pratiquement la tenir dans mes bras à la fin du film. Bien sûr, maintenant que Jane était ma compagne, je n'avais plus besoin de me cacher, je pouvais simplement lui faire des câlins dès le début du film.

J'ai répondu : « C'est une excellente idée ! »

Jane a choisi un de ses films préférés. C'était un film de romance avec des vampires. Ils ne me dérangeaient pas, ils avaient généralement un peu d'action aussi. Nous nous sommes assis sur le canapé et Jane s'est blottie contre moi. En écoutant le film, avec le corps de Jane près de moi, j'ai commencé à me détendre, et j'ai senti mon esprit se libérer pour la première fois depuis des jours. C'était bon, une pause dans la tempête qui faisait rage dans mon âme. J'ai commencé à sentir sa peau, laissant mes lèvres effleurer doucement son cou, laissant de doux baisers sur leur passage. Elle s'est tournée vers moi et s'est mise à califourchon sur moi. Nous avons commencé à nous embrasser, nos langues dansant ensemble. Mon cœur battait la chamade quand j'ai attrapé ses hanches avec mes mains. Elle a commencé à balancer ses hanches, encore habillée. Je pouvais sentir mon pantalon se resserrer. Comme je la voulais en ce moment ! Mes yeux étaient fermés pendant que nous nous embrassions, mais je pouvais la voir clairement dans mon esprit. Ses cheveux noirs bouclés bougeaient avec chacun de ses mouvements. Je pouvais l'imaginer sans même la regarder, sa belle peau café, ses tatouages. J'étais tellement excité que j'ai commencé à enlever ses vêtements.

« Hmm… Will, tu es si chaud ce soir », a-t-elle commenté en haletant.

À ce moment, quand j'ai entendu la voix de Jane, j'ai réalisé que ce n'était pas Leila. Comment aurais-je pu les confondre ? Elles étaient si différentes l'une de l'autre. Ce qui m'a vraiment frappé, c'est que j'avais envie d'embrasser Leila… mais pas Jane. Qui essayais-je de tromper ?

Je me suis arrêté net et Jane me fixait.

« Quelque chose ne va pas, Will ? »

Qu'est-ce que j'étais censé répondre ? Que je pensais à une autre femme ? À ma véritable âme sœur ? Et que ça me faisait mal à l'intérieur de ne pas être avec elle ? Elle serait dévastée.

« Je suis désolé… Je ne peux pas », c'est tout ce que j'ai pu sortir.

Je suis sorti en trombe de la pièce tandis que Jane m'appelait : « Will, attends! »

C'était déjà trop tard. J'étais déjà sorti de la chambre. J'ai rapidement enlevé mes vêtements et je suis sorti. Je me suis changé en loup dès que je suis sorti de la maison de la meute.

La lune était déjà haute dans le ciel. Les étoiles brillaient comme des diamants. J'avais besoin de partir d'ici. J'étais perdu et je ne savais plus quoi faire. Mes murs étaient détruits. Cette coquille que j'avais construite autour de moi était fissurée. Tout ce en quoi je croyais, être l'Alpha, mes responsabilités, même mon propre cœur. Tout s'est effondré, défait par une simple rencontre. Comment pourrais-je vivre comme ça ? Comme j'aurais aimé que mon père puisse m'aider à traverser cette épreuve. J'avais tellement besoin de ses conseils. Il aurait sûrement un conseil, une sagesse acquise par des années d'expérience. Je me sentais désemparé, et ça me déchirait de l'intérieur. Je courais aussi vite que je le pouvais, sans penser à rien. Je laissais mon loup ouvrir la voie, le laissant me contrôler. Je n'ai même pas regardé où nous allions. Je lui faisais confiance. Je me sentais libre, oubliant mes devoirs, ma douleur. J'avais vraiment besoin de ça.

Après un moment, j'ai commencé à sentir une
odeur. Je ne pouvais pas oublier cette douce odeur
de jasmin et d'agrumes. C'était elle ! Comme
j'avais envie de la voir. J'ai suivi son odeur, mon
loup criant dans ma tête « âme sœur » alors que
nous la suivions. J'ai couru aussi vite que je le
pouvais, de peur de perdre son odeur, de peur
qu'elle parte si je n'allais pas assez vite. Elle était
le canot de sauvetage que je cherchais, ces
derniers jours, dans une tempête où je me noyais.

Je suis bientôt arrivé à la limite du territoire de ma
meute, au nord, à peu près au même endroit où je
l'avais vue la première fois. Cependant, il n'y
avait pas de femme cette fois. J'ai vu cette
magnifique louve noire qui me fixait. Ses yeux
étaient dorés. Son regard était si féroce et
passionné. Je me suis approché doucement, sans
vouloir l'effrayer. Son loup était complètement
noir, à l'exception d'une tache à l'arrière de son
cou qui était dorée, en forme de diamant. Elle était
vraiment magnifique !

J'ai vu ses yeux scintiller, et j'ai su que sa louve
voulait rencontrer le mien. Mon loup était plus
qu'heureux de la rencontrer. Tout ce que je
pouvais entendre dans mon esprit était « âme
sœur ». Et comme nous étions déjà tous les deux
sous notre forme de loup, ce serait un jeu d'enfant
de les laisser se rencontrer. J'ai donné à mon loup

tout l'espace dont il avait besoin, en retournant dans mon esprit autant que je le pouvais. Je me suis approché d'elle et j'ai commencé à la sentir. J'ai été immédiatement submergé par son odeur séduisante de jasmin et d'agrumes. Elle a commencé à me sentir aussi et a frotté son museau contre le mien. Mon loup était gonflé de fierté à l'idée que sa compagne frotte son odeur sur lui. Toute la douleur et la tristesse que j'avais ressenties ces derniers jours avaient disparu. Je me sentais exalté. Mon cœur s'emballait. Elle semblait s'amuser aussi. Je pouvais sentir, grâce à notre lien d'âme sœur, que je lui avais manqué autant qu'elle me manquait.

Elle me regardait, m'étudiait, quand soudain, elle s'est mise à courir. J'ai ri intérieurement, et un faible grondement a émané de ma poitrine. Tu veux jouer, ma douce ? Avec plaisir, me suis-je dit en souriant. Je l'ai suivie à travers la forêt, la laissant prendre un peu d'avance, puis la rattrapant. Même si je ne la voyais pas, je pouvais suivre son odeur facilement. Elle n'essayait pas de le cacher, elle voulait que je la suive. Je savais que sa louve me voulait. Mon loup était plus que désireux de jouer son jeu. Je ferais n'importe quoi pour lui plaire en ce moment ! Après avoir couru un moment dans les bois avec elle, j'ai finalement décidé de la rattraper. Elle était très rapide et agile, mais en tant qu'Alpha, j'étais plus rapide qu'elle.

Quand je l'ai enfin rattrapée, je me suis placé sur elle et j'ai maintenu sa tête immobile. Mon loup a parlé à travers mon esprit, jusqu'au sien, « à moi ». C'était possessif et fort. Sans même réfléchir, les dents de mon loup ont commencé à pousser davantage, se préparant à la marquer, à la faire mienne pour toujours. Mon cœur martelait dans ma poitrine. Je le voulais autant que mon loup. Qui se souciait de la meute et de mes responsabilités ? Elle était ma compagne, j'avais besoin d'elle à mes côtés. Ma meute devra juste l'accepter. Il était hors de question que je la perde une autre fois. Alors que je me préparais à la mordre, j'ai entendu sa voix dans ma tête, « s'il te plaît, ne le fais pas ».

J'ai figé à ces mots. Mon esprit humain reprenant un peu de contrôle sur mon loup. Qu'est-ce que je faisais ? Oui, elle était ma compagne. Oui, je la voulais à mes côtés. Mais je voulais qu'elle soit d'accord avec ça. Je ne voulais pas le lui imposer. J'ai relâché mon emprise sur elle. Elle m'a regardé avec ses beaux yeux en amande. C'était la plus jolie louve que j'avais jamais vue de toute ma vie. Je pouvais sentir à travers notre lien qu'elle était reconnaissante que je ne la marque pas. Je me demandais comment il était possible pour moi de l'entendre à travers mon esprit, même si je ne l'avais pas marquée. Était-ce possible que le lien d'âmes sœurs soit aussi fort ?

Je me suis demandé si je devais retourner à ma forme humaine pour que nous puissions parler ensemble. J'ai à peine eu le temps d'y penser qu'elle a tourné le dos et s'est mise à courir dans la direction de sa meute. J'ai regardé autour de moi, je n'étais même plus sur le territoire de ma meute. J'ai commencé à revenir sur mes pas, en pensant à ce qui venait de se passer. Je n'arrivais pas à croire que mon loup était prêt à la marquer, à la faire nôtre, ici et maintenant. Son doux parfum était encore présent dans mon nez. Je ne pouvais pas m'arrêter de penser à Leila. Elle était si précieuse, elle était comme un trésor pour moi.

Je suis retourné à la maison de la meute et j'ai repris ma forme humaine. Tout le monde était déjà endormi, car la nuit était bien avancée. Je suis entré dans ma chambre sans faire de bruit. Jane était endormie. Elle avait des larmes séchées sur le visage, et je me suis immédiatement senti mal. Je savais qu'elle m'aimait, et je savais qu'elle voulait des petits. C'est moi qui l'ai entraînée dans cette histoire. C'est moi qui lui ai demandé d'être ma Luna. Elle a accepté toutes les responsabilités qui en découlent, tout ça pour moi. Serais-je capable de lui donner ce dont elle a besoin ? Devrais-je simplement abandonner ? Je me sentais fatigué et confus par tout ce qui s'était passé. En prenant soin de ne pas la réveiller, je me suis allongé à ses côtés et j'ai posé un bras autour d'elle. J'ai essayé de me concentrer uniquement sur Jane, en essayant

de me rappeler les raisons pour lesquelles je
l'avais choisie, tout en sombrant lentement dans le
sommeil.

Chapitre 5 (Eurynomos)

La brèche

Ça prenait plus de temps que je ne l'avais prévu. Je commençais à m'impatienter ! Ces idiots incompétents ne pouvaient-ils pas travailler plus vite ? Je regardais un groupe de sorciers gobelins qui affaiblissaient lentement le sort qui scellait le portail. Ils portaient une longue tunique marron-verdâtre avec une capuche. On aurait dit que leur tunique avait été cousue à partir de plusieurs morceaux de tissu et leur couleur n'était pas exactement la même. Des trous ont été faits à travers le capuchon de leur tunique pour que leurs oreilles puissent passer à travers. Leurs yeux rouges semblaient briller grâce au reflet de la lave qui s'écoulait. Cela contrastait avec leur peau gris-jaunâtre. Ils jetaient un sort dans leur langue maternelle. Je ne comprenais pas ce qu'ils disaient, mais je m'en fichais. Ils savaient qu'ils feraient face à ma colère s'ils échouaient. Ils savaient qu'il valait mieux ne pas affronter la colère du maître des Enfers.

Soudain, un fort bruit de craquement émana du portail, suivi d'un profond grondement. La lave, qui semblait couler uniformément sur sa surface auparavant, formait maintenant des boules et des grumeaux. Un des sorciers gobelins s'est approché de moi. Il n'était pas très grand et portait un bâton en bois muni de la griffe acérée d'une grosse créature. Il portait une longue cape sur le dos et avait une paire de chaussures en peau d'animal. Il s'est incliné bien bas devant moi et a souri, montrant ses dents pointues et crochues. Il parlait d'une voix gutturale aiguë, dans un français approximatif.

« Maître, ça a commencé. »

« Qu'est-ce qui a commencé ? »

« Une brèche. »

J'ai ri si fort, le son de mon rire résonnant contre les parois rocheuses, que toutes les créatures du Tartare ont arrêté ce qu'elles faisaient et ont tremblé de terreur. Elles feraient bien de me craindre, car bientôt, je régnerai sur les morts et les vivants.

Je me suis tourné vers le sorcier gobelin en face de moi. Il avait un air incertain sur son visage, serrant ses mains l'une contre l'autre, ses longs ongles pointus s'enfonçant dans sa propre peau.

« Parfait ! »

Le gobelin a semblé se détendre un peu.

« Dites aux autres de commencer à lancer des portails de sortie. Nous avons besoin de toutes les sorties possibles pour que mon armée puisse passer dans le monde des vivants. »

« Mais... mais maître. Nous... nous allons devoir arrêter de travailler sur le portail principal », bégaya-t-il en regardant le sol.

« Tu continueras à travailler sur le portail pendant que les autres travaillent sur les sorties », ai-je grogné.

« Oui... oui, tout de suite », a-t-il gémi.

J'ai ri à l'idée que je pourrais facilement les écraser tous avec ma force. L'idée était tentante, mais ils m'étaient encore utiles. Peut-être que lorsque leur tâche serait terminée, je choisirais quelques gobelins à tuer pour le plaisir. Ce serait divertissant.

Maintenant que le portail avait une brèche, mon armée pouvait commencer à aller dans le monde des mortels. J'étais toujours lié au monde souterrain tant que le sceau n'était pas complètement brisé. Mais au moins, nous pouvions lancer des portails de sortie secondaires. Cela ne permettait pas à autant de personnes de passer à la fois, mais il ne faudrait pas longtemps avant que nous ne brisions le portail principal. Alors, je serai imbattable !

La meilleure partie était qu'en lançant plusieurs sorties, je pourrai commencer à envahir le monde à plusieurs endroits en même temps. C'était parfait ! Et pourtant, il n'y avait qu'une seule entrée dans le monde souterrain. Je m'assurerais qu'elle soit bien gardée… seul un imbécile essaierait d'y entrer de toute façon.

Quand le sceau du portail principal sera brisé, je pourrai voyager moi-même dans le monde des vivants. Avec toute l'énergie vivante que je draine des créatures mortelles, je devenais de plus en plus fort à chaque minute. Tu entends ça ? Misérable jeune fille ! Tu ne m'arrêteras jamais ! Je ne pouvais pas m'empêcher de rire, car je savais très bien que la fille pouvait entendre tout ce que je lui disais. J'aimais la tourmenter. Elle ne sera jamais libérée de moi. Il n'y avait aucune chance qu'ils réussissent à la libérer. Je me réjouissais, non seulement les choses allaient bien, mais je savais aussi que la jeune fille se noyait de désespoir devant mon succès.

J'étais assis à mon bureau, vérifiant quelques documents. Nous avions quelques milliers de guerriers qui rejoignaient notre cause contre Eurynomos. Jamais loups-garous et vampires n'avaient été aussi unis. Même les humains avaient rejoint notre camp. Maintenant que mon frère avait succédé à notre père comme Seigneur des vampires, ils n'avaient plus peur de nous. Les humains ont commencé à être acceptés par les vampires partout. Ils ont été autorisés à prendre de meilleurs emplois que lorsque mon père était le souverain. Dire qu'il ne leur permettait que d'être des esclaves. J'étais heureux que les humains soient maintenant libres sur nos terres. Même si cela ne me rendra jamais mon âme sœur. Encore aujourd'hui, je pouvais voir tout ce qu'il lui avait fait dans mes cauchemars. Je pouvais encore sentir la douleur de la rupture du lien d'âme sœur. Tout ça parce qu'elle était une humaine, au lieu d'une vampire. Je n'ai même pas pu la sauver. J'étais tellement en colère contre moi-même de ne pas avoir pu le faire ! Si seulement je pouvais remonter le temps et la tenir dans mes bras une fois de plus ! J'ai soupiré. J'avais besoin de me concentrer à nouveau sur la guerre pour m'éloigner de ces pensées. C'était le passé, je ne pouvais rien faire pour le changer. Je ne devrais pas continuer à me blâmer. J'ai fait tout ce que je pouvais. Elle n'aurait pas voulu que je me fasse du mal.

J'ai fait ce que je fais toujours pour ne plus penser à elle. Je me suis concentré sur l'armée que nous rassemblions, me tenant l'esprit occupé. Je voulais me réjouir à l'idée que tout le monde s'unisse contre le démon. C'était quand même triste qu'il faille une grande menace pour que tout le monde laisse de côté ses préjugés et s'unisse. J'espérais seulement qu'une fois le démon éliminé, les gens continueraient à s'accepter les uns les autres. Mon frère était un gentil seigneur vampire. Il voulait la paix entre nos espèces. Surtout puisque Kate était une louve-garelle. C'était la meilleure chance de paix entre nos espèces que nous ayons eue depuis des siècles !

J'ai sursauté quand quelqu'un a frappé à la porte. Un serviteur vampire attendait.

« Mon Prince, Lady Bianca souhaite vous voir. Elle est avec Elwin, dans son laboratoire. »

J'ai hoché la tête.

« Merci beaucoup, je vais aller les voir immédiatement. »

Le serviteur s'est incliné, puis est parti.

J'ai souri. J'aimais le fait que nous ayons des domestiques au lieu d'esclaves au château maintenant. C'était l'une des premières règles établies par Damien quand il est devenu le souverain. Les esclaves étaient maintenant libres. Ils pouvaient rester et travailler au château s'ils le souhaitaient, ou aller trouver autre chose à faire. Une partie d'entre eux a décidé de rester. Un quartier des serviteurs avait été installé dans le château, leur donnant des chambres et des lits. Ils avaient maintenant accès à des douches et à des vêtements propres, étaient nourris convenablement et étaient payés pour leurs services. Toutes choses que mon père leur avait refusées. De plus, ils n'avaient plus peur et n'étaient plus menacés d'être saignés à mort. Des offres d'emploi étaient proposées pour combler les postes vacants. Certains vampires ont décidé de postuler, car le salaire était bon.

Les choses changeaient pour le mieux. Cela réchauffait mon cœur. C'était agréable de se sentir comme ça. Il n'y a pas si longtemps, il n'était rempli que de tristesse, de colère et de regrets. J'ai pris une minute pour vérifier que ma chemise noire était correctement boutonnée, comme je l'aimais, et qu'elle coulait par-dessus mon jean. Je n'étais pas en mission royale, je n'avais pas besoin d'être formel.

Le laboratoire d'Elwin n'était pas très loin. J'ai frappé à la porte.

« Entrez », a dit Elwin. Sa voix semblait venir de loin dans son laboratoire.

Je suis entré et j'ai vu qu'il était au fond de la pièce, fixant un gros livre sur un lutrin. Bianca était avec lui, et elle tenait un autre livre, plus petit, dans ses mains. Je me suis dirigé vers eux.

« Bonjour ! Vous vouliez me voir ? »

Le visage de Bianca s'est éclairé quand elle m'a vu. J'étais facilement devenu ami avec elle. D'une certaine manière, c'est comme si je la connaissais depuis des siècles, même si nous ne nous étions rencontrés qu'il y a deux ans, lorsque mon frère a trouvé sa compagne.

Elle a répondu joyeusement.

« Arius ! Je suis si heureuse de te voir ! »

« Mon Prince », Elwin s'est légèrement incliné.

Bianca n'était pas une personne pour les formalités. Elle s'est empressée de donner le livre qu'elle tenait à Elwin et est venue me serrer dans ses bras. J'ai ri en regardant le visage surpris d'Elwin. Ce genre d'amitié chaleureuse était exactement ce dont j'avais besoin, et j'étais heureux de lui rendre son étreinte.

On a rompu l'étreinte quand on a entendu Elwin s'éclaircir la gorge.

« Elwin, mon ami, tu peux te détendre un peu. »

Ses épaules se sont un peu détendues. Je ne
pouvais pas lui reprocher d'être si formel. Il avait
été habitué à des siècles de service très strict sous
les règles de mon père et de mon grand-père. Je
me demandais s'il finirait par s'adapter à ce
nouveau type de règles, ou s'il resterait ainsi pour
toujours. Pouvez-vous apprendre de nouveaux
tours à un vieux vampire ?

Bianca a repris le livre des mains d'Elwin et me
l'a montré. C'était un livre de vampires qui
décrivait les environs immédiats du château et ses
terres. Le livre était ouvert à une page qui
contenait une carte. Cette carte avait peu de
détails, c'était une carte de très haut niveau.

Dans son autre main, elle tenait une autre carte.
Cette carte contenait de nombreux détails et
semblait avoir été faite à la main.

« Arius ! J'ai besoin de ton aide », a-t-elle
commencé, impatiente.

« Pour faire quoi ? »

« Tu vois les terres au nord ? J'ai besoin que tu
ailles sur les terres des elfes de la Lune. »

J'ai regardé l'endroit qu'elle désignait sur la carte.
C'était sur la rive nord de Montréal. Pour être
franc, je ne m'y suis jamais aventuré. Je n'en ai
jamais eu besoin. Et donc, je n'avais jamais
rencontré les elfes de la lune non plus. Je me

demandais s'ils accueilleraient un vampire sur leurs terres.

« Que veux-tu que je fasse ? »

J'étais plutôt curieux de savoir. J'espérais seulement que ça n'incluait pas de meurtre.

« Tu vois là ? » Elle désigna une montagne dans les terres des elfes de la lune. « C'est Y'vagroth. C'est la plus haute montagne connue sur ces terres. Et on dit qu'elle abrite un sanctuaire pour les nymphes Naïades. »

Les nymphes Naïades… Je sais que j'ai déjà entendu ce nom auparavant… Mais pour une raison quelconque, je ne parvenais pas à m'en souvenir. Elwin a vu ma tête inclinée pendant que je réfléchissais et a répondu sans même que je le demande.

« Les nymphes Naïades sont les nymphes de l'eau. Elles résident dans les sources, les rivières, les puits. Toute étendue d'eau qu'elles jugent digne de leur présence. »

Ah, c'est donc là que j'ai entendu ce nom. Ça devait être en cours de mythologie antique. Ce n'était pas une de mes matières fortes, et c'était il y a plus d'un siècle.

« Merci pour le rappel, Elwin », ai-je répondu en me frottant la nuque. « Pourquoi as-tu besoin que j'aille là-bas ? »

Bianca a souri.

« Je crois que tu pourrais trouver l'Angelus Hyssopus là-bas. »

« Le… quoi ? »

Bianca a gloussé.

« L'hysope des anges. C'est une fleur très rare. »

Bianca a ensuite montré du doigt le gros livre sur le présentoir. À l'intérieur du livre se trouvait le dessin d'une fleur. Elle avait l'air belle et pure.

« C'est l'Angelus Hyssopus, » a commencé Elwin. « Nous pensons qu'elle pourrait avoir des propriétés magiques qui pourraient guérir le père de Bianca. »

Mes yeux se sont ouverts grand, et mon cœur s'est emballé à cette idée.

Je me suis exclamé.

« Oh, c'est une grande nouvelle ! »

« Alors, tu vas aller là-bas pour le récupérer ? » a demandé Bianca.

Pendant une seconde, j'avais presque oublié que nous n'avions pas encore la fleur. J'ai souri.

« Bien sûr, je le ferai ! »

Bianca a sauté en tapant dans ses mains. J'adorais sa personnalité pétillante.

« Je dois vous prévenir, mon prince. » J'ai regardé Elwin. « L'Angelus Hyssopus est très rare. Pour se développer, elle a besoin de la basse pression de la haute altitude, et d'une abondance d'eau. C'est pourquoi nous pensons que le sanctuaire des nymphes Naïades est un bon endroit pour la chercher. »

Je me suis frotté le menton en réfléchissant. C'était logique. Cela signifiait que je devais escalader une montagne, ce qui ne devrait pas poser trop de problèmes. Je pourrais probablement même voler jusqu'au sommet si je n'étais pas trop fatigué d'avoir fait tout ce chemin. Cela signifiait également que je devais trouver les nymphes Naïades, ce qui devrait être intéressant.

« D'accord, je vais le faire », ai-je répondu.

« Tenez. » Elwin m'a tendu un morceau de tissu et une sacoche.

« Qu'est-ce que c'est ? »

« Lorsque vous couperez la fleur, vous devrez l'envelopper immédiatement dans ce tissu, la mettre dans la sacoche et revenir aussi vite que possible », a-t-il exhorté.

« Pourquoi ? »

« Parce que si vous ne le faites pas, la fleur se fanera trop vite et perdra ses propriétés magiques. »

« Ce serait un gaspillage d'efforts », ai-je déclaré.

« En effet », a convenu Elwin.

« OK, je vais le faire. Je sais combien il est important de trouver un remède pour ton père, Bianca. »

Elle a pressé ses mains sur son cœur.

« Merci beaucoup ! » a-t-elle répondu.

J'aimais aider les gens. C'était une des choses qui me faisait sentir bien. Je sentais que d'une certaine manière, en aidant les gens, je pouvais compenser le fait que je n'ai pas pu protéger Mylandra de mon père.

« Ne t'en fais pas », ai-je répondu. « Je vais me préparer et partir. »

Ils ont tous deux acquiescé. J'ai quitté le laboratoire d'Elwin et me suis dirigé vers ma chambre pour me préparer.

Je me suis assuré de prendre un bon repas avant de partir et j'ai savouré un verre de mon vin de sang préféré. Je suis parti à la première heure du matin. Du château, j'ai volé vers le nord-ouest. Je suis passé au-dessus de la vallée de Nysa, où la guerre s'était déroulée il y a deux ans. Tout le monde avait tenu sa promesse et aidé les nymphes des bois à réparer leurs maisons. Vu du ciel, il semblait que la verdure de la vallée était complètement revenue. Des deux côtés, les montagnes majestueuses sont restées, leurs rivières coulant toujours vers les bois à leur base. Il n'y avait plus aucune trace de la bataille qui s'était déroulée il y a deux ans. Vraiment, c'était un spectacle à voir.

J'ai continué mon chemin, un peu plus à l'ouest qu'au nord. Après un certain temps, je suis passé au-dessus de Montréal. J'ai pris soin de voler plus haut dans le ciel, ne voulant pas attirer une attention non désirée. C'était une grande ville, et je préférais de loin les petites villes et la forêt. Enfin, j'ai traversé le fleuve Saint-Laurent. Un peu plus au nord se trouvaient les terres des elfes de la Lune.

J'avais volé pendant un certain temps et j'ai décidé qu'il serait préférable d'atterrir. J'ai atterri dans une petite forêt sur les terres des elfes de la Lune. J'observais, émerveillé, la beauté de cet endroit. Le sol était couvert de feuilles d'arbres morts, recouvrant le chemin d'oranges, de rouges, de jaunes et de bruns. Dans l'air flottait l'odeur des feuilles en décomposition, comme une odeur de terre. Des feuilles jaune vif et orange restaient dans les arbres, montrant leurs couleurs une dernière fois, attendant le contact doux d'une brise pour les amener au sol. Les rayons du soleil traversant les arbres semblaient avoir une couleur jaunâtre, les faisant paraître encore plus brillants. À chaque souffle du vent, les feuilles volaient tout autour de moi. J'avais l'impression d'être à l'intérieur d'une boule de neige que quelqu'un venait de secouer. J'étais pris par cet étalage coloré de merveilles et je me demandais si ces terres étaient magiques. Peut-être étaient-elles imprégnées de la magie des elfes qui vivaient ici ?

J'ai commencé à marcher dans les bois. Je me suis vite rendu compte que j'avais dépensé beaucoup d'énergie à voler jusqu'ici. Je devais encore aller jusqu'à Y'vagroth et gravir la montagne. Et quand je trouverais la fleur, si même je la trouvais, je devrais revenir le plus vite possible pour m'assurer qu'elle ne se fane pas. Peut-être serait-il plus prudent de se nourrir avant d'aller plus loin. Ces bois étaient sûrement habités par de nombreuses créatures. Je devrais essayer de trouver un cerf. Un animal de cette taille devrait fournir assez de sang pour me ressourcer pendant un long moment.

J'ai laissé mes instincts prendre le dessus. Soudain, chaque son est devenu plus net. J'entendais le bruit des ailes des oiseaux qui battaient dans l'air. J'ai vu des écureuils se battre dans un arbre pour un gland. Je me suis caché autant que j'ai pu, dissimulant mon odeur et marchant silencieusement, afin que les animaux ne puissent pas me détecter. Au loin, j'ai entendu le bruissement des feuilles écrasées par les sabots d'un cerf. J'ai tourné la tête et j'ai immédiatement réussi à voir un jeune cerf adulte qui marchait lentement, à quelques mètres de moi. La bête n'était pas consciente de ma présence. C'était une beauté, mais j'avais besoin de me nourrir. C'était la bataille constante de la vie, et personne ne pouvait y échapper.

J'ai commencé à traquer le cerf, en l'approchant prudemment. Bien qu'il fasse jour, je parvenais à cacher ma présence. La chasse était une de mes activités favorites. Mais je préférais être prudent. Je ne voulais pas qu'il déguerpisse. J'étais assez rapide pour attraper un cerf en fuite, mais ce serait plus facile si je n'avais pas à courir. Je me suis concentré uniquement sur la bête, chassant tous les autres sons pour éviter toute distraction. À mesure que j'approchais, l'odeur du cerf devenait plus forte, me donnant plus faim. Mes crocs ont commencé à pousser. J'ai attendu patiemment jusqu'à ce que je sois proche de lui, en arrivant par-derrière.

Le cerf a sursauté lorsque je lui ai sauté dessus, perçant sa peau de mes ongles acérés. Il s'est cabré, essayant de m'arracher de son dos, mais je le tenais farouchement. Je n'ai pas attendu plus longtemps, ne voulant pas que la bête souffre. Sentant le sang battre dans ses veines, j'ai immédiatement enfoncé mes dents dans son cou, mes crocs trouvant naturellement les veines. Il n'a pas fallu longtemps pour que le cerf ne cesse de bouger et tombe au sol. J'ai été submergé par le goût sucré du sang de la bête. Il n'avait pas le goût métallique que les humains utilisaient souvent pour décrire le sang. Je suppose que c'était dû au fait que le sang était notre principal nutriment. La meilleure façon de décrire ce goût était de le comparer à celui d'un steak à moitié cuit. Mais évidemment, aucun mot ne pouvait totalement justifier à quel point c'était bon de se nourrir d'un animal frais.

J'avais presque fini de me nourrir, essuyant le sang qui coulait de mon menton, quand j'ai entendu un craquement à proximité. Dans mon besoin de me nourrir, j'avais baissé mes gardes. Je pouvais sentir que j'étais maintenant celui qui était traqué. J'ai retiré mes ongles du cerf que je tenais encore et je me suis relevé, scrutant les bois pour trouver la source du bruit. Soudain, une branche a craqué derrière moi. Quoi que ce soit, c'était rapide. Je me suis retourné pour apercevoir une ombre qui courait. Je n'ai même pas eu le temps de me retourner que j'ai senti quelque chose de pointu dans mon dos.

« Ne bouge pas », a ordonné une voix féminine.

Je voulais faire demi-tour et attaquer. Je savais que je pouvais probablement la vaincre quand je le voulais. J'étais un prince vampire. Je pouvais simplement envoyer une onde de choc de mon pouvoir à travers le sol et la déstabiliser. Ou utiliser mon sort hypnotique sur son esprit. J'avais beaucoup de choix. Pourtant, quelque chose m'empêchait de le faire.

Sa voix résonnait comme une mélodie dans mon cœur. Elle sentait les fleurs de lilas. Mon esprit s'emballait, je ne comprenais pas ce qui m'arrivait. Quel était ce sentiment ? Comment cela pouvait-il être possible ? Cela n'avait aucun sens ! On ne pouvait avoir qu'une seule âme sœur dans sa vie… Et Mylandra est morte il y a des années, des mains de mon père. Quelle sorte de sorcellerie était-ce ?

« Hé ! Tu m'écoutes ? » a dit la voix féminine derrière moi. Par son ton, elle était ennuyée.

« Oh, désolé, je ne faisais pas attention », ai-je répondu, en m'excusant.

« Eh bien, tu ferais mieux d'écouter quand ta vie est en jeu. Maintenant, tourne-toi lentement, comme je te l'ai demandé ! »

J'ai gloussé pour moi-même, sans le laisser paraître pour ne pas l'insulter. Si seulement elle connaissait l'étendue de mon pouvoir, elle saurait que ma vie n'est pas en danger.

J'ai levé les mains et fait ce qu'elle m'a demandé, en me tournant lentement jusqu'à ce que je lui fasse face.

J'ai eu le souffle coupé tellement elle était belle. C'était une elfe, ça, c'est sûr, on ne pouvait pas se tromper avec ce genre d'oreilles. Et comme je me trouvais sur le territoire des elfes de la Lune, cela signifiait qu'elle était aussi une elfe de la Lune. Sa peau était blanche, mais dans une moindre mesure que la mienne, avec une légère teinte bleue. Elle avait des yeux bleus profonds et perçants et de longs cheveux blonds légèrement ondulés. Je pouvais facilement me perdre dans ses yeux.

Alors qu'elle m'étudiait, je me demandais si elle ressentait la même chose que moi. Je ne comprenais toujours pas comment cela était possible. Se pourrait-il que le destin ait décidé que ce qui nous était arrivé à Mylandra et moi était trop cruel, et que l'on m'ait donné une seconde chance ? Peut-être que ce n'était pas mon âme sœur ? Était-ce uniquement un coup de foudre ? La seule façon de savoir si c'était mon âme sœur, serait que nous puissions communiquer par la pensée. Mais pour cela, nous devons nous rapprocher. Ce n'est qu'alors que je saurai si notre lien est le même que celui des âmes sœurs. Et pour l'instant, il ne semblait pas que cela puisse arriver.

« Qui es-tu ? Que fais-tu sur nos terres ? »

J'ai baissé les mains pour répondre, mais elle a immédiatement pointé ses deux épées courtes sur moi. Ça demandait beaucoup d'agilité et de coordination de se battre à deux épées ! Peu de gens étaient capables d'en faire autant. J'ai remis mes mains en l'air, je ne voulais pas qu'elle pense que j'allais l'attaquer.

« Je ne voulais pas vous menacer, ma demoiselle. Je voulais seulement me présenter. »

Elle a baissé ses épées.

« Essaie quelque chose de drôle et tu le regretteras. »

Je lui ai fait un signe de tête puis j'ai commencé à baisser mes mains.

« Mon nom est Arius. Je suis un prince vampire, à votre service, » je me suis légèrement incliné devant elle.

« Un vampire ? Qu'est-ce qu'un vampire peut bien faire sur le territoire de mon peuple ? » demanda-t-elle, effrayée.

« S'il vous plaît, je ne vous veux aucun mal. Je suis à la recherche d'une fleur très rare. Car voyez-vous, un de mes amis est très malade, et j'ai entendu dire que cette fleur pourrait être son seul espoir de guérison. »

Ses yeux se sont rétrécis alors qu'elle absorbait ce que je venais de dire. Je savais qu'elle m'étudiait, évaluant si elle pouvait me faire confiance ou non.

« Quelle fleur cherches-tu ? »

J'ai figé pendant un moment. Je ne me souvenais pas vraiment du nom de la fleur. Je savais à quoi elle ressemblait, j'étais doué pour me souvenir des visages ou de l'apparence des choses. Mais j'étais nul pour me souvenir des noms. Je devais répéter les noms des gens plusieurs fois avant de m'en souvenir.

« Euh, je crois que ça s'appelait l'Angely… Angelo… non ce n'est pas ça. Angelus? Oh oui, ça sonne juste. Quoi qu'il en soit, je ne suis pas sûr du nom de la fleur, mais je me souviens que je dois aller au sommet de cette montagne là-bas », j'ai désigné la montagne derrière elle.

« Jusqu'au sommet d'Y'vagroth ? » demanda-t-elle, incrédule.

« Oui, je dois trouver le sanctuaire des Naïades. La fleur est censée pousser là-bas. »

La femme a semblé réfléchir un peu.

« C'est problématique. »

« Pourquoi ? »

« Cela signifie que tu devras traverser une bonne partie du territoire de mon peuple et escalader notre montagne sacrée. »

Je pouvais sentir qu'elle était en conflit.

« S'il vous plaît. Je n'ai besoin que d'une fleur pour guérir mon ami. Je partirai après. »

Bien sûr, je préférerais rester. Maintenant que je l'avais rencontrée, j'aimerais apprendre à la connaître davantage. Mais je ne pouvais pas lui dire ça.

« Je ne peux pas te laisser y aller seul. Personne ne peut aller sur la montagne sacrée à part notre peuple. »

J'étais triste par sa décision. Pourtant, il était hors de question que je laisse tomber Bianca, Kate et Will. J'obtiendrai cette fleur, avec ou sans la permission des elfes de la Lune. Je ne savais pas comment je pourrais m'éloigner d'elle, sans la blesser, tout en allant à la montagne. Ce serait difficile.

Sa voix m'a sorti de mes pensées.

« Mais… ta cause est noble. Je ferai volontiers le voyage avec toi, en veillant à ce que tu ne prennes que ta fleur et partes. C'est la seule offre que tu auras. Accepte-la ou quitte nos terres maintenant. »

Je me suis réjoui. C'était une bien meilleure option ! Ça voulait aussi dire que je pouvais passer du temps avec elle ! Je savais que je n'étais pas ici pour me trouver une petite amie. Mais je n'avais pas ressenti ça depuis des siècles. Bien qu'elle n'ait montré aucun signe d'attirance pour moi, je ne pouvais pas laisser cette chance me glisser entre les doigts.

« Ce serait fantastique ! » J'ai répondu en riant un peu.

Elle a souri pour la première fois à mon commentaire. J'étais époustouflé par la beauté de son sourire.

« Super, c'est d'accord alors ! »

Elle a finalement baissé ses armes et m'a fait signe de la suivre.

« Puis-je connaître votre nom ? Je saurai comment vous appeler. »

« Mon nom est Elashor, je suis une gardienne des elfes de la lune. »

J'ai répété son nom dans ma tête. Elashor, quel beau prénom. Je ferais en sorte de ne pas l'oublier, en le répétant autant de fois que nécessaire. Elle avait déjà quelques pas en avant de moi quand elle se retourna.

« Tu viens ? Personne ne doit nous voir. Les étrangers ont normalement besoin d'une permission officielle pour entrer sur notre territoire. Et la Reine ne permettrait jamais à un étranger d'aller à Y'vagroth. »

J'ai hoché la tête et j'ai commencé à la suivre, comprenant qu'elle faisait une entorse aux règles pour moi.

Chapitre 6 (Leila)

Une odeur nauséabonde

Je me suis réveillée tôt et j'ai mis un jean avec une simple chemise. Il était temps pour moi de faire la patrouille des terres de la meute. C'était l'une de mes choses préférées à faire. J'aimais courir dans la forêt, voir les animaux, les plantes, sentir la force magique de la nature à son maximum. Comme toujours, Skye venait avec moi. Cela se transformait toujours en confessions d'amies pendant que nous marchions. J'aimais pouvoir passer ce temps avec ma meilleure amie.

Ma grand-mère était déjà debout et faisait ses devoirs de cheffe quand je suis descendue. Je l'ai serrée dans mes bras et je suis sortie pour retrouver Skye devant sa maison. Elle était déjà là, à m'attendre. Je savais qu'elle aurait préféré ne pas faire ces patrouilles. Skye n'aimait pas beaucoup marcher. Je pense qu'elle préférait s'asseoir et boire du café tout le temps. Mais chaque membre de la meute devait donner un coup de main. C'était l'une des tâches les plus faciles de la meute, alors elle ne se plaignait pas trop.

« Salut Leila ! »

Skye venait déjà me serrer dans ses bras avec un grand sourire sur le visage.

« Skye! »

Elle avait peut-être des défauts, comme tout le monde, mais j'aimais tellement ma meilleure amie !

« Es-tu prête ? »

Elle a fait la moue à ma question.

« Doit-on vraiment le faire ? »

J'ai ri à sa réponse.

« Tu sais qu'on doit le faire. »

Je lui ai fait un clin d'œil, puis j'ai fait signe de nous mettre en route. Elle a ri aussi en me suivant.

« Oui, je sais, tu as raison. »

Nous avons commencé à marcher, en parlant
ensemble.

« Tu as entendu parler de Marc ? »

« Non, quoi ? »

« Il a rompu avec Sylvia. »

« Non ! Pourquoi ? »

« Certaines personnes disent qu'il l'a trompée ! »

« Pas possible ! Il ne ferait jamais ça ! »

Skye était toujours au courant de tous les potins de
la meute, et même de certaines des villes humaines
voisines. Je ne savais pas comment elle parvenait à
être au courant de tout ce qui se passait partout.
Avec toutes les tâches que je devais accomplir, je
n'avais pas le temps de parler avec tout le monde.

Parler avec Skye me permettait de me tenir au
courant de tout plus rapidement. Elle était mon
propre petit concentré de médias sociaux.

Nous nous sommes aventurés à l'ouest du
territoire de la meute, pendant qu'elle continuait
avec les ragots concernant Marc. C'était un
homme bien, et j'étais certaine que la plupart de
ces ragots étaient exagérés, mais Skye aimait
dramatiser les choses.

Soudainement, une odeur nauséabonde est arrivée
à mon nez. Une odeur que je n'avais jamais sentie

auparavant. C'était subtil, et Skye ne pouvait pas le sentir puisqu'elle n'avait pas de loup en elle. Mais ma louve le sentait très bien. J'ai arrêté de marcher.

« Quoi ? Qu'est-ce que c'est ? »

Skye était habituée à ça. Elle savait que si je m'arrêtais soudainement, c'était sûrement parce que quelque chose n'allait pas. J'essayais de trouver d'où venait l'odeur. C'était un matin d'automne venteux, mais j'ai pu le découvrir facilement malgré ces vents.

« Là », j'ai désigné les conifères devant nous. Elle a hoché la tête.

Nous avons commencé à nous aventurer prudemment. En avançant, nous avons commencé à voir des animaux morts gisant sur le sol. Ils semblaient avoir été tués récemment, mais ils n'avaient pas l'air d'avoir de blessures. La source de cette mauvaise odeur les avait-elle tués ?

Plus nous avancions, plus la puanteur était forte. Toutes les fleurs et les herbes de la forêt étaient fanées et noircies. Les arbres étaient secs, et les branches étaient tombées au sol, recouvrant le chemin de morceaux brisés partout.

« Que s'est-il passé ici ? » a demandé Skye.

J'ai haussé les épaules.

« Je ne sais pas, mais j'ai l'impression qu'on se rapproche », lui ai-je murmuré.

Nous sommes bientôt arrivées à une grotte. Le plus étrange, c'est que j'étais sûre que cette grotte n'était pas là avant. Je connaissais bien notre territoire, pour l'avoir patrouillé de nombreuses fois. Cela ne faisait aucun sens ! Les cavernes n'apparaissent pas de nulle part !

Mais ce qui tuait les animaux venait de cette grotte. L'odeur était si forte ici que Skye et moi devions nous pincer le nez. Je voulais aller voir à l'intérieur. J'avais envie de vomir tellement l'odeur était forte. Skye a posé sa main sur mon épaule.

« Leila, si ces animaux ont été tués par cette odeur, ou par la créature qui émet cette odeur, nous ne devrions pas nous aventurer là-dedans. »

Elle avait raison. La meilleure chose à faire était d'alerter ma grand-mère. Nous étions une meute, nous devions décider ensemble de ce qu'il fallait faire.

« Oui, tu as raison Skye. Retournons à la meute. »

Nous avons fait demi-tour et avons commencé à courir ensemble, en nous tenant la main, comme quand nous étions petites. Plus jeune, Skye était maladroite et avait tendance à trébucher sur les racines des arbres qui sortaient du sol. J'avais pris l'habitude de lui tenir la main lorsque nous courions, pour éviter qu'elle ne trébuche et ne se fasse mal. Je n'ai jamais cessé de le faire, même si

elle était beaucoup moins maladroite aujourd'hui
que lorsqu'elle était enfant.

On a couru aussi vite que Skye pouvait le faire, en
restant ensemble. Nous étions de retour en un rien
de temps à la maison de la meute.

« Ravynne! » Skye a crié quand on est entré dans
la maison.

Ma grand-mère buvait son thé. Elle nous a
regardés avec un regard inquiet dans les yeux.

« Qu'est-ce qu'il y a ? »

« Nous avons trouvé une grotte sur le territoire. Je
sais que ça semble fou, mais cette grotte n'était
pas là hier. Et il s'en dégageait une odeur
nauséabonde. Tout autour, les animaux et les
plantes étaient morts », ai-je répondu.

La bouche de ma grand-mère s'est ouverte et elle a
laissé tomber la tasse qu'elle tenait dans sa main.
La tasse est tombée sur le sol et s'est brisée,
laissant couler son contenu sur le sol. Mais ma
grand-mère ne semblait pas s'en soucier, elle a
levé sa main vers sa bouche.

« Oh, chère Déesse de la Lune, ayez pitié de
nous ! »

Skye et moi avons regardé fixement ma grand-
mère, ne sachant pas vraiment quoi penser de sa

réaction. Elle devait sûrement savoir quelque chose que nous ne savions pas.

Je lui ai demandé « Qu'est-ce qu'il y a ? », tandis que Skye et moi essuyions le sol et ramassions la tasse brisée. Elle a vaguement regardé le thé renversé, puis nous.

« Oh Skye! Oh Leila, mon trésor. C'est mauvais, c'est si mauvais ! Ce jour a été prédit par nos ancêtres ! Nous avons besoin d'aide ! Nous ne pouvons pas gérer ça seuls. »

Skye a demandé : « Gérer quoi ? »

Ma grand-mère a pris quelques secondes pour rassembler ses pensées.

« Le démon arrive. »

Skye et moi avons échangé un regard incrédule.

J'ai demandé : « Le… démon ? »

Ma grand-mère a hoché la tête.

« Tu ne te souviens pas des origines de notre meute ? »

J'ai repensé aux histoires racontées sur notre meute. Je ne me rappelais pas avoir entendu parler d'un démon. En y pensant, j'ai réalisé qu'elle ne parlait presque jamais des origines de la meute. J'ai regardé Skye, mais elle a secoué la tête; elle ne se souvenait de rien non plus.

Je me suis éclairci la gorge.

« Grand-mère, je suis désolée. J'écoute quand tu donnes des cours, mais je ne me souviens pas que tu aies parlé des origines de la meute ou d'un démon. »

Elle a laissé échapper un profond soupir.

« Oh, ma chérie, tu as raison. Je n'aime pas vraiment en parler et seuls les plus anciens membres de la meute s'en souviennent. »

Elle s'est levée de son siège et a commencé à assembler un sac.

« Je pense qu'il est temps de vous le dire. Mais c'est une longue histoire. Et je crains que le temps nous manque en ce moment. La seule chose que je dirai, c'est que les ancêtres de notre meute étaient chargés de garder un ancien démon scellé dans les enfers. »

Skye et moi avons sursauté à cette information.

J'ai demandé : « Alors… Quand tu as dit que le démon arrivait… Tu parlais de celui-là ? »

Ma grand-mère a hoché la tête.

« Oui, et nous ne pourrons pas l'affronter seuls. Nous avons besoin d'aide. »

Elle s'est dirigée vers la porte et nous a fait signe de la suivre.

Skye a demandé : « Où est-ce qu'on va ? »

« Nous allons à la meute la plus proche. Nous avons besoin d'aide avec ce démon. »

Je me suis figée à ces mots et mon cœur s'est serré. La meute la plus proche. C'est là qu'il vivait. Ma louve avait envie d'y retourner depuis la nuit dernière quand je l'ai vu. Il m'a presque marqué. Même si ma louve le voulait, je n'allais pas laisser un connard qui a déjà une compagne me marquer. Je ne pouvais pas nier le lien d'âmes sœurs. J'étais même capable de lui parler par la pensée, même si nous ne nous sommes pas embrassés. Nos loups se sont rencontrés, et ils étaient tous les deux ravis. J'ai à peine dormi ces derniers jours tant je pensais à lui. Aller là-bas serait probablement une torture. Son odeur sera sûrement tellement plus forte. Je sais que j'aurai du mal à me retenir, ma louve voudra que je le retrouve. Je vais essayer de m'en tenir à ma tâche et de l'ignorer autant que possible.

Nous avons commencé à marcher en direction des terres de l'autre meute, vers le sud-est. Ce chemin, je le connaissais maintenant par cœur. J'y suis retourné tant de fois. Je ne pouvais pas m'en empêcher, c'était trop fort. Pour l'amour du ciel ! J'avais même encore ce morceau de jean avec son odeur dans mon sac. Comment pouvais-je être aussi pathétique ? Je détestais ce lien, si seulement il me rejetait, on pourrait déjà en finir.

« Tu vas bien ? » a demandé Skye. J'ai hoché la tête.

« Oui, ça va aller. »

« Il vit là-bas, n'est-ce pas ? »

J'ai avalé une boule dans ma gorge. « Oui », ai-je murmuré d'une voix cassée.

Skye a mis son bras autour de mes épaules, me réconfortant.

« C'est bon, on sera avec toi. »

Je me suis sentie un peu mieux en sachant que je n'étais pas seule.

Nous étions sur le territoire de leur meute depuis quelques minutes seulement, quand un homme est venu nous voir. Il avait l'air d'être vieux. Il portait une chemise de flanelle carrelée avec un jean ample.

Il a demandé d'une voix forte : « Que faites-vous sur le territoire de notre meute ? »

Il n'avait pas l'air heureux de nous voir. Ma grand-mère a fait un pas vers lui.

« Je suis Ravynne, chef de la meute des Mains du Destin. Qui es-tu ? »

« Cheffe ? Je n'ai jamais entendu parler de ce titre auparavant. »

« Nous ne respectons pas les règles de l'Alpha. Nous avons nos propres règles », dit-elle avec défi à l'homme.

« Oh… Je vois. Tu es de la meute des loups sauvages. Mon nom est Marcus. Je suis un conseiller ici dans la meute de la forêt du Sud. »

« Je dois parler à votre Alpha. Nous sommes dans une situation désespérée. »

Marcus semblait évaluer s'il nous faisait confiance ou pas. Je pouvais sentir que son loup était méfiant. Il semblait prendre notre odeur avant de se décider.

« D'accord, suivez-moi. N'essayez même pas de me trahir. »

Ma grand-mère a hoché la tête.

« Nous ne ferions jamais ça. »

Nous avons suivi Marcus et nous étions bientôt au milieu de la ville de la meute. Je n'étais jamais venue ici. Des petites maisons en bois partout. C'était moins connecté à la nature que ma meute, mais c'était beau quand même.

« Je n'aime pas être ici », m'a chuchoté Skye.

« Ce n'est pas si mal », ai-je répondu. J'aimais bien, il semblait que chaque membre de la meute avait sa petite maison et pouvait vivre heureux.

Alors que nous approchions, ma louve a commencé à s'agiter. Elle voulait sortir et je pouvais à peine la garder sous contrôle. Elle criait « âme sœur » encore et encore dans ma tête. Je me demandais où il était. Je ne m'attendais pas à ce que son odeur soit si forte. Elle m'enivrait, et je voulais tellement le trouver ! J'enfonçai mes ongles dans mes mains, essayant de me rappeler que je devais rester avec ma grand-mère et Skye.

Nous sommes finalement arrivés à la maison du pack. Marcus a frappé à la porte.

Une femme aux cheveux roux a répondu à la porte. Elle avait une jolie robe bleue, et ses yeux verts profonds nous étudiaient.

Je ne me souciais pas vraiment d'elle. Ce qui m'a frappé, c'est la force de son odeur une fois la porte ouverte. Sûrement, il travaillait à la maison de la meute. Peut-être qu'il était un Beta ? Ou un conseiller ? Ce n'était pas bon. J'avais espéré rester loin de lui, mais il semble que les choses ne se passeraient pas comme je le pensais.

« Ma Luna, » Marcus s'est incliné devant elle. « J'ai trouvé ces loups rebelles sur notre territoire. Ils demandent à parler à l'Alpha. »

« Merci, Marcus », a-t-elle répondu, en gardant la tête haute. « Je vais aller le chercher. Vous pouvez tous entrer et attendre dans le hall. »

Elle s'est retournée et a commencé à marcher dans
la maison de la meute. Je me suis demandé
pourquoi elle ne l'appelait pas par son lien d'âmes
sœurs. C'était plus rapide que de marcher jusqu'à
son compagnon. Nous aurions fini plus vite, et je
pourrais m'éloigner de cette odeur attirante. Le
plus tôt serait le mieux, car je ne savais pas
combien de temps je pourrais garder ma louve
sous contrôle.

Nous sommes entrés dans le hall, et j'espérais
seulement qu'il ne se montrerait pas. Peut-être
qu'il ne savait pas que j'étais là. C'était stupide.
Le lien d'âmes sœurs était si fort. C'était certain
qu'il savait que j'étais là. Avec un peu de chance,
il déciderait de rester caché et d'attendre que je
parte.

Je regardais les photos sur le mur des anciens
Alphas et de leurs petits. J'aimais ces vieilles
photos en noir et blanc. J'ai entendu des pas
derrière moi, et mon cœur a fait un bond. C'était
lui, je le savais sans même me retourner.

« Mon Alpha, vous êtes là », a dit Marcus.

J'ai figé. A-t-il dit... Alpha ? Ce n'était pas bon…
Oh, c'est pour ça que la Luna ne pouvait pas
l'appeler par le biais de leur lien… Il a dit qu'elle
n'était pas son âme sœur. Bien sûr, puisque j'étais
son âme sœur… Cela signifiait que j'étais destinée
à être une Luna. Les pensées se bousculaient dans
mon esprit. Je ne pouvais plus penser

correctement. J'étais submergée par tant
d'émotions en même temps.

« Leila, pourrais-tu s'il te plaît montrer un peu de
respect à l'Alpha ? » J'ai sursauté à la voix de ma
grand-mère.

Elle ne savait pas qu'il était mon compagnon.
Skye non plus.

Lentement, je me suis retournée. Il était là, avec
ses beaux yeux bleus et ses cheveux brun foncé.
Sa large poitrine musclée apparaissait à travers sa
chemise. Mon cœur battait fort dans ma poitrine.
À la façon dont il me regardait, je savais qu'il le
ressentait aussi. C'était sûrement aussi dur pour lui
que pour moi.

Sa Luna se pressait à ses côtés. Sa main autour de
son bras. Rien que la vue d'elle le touchant a fait
bondir ma louve. J'ai dû retenir un grognement qui
voulait sortir. C'était de la pure jalousie. Ma louve
voulait protéger ce qui lui revenait de droit, donné
par la déesse de la Lune. J'ai eu beaucoup de mal à
le faire, mais j'y suis arrivé. Tout signe d'hostilité
serait vu comme une attaque directe. Nous avions
besoin de leur aide contre le démon, si j'en crois
ce que disait ma grand-mère.

Je l'ai observé ; il me regardait toujours. J'avais
l'impression qu'il regardait directement mon âme.
Je me demandais comment il parvenait à rester
aussi calme, malgré le lien d'âme sœur qui le
tiraillait.

« C'est un honneur de vous rencontrer, Alpha Will », a commencé ma grand-mère.

« L'honneur est pour moi. Que puis-je faire pour vous ? »

« Nous devons parler. »

« Venez », dit-il d'un geste. « Allons dans mon bureau. »

Nous l'avons tous suivi plus loin dans la maison de la meute. Je regardais sa Luna et lui se tenir la main en marchant. Je ne pouvais pas m'empêcher de penser à comment j'aurais voulu arracher cette main de la sienne. Il me fallait toute mon énergie pour garder ma louve calme. Ce serait beaucoup plus difficile que ce que j'avais prévu.

*********** PDV d'Arius ***********

Je suivais Elashor à travers les bois. Suivre n'est peut-être pas le bon mot. Admirer sa beauté était plus exact. Pour chaque pas qu'elle faisait, chaque balancement de ses hanches, elle faisait battre mon cœur plus fort.

« Je voulais te le dire plus tôt, mais merci beaucoup pour ton aide, Elashor. »

Elle m'a regardé avec son sourire radieux.

« C'est tout naturel de t'aider, Arius. »

L'entendre prononcer mon nom faisait de moi l'homme le plus heureux, même si ce n'était qu'en disant quelque chose d'aussi trivial.

« Reste près de moi, je ne voudrais pas que tu te perdes. »

J'ai ri doucement. Elle n'aurait pas à me le demander deux fois. J'ai réduit la distance entre nous. J'étais maintenant assez proche pour prendre sa main si je le voulais. La seule chose qui m'en empêchait, c'était que je n'avais aucune idée de ce qu'elle pensait de moi. J'étais un vampire, et elle était une elfe. J'ai toujours pensé que les elfes étaient des créatures supérieures. Non pas que les vampires ne soient pas bons, je veux dire, en tant que prince vampire, je savais très bien à quel point nous pouvions être puissants. Mais les vampires n'avaient pas la meilleure réputation parmi les autres races. C'était ma première rencontre avec les elfes, et je n'étais pas vraiment sûr de ce que je devais en penser.

Je me suis raclé la gorge, ne sachant pas vraiment comment entamer la conversation.

« Elashor, je… je voulais savoir quelque chose. »
Elle m'a regardé, et pendant un instant, j'ai pu voir
mon reflet dans ses yeux.

« Oui ? »

« Hum, eh bien. Je me demandais. Tu n'as pas
peur ? »

« Peur de quoi ? »

« Eh bien… Tu sais, je suis un vampire. »

« Ah oui ! » Elle a rougi à ma question. « Eh bien,
je dois dire que c'est la première fois que je
rencontre un vampire. Et je dois admettre que les
choses que j'avais entendues sur ta race n'étaient
pas des plus… flatteuses. Te voir te nourrir de ce
cerf était… intéressant. »

Bien sûr, ça ne l'était pas. Seules les pires histoires
franchissent les frontières. Vous pouvez avoir un
seul fou dans une race, et ça suffit pour que tout le
monde pense que vous êtes tous comme ça. Qui
n'avait pas entendu parler de Dracula ? Ce type
était dérangé ! Il nous a fallu des années pour
pouvoir le capturer et mettre fin à son règne de
terreur. À ce moment-là, le mal était déjà fait.

Nous avons essayé de faire de la diplomatie
pendant des années pour réparer ce qu'il avait
cassé.

« Mais je dois dire que tu n'es pas aussi effrayant
que je le pensais. J'apprécie ta présence. »

Cette dernière partie m'a fait chaud au cœur.

« Eh bien, tout le monde n'est pas aussi mauvais que ce qu'on dit », ai-je dit maladroitement. Elle a gloussé un peu. Je ne comprenais pas vraiment pourquoi, mais j'avais l'impression de perdre tout mon sang-froid à côté d'elle. J'avais l'impression d'être maladroit et de ne pas avoir les idées claires.

« Ce que je voulais dire, c'est que j'apprécie aussi ta présence. » C'est mieux, me suis-je dit. Elashor semblait également satisfaite de ma réponse.

Nous avons continué notre marche vers Y'vagroth, tout en parlant de choses simples, en essayant de mieux nous connaître.

Chapitre 7 (Arius)

Y'vagroth

Nous sommes finalement arrivés au pied d'une montagne. Elle était majestueuse, et son sommet était perdu dans les nuages. J'étais émerveillé par la grandeur de cette montagne. Je pouvais sentir une puissance émaner de son centre. C'était comme si elle imposait le respect.

« Voici Y'vagroth, Arius. »

J'ai pris un moment pour admirer sa splendeur. Mes yeux ont alors retrouvé ceux d'Elashor, qui étaient bien plus beaux que la montagne. Comme j'aimerais pouvoir lui dire ce que je ressentais. Même si nous venions de nous rencontrer…

C'était fou. Je n'avais ressenti cela qu'une seule fois, et c'était quand j'ai rencontré Mylandra, mon âme sœur. Toutes ces années depuis sa mort, je pensais que je ne ressentirais plus jamais ça. Toute ma vie, on m'a dit qu'on n'avait qu'une seule âme sœur. Je me suis senti si dévasté quand elle a été tuée. Pourtant, pour la première fois depuis des siècles, je me sentais libéré de ce chagrin. J'étais vraiment heureux, et prêt à laisser mon cœur aimer à nouveau. J'étais nerveux de ne pas savoir ce qu'elle pensait de moi. J'avais des papillons dans l'estomac à l'idée de lui dire ce que je désirais.

Je l'ai regardée profondément dans les yeux.

« C'est la plus belle chose que j'ai jamais vue. »

Je ne parlais pas de la montagne, mais j'aimais bien l'ambiguïté de la situation. Comme ça, je pouvais m'en sortir, en fonction de sa réaction. Ce que je n'aurais pas à faire, puisque je suis presque sûr de l'avoir vue rougir un peu.

J'ai demandé, « On grimpe ? » en faisant quelques pas en avant.

Elle a hoché la tête et m'a suivi.

La base de la montagne n'était pas trop raide. Cependant, la montagne est rapidement devenue plus à pic, au fur et à mesure de notre ascension. Bientôt, c'était comme si nous grimpions des escaliers rocheux. Nous nous sommes bientôt retrouvés dans un brouillard épais. Je devinais que nous étions maintenant au niveau des nuages. Je n'avais pas réalisé que cette montagne était si haute, ni que l'accès au sommet serait si difficile. J'avais d'abord pensé à voler, mais je n'avais pas prévu de rencontrer Elashor. Maintenant que je l'avais rencontrée, voler était hors de question. Le brouillard était si dense qu'il était difficile de la voir. Heureusement, avec mon instinct de vampire, je pouvais facilement sentir les battements de son cœur, entendre le sang pomper dans ses veines. Je le ressentais naturellement dans mon corps, comme un second sens.

Nous étions encore dans un brouillard épais quand j'ai entendu un grognement, suivi d'un cri aigu. Je n'étais pas sûr de qui ou de quoi avait émis le grognement, mais je savais que le cri venait d'Elashor.

Son cri est venu des airs : « Arius ! »

Je me suis envolé et j'ai suivi le son de sa voix, car le brouillard était si épais que je ne pouvais presque rien voir. Je l'ai finalement aperçue, et j'ai réalisé qu'elle était tenue par une main géante.

« Elashor! Qu'est-ce qui se passe ? »

« Arius, à l'aide ! » a-t-elle seulement supplié.

J'ai détecté un mouvement venant de derrière moi et je me suis tassé juste à temps pour l'éviter.

C'était une autre main. Qu'est-ce qui pouvait bien être aussi gros, me suis-je demandé.

J'ai continué à monter jusqu'à ce que je sois capable de voir son visage. Devant moi, je pouvais voir une très grosse tête chauve. Sur son front, il y avait un œil géant qui dépassait. Un cyclope ! Que faisait un cyclope sur cette montagne ? Personne n'a parlé d'un cyclope ! Comment pouvais-je m'en débarrasser ? Et sans qu'Elashor soit tuée dans le processus ?

Je ne voulais pas perdre une autre femme que j'aimais, sans même lui avoir dit ce que je ressentais !

Le cyclope a grogné à ma vue et a essayé de m'attraper avec sa main libre. Je l'ai facilement évité. J'ai réalisé qu'il était peut-être très grand et fort, mais que j'étais bien plus rapide et agile que lui. Nous avons joué à ce jeu plusieurs fois, et à chaque fois, j'ai réussi à l'éviter. Mes sens de vampire me permettaient de percevoir facilement chaque mouvement de la créature. D'un autre côté, l'épais brouillard me rendait probablement difficile à voir pour lui. J'avais le dessus.

Après quelques tentatives infructueuses, la créature a semblé fatiguée d'essayer de m'attraper et a commencé à s'éloigner, avec Elashor toujours dans sa main.

Je l'ai entendu crier et j'ai réalisé que le cyclope avait décidé de la manger. Il n'y avait pas moyen que je laisse cela se produire. J'ai attrapé le plus gros rocher que je pouvais soulever. Les vampires ont normalement beaucoup de force, donc c'était en fait un très gros rocher. J'ai volé jusqu'à la tête du cyclope, au-dessus de son œil, et j'ai lâché le rocher directement dans son œil.

La créature a hurlé de douleur. Ce faisant, elle a libéré Elashor pour attraper son œil avec ses mains. Dès qu'il l'a fait, Elashor a commencé à tomber au sol puisqu'elle ne pouvait pas voler. Je suis descendu aussi vite que j'ai pu et j'ai réussi à la rattraper avant qu'elle ne touche le sol. Elle s'est accrochée à moi et a mis sa tête dans le creux de mon cou. Mon cœur battait fort à cette connexion avec elle, mais je savais que les cyclopes étaient des créatures fortes. Ce ne serait qu'une question de secondes avant qu'il n'essaie de nous attraper à nouveau.

Profitant du brouillard, j'ai volé un peu plus haut sur la montagne, toujours avec Elashor dans les bras, la serrant fort. Finalement, j'ai vu une petite brèche dans la roche, créant une petite caverne. Assez petite pour qu'un cyclope ne puisse pas y entrer, mais assez grande pour que nous puissions nous y cacher et être à l'abri des regards. Je me suis frayé un chemin dans la caverne et j'ai fait signe à Elashor de rester tranquille. Elle a acquiescé nerveusement, toujours tremblante.

Le sol a tremblé sous le poids du cyclope qui
passait, à notre recherche. Nous n'avons pas
bougé. Je me permettais à peine de respirer, de
peur que la créature ne nous entende. Nous avons
écouté, chaque pas allait plus loin ou revenait vers
nous. J'étais reconnaissant pour le brouillard
dehors, sinon il nous aurait vus. Au bout d'un
moment, les pas ont commencé à descendre plus
bas dans la montagne, sur le chemin que nous
avions emprunté pour monter. Nous sommes
restés comme ça, cachés, sans bouger, pendant je
ne sais pas combien de temps. Quand nous
n'avons plus entendu de pas, et que nous avons
senti que nous étions en sécurité, nous avons
recommencé à bouger.

C'est alors que j'ai réalisé que je tenais toujours
Elashor dans mes bras. Dans le feu de l'action, je
ne l'avais pas libérée de mon étreinte. Elle était
appuyée contre moi et semblait profiter du
moment. Je pouvais sentir la chaleur de son corps
contre le mien. Je pouvais sentir son cœur battre
avec le mien. J'appréciais ce moment bien plus
que je ne voulais l'admettre. Serait-ce le coup de
foudre ? Serait-il possible que le destin m'ait
accordé une seconde âme sœur ?

Je me suis soudain senti nerveux. Je ne savais pas
comment je devais réagir, ce que je devais dire.
Devais-je simplement la libérer de mon étreinte ?
Ou rester comme ça ? Le sauvetage précédent

justifiait mon étreinte, mais maintenant qu'elle
était en sécurité, je ne savais pas quoi faire…

« Je ne savais pas que les vampires pouvaient
voler », a-t-elle chuchoté en me regardant dans les
yeux. J'ai rougi à cause de la façon dont elle me
fixait.

« Oui, on peut. »

« C'est très utile. »

« Ça peut l'être, mais ça prend aussi beaucoup de
nos forces, donc on ne le fait pas trop. »

Elle a hoché la tête et a souri.

« Merci de m'avoir sauvé. »

Je lui ai souri en retour.

« Je n'allais pas te laisser te faire dévorer par cette
créature. »

Elle a réfléchi un moment.

« Tu aurais pu. Tu aurais été libre d'aller où tu
veux sur notre territoire. »

Ses mots m'ont frappé. Elle avait raison, mais je
ne ferais jamais ça.

« Cette pensée ne m'a même pas traversé
l'esprit. »

Je l'ai reposée sur le sol, en relâchant mon étreinte
à contrecœur. Le moment semblait parfait pour

cela. Elle n'a rien dit sur le fait que je l'avais tenue si longtemps, ce dont je lui étais reconnaissant.

« Je ne savais pas qu'un cyclope vivait ici », ai-je déclaré.

Elashor a hésité, « eh bien… je pense que nous avons peut-être mis en colère les Oréades… »

J'ai répété : « Les Oréades ? »

Elle a hoché la tête. « Oui, ce sont les nymphes de la montagne. Je te l'ai dit, cette montagne est sacrée. Seul mon peuple a le droit d'y grimper. Je crois que nous les avons mises en colère. »

Je pensais que toutes les nymphes étaient des créatures amicales. Mais là encore, peut-être me suis-je trompé ? C'était la première fois que je venais sur le territoire des elfes, alors il y a peut-être des choses que je ne connaissais pas.

« Crois-tu que ce soit sûr de continuer jusqu'au sommet ? »

Elashor a levé les yeux en réfléchissant.

« Eh bien, je pense que ça devrait être sûr. Même si nous les avons mis en colère en venant ici, je ne pense pas que ce sera pire si nous continuons. »

C'est ce que je pensais. J'espérais seulement qu'il n'y aurait pas de hordes de monstres et de créatures qui nous poursuivraient jusqu'au sommet de la montagne.

« OK, on y va alors ? »

Elle a acquiescé, et nous avons regardé attentivement dehors pour voir si c'était sûr. Le brouillard était toujours là. J'imagine que cette partie de la montagne était toujours couverte de brouillard. C'était si haut, c'était comme si tous les nuages étaient pris dans la montagne.

Nous avons traversé les nuages et le brouillard, et à mon grand soulagement, le cyclope n'était nulle part. Je suppose qu'il est redescendu et a renoncé à nous trouver. Nous étions maintenant si haut que même les oiseaux ne venaient pas à cette hauteur. Nous étions entourés par le silence, et la lumière du soleil, qui brillait sans aucune résistance. Il n'y avait pas de plantes, nous marchions uniquement sur des rochers.

Nous marchions en silence, admirant la beauté de cet endroit. J'avais l'impression de marcher sur un sol sacré. Plus loin, une paroi rocheuse se dressait devant nous. J'ai commencé à entendre de l'eau couler. Je ne comprenais pas… Nous étions au-dessus des nuages. Comment pouvait-il y avoir de l'eau à cette altitude ? Est-ce que je perdais la tête ?

J'ai demandé à Elashor, dubitatif.

« Entends-tu ça ? »

Elle a gloussé un peu. « Nous sommes arrivés », a-t-elle indiqué de la main en désignant la paroi rocheuse.

J'ai froncé les sourcils, ne comprenant pas ce qu'elle voulait dire.

Elle m'a fait signe d'avancer, ce que j'ai fait.

J'ai été surpris par ce que j'ai vu de l'autre côté de la paroi rocheuse. Au centre de cet endroit désert se trouvait une petite cascade, semblant jaillir du néant. L'eau tombait dans une cuve creusée dans la roche elle-même. Sur les côtés de la cuve poussaient quelques arbustes et fleurs, nourris par l'eau tombant de la cascade. Je n'avais aucune idée de l'origine de cette eau. Je devinais que la réponse était qu'elle provenait de la magie des créatures qui s'y baignaient.

À l'intérieur, je pouvais voir des créatures, on aurait dit des femmes faites d'eau. Elles semblaient avoir une forme, mais on pouvait voir à travers elles. Elles disparaissaient en allant sous l'eau, et pourtant, je pouvais les entendre parler et rire ensemble. Leurs cheveux flottaient dans l'air lorsqu'elles bougeaient la tête. Je suis resté là, à regarder, sans faire de bruit. J'étais encore loin, mais je ne voulais pas les interrompre.

J'ai sursauté quand une main s'est posée sur mon bras. J'ai baissé les yeux pour voir Elashor.

« Ce sont les Naïades, les nymphes d'eau. »

J'ai hoché la tête, « C'est ce que je pensais. »

« Es-tu prêt à trouver ta fleur ? »

C'est vrai, c'est la raison pour laquelle je suis venu ici, n'est-ce pas ?

« Oui, c'était l'idée… »

Elashor m'a étudié, « tu n'as plus l'air convaincu. N'as-tu pas quelqu'un de cher à guérir ? »

J'ai hoché la tête, « oui. C'est juste que je viens juste de découvrir cet endroit, et ton peuple. J'ai l'impression que j'ai encore beaucoup à découvrir. »

Elle a souri, « Je comprends. Viens. »

Nous avons avancé. Les nymphes ont cessé de jouer et se sont tournées vers nous.

Elles ont demandé, en me regardant : « Que fais-tu sur nos terres, créature des ténèbres ? »

« Mon nom est Arius. Je cherche la fleur d'Angelus. J'ai besoin de guérir un ami qui est gravement malade. »

Une des nymphes a hoché la tête, avant d'ajouter.

« Il est normalement interdit à un étranger de s'emparer d'un réactif aussi puissant. »

C'était un problème. Je n'avais pas l'intention de quitter cet endroit sans la fleur. Mais je ne voulais pas les combattre. Dieu seul savait quelle force avait ces créatures. J'avais foi en ma propre force, en tant que prince vampire. Mais en même temps, il y avait Elashor. Je n'avais pas vraiment envie de venir ici et de combattre ses dieux… ou ce que ces créatures représentaient pour elle.

Avant que je puisse essayer de protester, Elashor a parlé.

« S'il vous plaît… Ce n'est pas une créature des ténèbres. Il est bon, je l'ai vu. »

La nymphe l'a regardée, remettant en question ses paroles.

« Comment puis-je croire tes paroles ? N'as-tu pas trahi ton clan en l'amenant ici ? »

Elashor a regardé le sol, en tripotant ses mains. J'ai attrapé sa main. Elle a levé la tête et m'a souri. Puis a regardé de nouveau la nymphe.

« Je sais qu'il est bon. Il a sauvé ma vie. Il a combattu un cyclope pour me sauver. »

Elle l'a dit avec tant de force et de détermination. Ça me rendait heureux qu'elle croie que j'étais bon. Les nymphes se sont concertées, puis se sont retournées vers nous.

« Très bien, nous avons décidé de te permettre de prendre une des Angelus Hyssopus. Tu n'en auras qu'une, utilise-la à bon escient. »

Le soulagement m'a envahi en entendant ces mots. La nymphe désigna une belle fleur blanche qui poussait sur le côté de la cuve. J'ai fait un pas en avant.

Une des nymphes m'a prévenu, sa voix semblait couler dans l'air.

« Tu sais qu'une fois que tu l'auras ramassé, tu devras agir rapidement avant que ses pouvoirs ne se dissipent ? ».

Je lui ai fait un signe de tête.

« Oui, je serai sur mon chemin après l'avoir récupéré. »

J'ai caché le fait que ça me déchirait le cœur de partir. Je voulais rester avec Elashor. Elle était la personne la plus précieuse pour moi, même si elle ne le savait pas. Elle a fait ce que je pensais être impossible. Elle a fait disparaître la tristesse de perdre ma première âme sœur et m'a fait croire à nouveau en l'amour. Je ne voulais pas la perdre, et je ne savais pas comment le lui dire. Je n'avais plus beaucoup de temps.

J'ai cherché à la hâte quelque chose à lui dire. Mais je ne trouvais rien. Mon cœur semblait savoir quoi dire, mais ma tête était vide. Ne trouvant rien, j'ai fait un pas vers la fleur.

Une main chaude s'est emparée de la mienne, le contact de sa main a fait chavirer mon cœur encore plus. J'ai tourné la tête pour voir Elashor, des larmes coulant silencieusement sur ses joues.

« S'il te plaît… ne pars pas. »

Je me suis approché d'elle, essuyant les larmes sur ses joues. Je ne comprenais pas d'où cela venait. Je n'osais pas croire les pensées qui me venaient à l'esprit. Je craignais d'avoir le cœur brisé si elles n'étaient pas vraies.

J'ai regardé ses yeux bleus, me perdant dans leur beauté pendant un moment.

« Je croyais que tu voulais que je quitte vos terres après avoir trouvé la fleur. »

Elle a lentement acquiescé. « Oui… mais c'était… avant. »

Je n'ai pas osé finir cette phrase moi-même, alors j'ai demandé « avant quoi ? ».

Elle a cherché dans mes yeux. On aurait dit qu'elle cherchait une réponse. Au lieu de répondre, elle s'est levée sur la pointe des pieds et a mis ses mains derrière mon cou, me forçant à m'approcher de ses lèvres. J'ai fermé les yeux, goûtant ses lèvres sucrées. Si je rêvais, alors je ne voulais pas me réveiller. J'ai mis mes bras autour de ses hanches et l'ai rapprochée de moi. J'avais l'impression que c'était la première fois que je respirais après tant d'années.

Quand on a arrêté de s'embrasser, elle s'est éloignée de moi pour me regarder. Elle semblait avoir encore des questions en tête. Je n'étais pas sûr de ce que je devais dire. Ce à quoi les mots ne peuvent répondre, le cœur le peut. J'ai approché mes lèvres des siennes et je l'ai embrassé en

retour, passionnément, ses lèvres se sont séparées
et nos langues ont dansé ensemble.

Je ne sais pas exactement combien de temps nous
nous sommes embrassés, mais à un moment
donné, nous avons tous deux eu besoin de respirer.
Nous avons rompu le baiser, mais je l'ai gardé
dans mes bras, ne voulant pas la laisser partir. J'ai
finalement décidé de lui dire tout ce que mon cœur
voulait que je lui dise.

« Elashor, je sais que ça peut paraître fou. Je viens
juste de te rencontrer… Mais j'ai l'impression de
te connaître depuis des années… »

Elle a souri en écoutant mes divagations. J'étais
nerveux, je ne savais pas exactement comment
parler ni où j'allais. Les pensées semblaient si
claires. Et pourtant, je cherchais mes mots alors
qu'ils m'échappaient. Je me sentais comme un
idiot, mais au moins elle ne riait pas.

« Ce que je veux dire, c'est que… Elashor… je
crois que je suis amoureux de toi. Tellement,
tellement amoureux, que c'est même fou de penser
que je pourrais partir et vivre sans toi. »

Elashor m'a serré fort dans ses bras et a chuchoté
« Oh Arius ! Je t'aime aussi. »

Des larmes coulaient à nouveau sur ses joues, mais
c'étaient des larmes de joie cette fois. Bientôt, je
me suis mis à pleurer aussi. C'était un tel
soulagement de savoir qu'elle ressentait la même

chose. J'avais l'impression que je pouvais enfin oublier mon passé et me tourner vers l'avenir.

Elashor a ajouté : « Je ne sais pas vraiment comment c'est possible, de t'aimer autant en si peu de temps. »

« Je crois que tu pourrais être mon âme sœur. »

Elashor avait un regard interrogateur, « vraiment ? »

J'ai hoché la tête, « Le destin nous accorde une âme sœur, une personne, à aimer pour toujours. »

Elle a souri, « oh! OK, je comprends. Notre peuple avait toujours dit que les âmes sœurs étaient des légendes. »

« Je veux tout savoir sur toi et ton peuple. »

J'ai entendu les nymphes derrière nous. Je me suis retourné pour voir la nymphe qui me faisait signe d'attraper la fleur et je me suis rappelé ma tâche.

« Mais je dois d'abord ramener cette fleur. »

Elashor a eu l'air déçue, « Je comprends. »

« Je te promets. Après avoir livré la fleur, je reviendrai te voir. »

J'ai attrapé son menton et l'ai embrassée une dernière fois, appréciant la chaleur de son corps contre le mien, mon cœur battant la chamade.

Lorsque nous nous sommes séparés, j'ai
finalement réussi à atteindre la fleur. Doucement,
je l'ai cueillie et l'ai immédiatement enveloppée
dans le tissu qu'Elwin m'a donné et l'ai mise dans
la sacoche.

J'ai pris mon envol et suis allé droit vers le
château, comme Elwin me l'avait demandé.

Chapitre 8 (Will)

Énergie vivante

Nous nous sommes tous assis dans mon bureau. Je gardais Jane près de moi. De l'autre côté de l'énorme bureau en bois étaient assises Leila, Skye et Ravynne. J'avais le plus grand mal à écouter leur histoire. Tout ce que je pouvais penser, c'était à quel point le parfum de Leila était enivrant. Je n'arrêtais pas de penser à l'autre jour, quand nous avons couru ensemble dans la forêt sous notre forme de loup. Comment mon loup était prêt à la marquer, juste comme ça. Elle était mon tout. J'avais besoin d'elle comme j'avais besoin de respirer. Je tenais la main de Jane, essayant de me rappeler qu'elle était ma Luna. Elle était celle que j'avais choisie. Je ne pouvais pas changer d'avis juste comme ça. C'est pourquoi j'avais essayé si fort de ne pas penser à Leila ces derniers jours. J'ai essayé si fort de m'éloigner d'elle, mais je n'en étais pas capable. Jane a serré ma main et j'ai réalisé que j'étais à nouveau perdu dans mon esprit.

« Que pensez-vous que nous devrions faire, Alpha Will ? » a demandé Ravynne.

Sincèrement, je n'avais pas suivi un mot de ce qui avait été dit. J'étais trop occupé à essayer de résister au lien d'âmes sœurs et à garder mon loup sous contrôle. Heureusement, Jane a compris que je n'avais pas écouté et a résumé la conversation pour moi.

« Cette odeur nauséabonde est définitivement un problème. Si elle tue tous les animaux et les plantes, elle finira sûrement par se répandre jusqu'ici. Es-tu d'accord, Will ? » Elle a attendu mon approbation. Encore une fois, j'étais heureux qu'elle soit là, elle remplissait parfaitement ses responsabilités de Luna.

J'ai regardé Leila rouler des yeux. Personne d'autre ne l'a vu, ils me regardaient tous, attendant ma réponse. Mais je pouvais sentir comment Leila était ennuyée par notre lien d'âmes sœurs. J'avais remarqué comment elle tressaillait légèrement et tripotait ses mains à chaque fois que Jane parlait. Je savais qu'elle ne le faisait pas exprès. Mon loup ferait la même chose, voire pire, si un mâle l'approchait de la même manière que Jane le faisait avec moi. Je me suis mordu la lèvre, me sentant mal de lui faire subir cela. Elle était la femme la plus merveilleuse que j'aie jamais vue. Elle méritait d'être heureuse et d'avoir un compagnon aimant.

En levant les yeux, j'ai réalisé que je n'avais toujours pas répondu. Je me suis raclé la gorge.

« Vous avez raison, nous ne pouvons pas nous permettre de rester assis et de ne rien faire. Qu'avez-vous dit, déjà, quelle est la cause de cette odeur nauséabonde ? »

Ravynne a souri, « Je crois que cette puanteur provient de l'ouverture d'une porte vers les Enfers. »

J'ai sursauté à cette dernière phrase. Se pourrait-il qu'Eurynomos ait finalement réussi son plan ? J'allais devoir demander à Bianca quand elle reviendra du château avec Kate. On m'a dit qu'elles avaient des nouvelles encourageantes et qu'elles devaient s'y rendre dès que possible.

Jane a demandé : « Pourquoi pensez-vous que c'était une porte vers les enfers ? »

« Nos ancêtres étaient autrefois chargés de garder un ancien démon scellé dans les enfers. Il a été prédit qu'un jour, il viendrait dans ce monde. »

« Ce démon », ai-je commencé. « S'appellerait-il Eurynomos ? »

Ravynne a mis la main sur sa bouche, « Comment savez-vous ? ».

C'était intéressant. Si leurs ancêtres supervisaient le maintien d'Eurynomos aux Enfers, ma sœur serait sûrement intéressée à les rencontrer.

« Nous avons aussi nos propres problèmes avec ce démon. Je pense que vous devriez rester un moment. Il y a quelqu'un que j'aimerais que vous rencontriez, mais elle n'est pas là pour le moment. »

Ravynne et Skye ont hoché la tête. Quant à Leila, elle avait la bouche ouverte. Je savais exactement ce qu'elle pensait, et je partageais la même opinion. Je n'avais aucune idée de la façon dont j'allais réussir à l'avoir si près de moi, pendant quelques jours.

Je me suis tourné vers Jane, « Demande à la femme de chambre de préparer une chambre pour nos invités. La deuxième en partant de l'entrée fera l'affaire. »

C'était la pièce la plus éloignée de la mienne qui était inoccupée. J'arrivais de peine et de misère à être dans la même pièce qu'elle. J'avais de la chance d'avoir pu garder mon loup sous contrôle pendant si longtemps. Et maintenant, j'avais vraiment besoin de m'éloigner d'elle avant de perdre le contrôle.

« Je suis désolé, j'ai d'autres choses à faire. »

Ravynne a répondu, « Merci pour votre gentillesse, Alpha Will. »

Je ne pouvais plus attendre. Mon loup me criait de la réclamer. Je me suis levé de mon siège, en essayant de rester aussi calme que possible. Je devais marcher de l'autre côté du bureau pour atteindre la porte, mais elles étaient toujours assises sur leurs chaises. En passant aussi près de Leila, je jure avoir senti l'air devenir plus chaud. Comme j'approchais de la porte, j'ai entendu un souffle. Je me suis retourné, mais Skye et Ravynne étaient en train de parler avec Jane. Est-ce que je rêvais ? Peut-être l'avais-je entendu à travers mon lien d'âmes sœurs?

J'ai regardé les profonds yeux marron chocolat de Leila se fixer sur moi. Il y avait tellement de choses qu'elle voulait dire, mais ne le faisait pas. Je savais qu'elle pouvait me parler à travers notre lien d'âmes sœurs, elle l'avait fait une fois déjà. Pourquoi ne le faisait-elle pas en ce moment ? Je ne pouvais pas rester ici et attendre de savoir, car je pouvais à peine me retenir de l'embrasser. J'ai quitté la pièce et suis sorti. J'espérais seulement que ma sœur reviendrait bientôt à la maison.

Je suis venu aussi vite que j'ai pu quand j'ai entendu qu'Arius était de retour ! C'était si excitant ! !! Sachant que le pouvoir de la fleur s'étiolerait rapidement si nous ne nous en occupions pas assez tôt, il n'y avait pas de temps à perdre. Surtout que la santé de mon père s'était détériorée. On aurait dit qu'il s'affaiblissait avec chaque jour qui passait. Nous ne savions toujours pas ce qui le tuait lentement, mais une pensée m'a traversé l'esprit… J'ai lu dans un livre quelque part dans la bibliothèque que les démons pouvaient affecter le monde des vivants, sans y être. Cela m'a fait réfléchir… Ce qui arrivait à mon père pouvait-il être lié au démon d'une manière ou d'une autre ? Je voulais en parler à Steven et connaître son opinion, mais pour l'instant, il était toujours occupé avec Zach et Lilith, à préparer l'armée. Ses bras me manquaient en ce moment, mais nous avions tant de choses à faire. J'avais hâte que tout soit terminé pour pouvoir passer plus de temps avec mon compagnon.

J'étais toujours dans la bibliothèque du château. Elle était bien plus grande que celle de la maison de la meute. Il y avait des rangées de livres de chaque côté de la vaste pièce. Les livres montaient

jusqu'au plafond. Il y avait au moins deux étages
de haut. Au centre de la pièce se trouvait un vaste
espace ouvert avec plusieurs tables pour que les
gens puissent s'asseoir et lire. Bien qu'il y ait
l'électricité, j'aimais l'ambiance ancienne que cela
donnait lorsque j'allumais les lustres à la place.
J'évitais autant que possible d'allumer les lumières
modernes. Certains des livres n'avaient
probablement pas été lus depuis des siècles, à en
juger par la quantité de poussière qui les
recouvrait. Des échelles roulantes étaient
encastrées dans les étagères. Il était facile de se
rouler jusqu'à un autre livre que l'on voulait
consulter. Dans l'air flottait l'odeur
caractéristique, douce et musquée des vieux livres
que j'aimais tant. D'une certaine manière, cela me
rappelait le café ou le chocolat. Je passais la
plupart de mon temps ici quand je venais au
château. C'était ma maison loin de la maison.
Quoi qu'il en soit, pour l'instant, je devais me
rendre au laboratoire d'Elwin. Je laissai les livres
que je lisais sur l'une des tables en bois et m'y
rendis.

Je pouvais entendre la voix d'Elwin avant même
d'ouvrir la porte. Il semblait avoir une
conversation animée. Je n'ai pas écouté, j'étais
bien trop excitée de voir ce qui se passait. Je suis
entré dans la pièce et n'ai même pas jeté un coup
d'œil au désordre habituel. Je me suis dirigé
directement vers le fond de la pièce, où Arius et

Elwin discutaient. Quelques fioles étaient disposées sur une table à côté d'eux. Arius tenait un tissu dans ses mains.

« Magnifique ! Encore plus beau que je ne le pensais ! » s'est exclamé Elwin.

Arius souriait à côté de lui.

En m'approchant, j'ai pu voir cette magnifique et délicate fleur dans le tissu que tenait Arius. Elle avait des centaines de petites fleurs blanches et semblait si pure qu'elle était presque lumineuse.

Je me suis exclamée, « Wow ! Arius, c'est magnifique ! »

« Oui, je sais. Ce n'était pas facile à obtenir », a-t-il ajouté.

« Exact ! » Elwin a dit, comme s'il se souvenait de quelque chose. « Nous devons nous dépêcher. »

J'ai été surprise par la délicatesse avec laquelle il a pris la fleur. Je ne m'attendais pas à ce que le vieux sorcier soit capable de la prendre avec autant de soin. Je suppose que même après tout ce temps, ce vampire pouvait encore me surprendre.

Il a pris la fleur et l'a mise dans une grande fiole en verre contenant de l'eau. J'étais plutôt curieuse de savoir ce qu'il allait en faire.

« À quoi sert ce flasque en verre ? »

Elwin a froncé les sourcils.

« Ce n'est pas que du verre, mon enfant ! C'est du verre borosilicate ! »

J'ai regardé la flasque. Je n'avais absolument aucune idée de ce que cela signifiait, et je ne savais pas si je devais demander. Un silence gênant s'est installé entre nous. Arius avait le même regard sur son visage. Je trouvais la situation assez drôle et dus me retenir de rire. Elwin a finalement aperçu nos regards. Il a levé les yeux au ciel et soupiré.

« On ne vous apprend plus rien à l'école de nos jours ? »

Arius et moi avons un peu ri.

« Le verre borosilicate contient du trioxyde de bore. Cela signifie qu'il ne se fissure pas sous des changements de température extrêmes comme le verre ordinaire », expliqua Elwin. Il est immédiatement allé allumer une flamme sous le flacon.

Je regardais intensément. Nous n'avions pas ce genre d'équipement à la maison de la meute. Ce n'était pas quelque chose que nous faisions. Ce genre d'expériences était nouveau pour moi. Je voulais en apprendre plus.

« Tu le fais chauffer ? »

Elwin acquiesça, « oui, lorsque l'eau bout, une partie de l'eau purifiée s'évapore. En même temps, l'essence de la fleur reste dans la fiole. Lorsque presque toute l'eau aura disparu, nous pourrons nous débarrasser des restes de la fleur. Au fond de la fiole se trouvera la magie hautement concentrée de la fleur. »

C'était tellement intéressant ! Je me suis approchée pour pouvoir regarder ce qui se passait. L'eau ne bouillait pas encore, mais je ne voulais rien manquer.

« Eh bien, c'est très beau et tout, mais je dois retourner sur les terres des elfes de la Lune », a déclaré Arius.

Je me suis retourné pour lui faire face, « Vraiment ? Tu viens juste d'en revenir. »

Il souriait, « Je sais, mais j'ai laissé une personne très importante là-bas. »

Je n'ai pas osé sauter aux conclusions, mais… j'ai demandé d'un air taquin, « Ah oui ? »

Il a souri, « C'est une longue histoire, je te la raconterai un autre jour. »

J'ai gloussé, « OK d'accord, je veux tout entendre ! ».

Voir Arius heureux comme ça, c'était rafraîchissant ! Je l'avais vu si triste, plein de remords et s'isolant. J'étais sincèrement heureuse qu'il ait pu retrouver l'amour. J'avais hâte de tout savoir sur elle.

Je me suis retourné vers Elwin.

« Combien de temps cela va-t-il prendre ? »

Il réfléchit un peu avant de répondre :
« probablement jusqu'à demain matin ».

« Oh, je ne pensais pas que ça prendrait autant de
temps. »

Elwin m'a regardé, « la magie prend du temps.
Vous devez apprendre à être patiente. »

J'ai soupiré. Je savais qu'il avait raison. « Je crois
que je vais retourner à la bibliothèque alors. »

« Comme vous le souhaitez, ma demoiselle », a-t-il
simplement répondu.

Je suis sorti de la chambre et je suis tombé sur ma
sœur Kate.

« Salut Bianca ! Comment vas-tu ? »

J'ai souri, je l'aimais tellement. Elle m'a serré
dans ses bras. J'appréciais sa présence, car je ne la
voyais plus beaucoup, maintenant qu'elle était la
reine des vampires.

« Je vais bien, je retourne juste à la bibliothèque. »

Ma sœur a souri ; elle savait combien j'aimais la
bibliothèque. Kate n'avait jamais été un rat de
bibliothèque, c'était la sœur la plus active. En

grandissant, j'avais toujours le nez dans un livre, me laissant découvrir un monde merveilleux.

« Je pense que je vais t'accompagner. »

J'ai hoché la tête et j'ai attrapé son bras comme on le faisait quand on était petites.

« Vraiment, quelle est l'occasion ? »

Elle a ri. « Je veux lire d'autres livres sur les vampires. Je suis impatiente d'en savoir plus sur eux. Avec le bébé qui grandit dans mon ventre. Je ne sais pas s'il sera un loup-garou, un vampire, ou un peu des deux. Peut-être que je peux trouver plus d'informations à la bibliothèque. »

Hm. Cela faisait du sens. Je suppose que ce bébé hybride soulevait beaucoup de questions. Les loups-garous et les vampires n'avaient pas l'habitude d'être en couple ensemble. Quoi qu'il en soit, je serai heureuse d'avoir ma sœur à mes côtés.

Nous avons marché ensemble jusqu'à la bibliothèque, en discutant de petites choses et de nos vies.

Quand nous sommes arrivés, j'ai aidé Kate à trouver quelques livres dont elle avait besoin. Elle s'est assise à côté de moi et a commencé à lire.

La meilleure partie était qu'en lançant plusieurs sorties, je pourrai commencer à envahir le monde à plusieurs endroits en même temps. C'était parfait ! Et pourtant, il n'y avait qu'une seule entrée dans le monde souterrain. Je m'assurerais qu'elle soit bien gardée... seul un imbécile essaierait d'y entrer de toute façon.

Quand le sceau du portail principal sera brisé, je pourrai voyager moi-même dans le monde des vivants. Avec toute l'énergie vivante que je draine des créatures mortelles, je devenais de plus en plus fort à chaque minute. Tu entends ça ? Misérable jeune fille ! Tu ne m'arrêteras jamais !

Je me suis assise droit dans ma chaise, le cœur battant vite et transpirant. C'était encore ce maudit démon. Il semble qu'il ait ouvert des portails dans notre monde. Ce n'était pas bon ! Nous n'allions pas assez vite, il réussissait son plan bien trop vite.

Kate a levé les yeux de son livre et a vu mon visage.

« Tout va bien ? »

J'ai secoué la tête, « Non. C'est Eurynomos. Il ouvre des portails vers notre monde. »

Kate m'a regardé, abasourdie.

« Je l'ai entendu le dire ! Et il dit qu'il draine l'énergie des vivants. »

En prononçant ces mots, je me suis rendu compte de quelque chose.

« Oh mon dieu ! Kate ! C'est ça ! »

« Quoi ? »

« J'en suis sûre ! C'est Eurynomos qui rend papa si malade ! Il draine son énergie vivante ! »

Je ne savais pas quoi faire de moi. Autant je détestais pouvoir entendre Eurynomos me parler, autant c'était pratique ! Il fallait vraiment que je transmette cette information aux autres au plus vite ! C'était aussi une information précieuse pour la guerre contre le démon. Je me suis levée, mais je ne savais pas où aller en premier. Mon cœur battait la chamade dans ma poitrine. Trop de choses en même temps.

J'ai senti les mains chaudes de Kate sur mes épaules. Elle a souri.

« Calme-toi, sœurette. Laisse-moi t'aider. On est une équipe, tu te souviens ? »

Elle s'est arrêtée un moment et s'est concentrée.

« Je viens d'appeler Damien par notre lien d'âmes sœurs, il arrive tout de suite. »

C'est vrai ! Le lien d'âmes sœurs, comment diable n'y ai-je pas pensé ? Je suppose que j'étais trop submergée. Je me suis concentrée sur mon cher Steven que j'aimais tant. Il était toujours avec

Zach et Lilith. Je lui ai donné toutes les informations. Il m'a demandé si je voulais qu'il vienne me réconforter, mais j'ai refusé. Je voulais qu'il prépare l'armée pour la bataille. Il était clair maintenant que nous devions être prêts encore plus vite que prévu.

Quelques secondes plus tard, Damien a émergé dans la bibliothèque avec un visage sérieux.

« Je suis venu aussi vite que j'ai pu », a-t-il dit, essoufflé. Pour qu'un vampire soit essoufflé, il a dû beaucoup se dépêcher. Je me demandais où il était, mais ce n'était pas important. Je lui ai tout expliqué à nouveau.

Il a écouté tout ce que j'avais à dire. Quand j'ai eu fini de parler, il m'a demandé : « OK, donc pour résumer. Nous savons qu'Eurynomos draine l'énergie vivante de ton père. Il est en train de réussir son plan pour briser le sceau du portail principal et prévoit de venir ici. Pendant ce temps, il crée des sorties pour amener son armée dans ce monde. »

J'ai hoché la tête, « Exact ! Et il a mentionné qu'il n'y avait qu'une seule entrée dans le monde souterrain, donc il est probable qu'elle soit très bien gardée. »

« Oui, ça aussi… »

J'ai repensé à un livre que j'ai lu il n'y a pas si longtemps. Il parlait d'anciens démons et déesses. Il était dit que la Déesse de la Lune était la responsable de l'emprisonnement d'Eurynomos il y a des siècles. Bien qu'une ancienne meute l'ait gardé, elle a échoué dans sa tâche pour une raison inconnue. Il incombait donc à la Déesse de la Lune de combattre Eurynomos et de le sceller à nouveau.

Étant la fille de la Déesse de la Lune, je savais que cette responsabilité reposait sur mes épaules. Mais à cause de la malédiction qui me liait à Eurynomos, c'était impossible. Non seulement je n'avais pas tous mes pouvoirs, mais Eurynomos était au courant de tous mes mouvements et pensées.

« Je dois trouver un moyen de briser cette malédiction », ai-je déclaré à Damien.

« Je sais. On doit aussi parler à Will de la cause de la maladie de ton père. Et les nouvelles sur les progrès du démon. »

J'ai hoché la tête, mais je ne voulais pas encore quitter la bibliothèque. Je voulais relire ce livre ancien. J'avais le sentiment qu'il contenait des informations sur la façon de briser la malédiction.

« Je vais y aller », a déclaré Damien.

« Non ! » Kate a crié. « J'ai besoin de toi ici avec moi, avec le bébé. Je ne veux pas qu'il t'arrive quelque chose. »

Damien la serra tendrement dans ses bras, laissant une main sur son ventre encore plat. Il l'embrassa tendrement sur les lèvres.

« Je reviendrai. Tu ne seras jamais seule. »

Elle secoue la tête, « mais que se passera-t-il s'il t'arrive quelque chose ? Tu es le seigneur des vampires ! Ton peuple a besoin de toi. »

« Et tu es leur reine. Ils seront bien avec toi pendant mon absence. »

Damien a pris la main de Kate et l'a mise dans la mienne.

« Reste ici avec ta sœur. Travaille aussi dur que possible pour te préparer à la guerre et trouver comment briser la malédiction. Tu pourras toujours me dire tout ce qui se passe grâce à notre lien d'âmes sœurs. Si tu as besoin de moi, je reviendrai en volant. Je te le promets. »

J'ai serré la main de ma sœur. Même si je comprenais qu'elle ne voulait pas que son compagnon parte, surtout maintenant qu'elle était enceinte, il avait raison. Cela nous donnera un avantage de pouvoir utiliser leur lien d'âmes sœurs pour communiquer entre la maison de la meute et le château.

« Il a raison, Kate. »

Ma sœur a hoché la tête à contrecœur. Elle s'est
tournée vers son amoureux, « S'il te plaît, fais
attention à toi. »

Il a souri, « ne t'inquiète pas, je vais même amener
Blake. »

Il l'a embrassée une dernière fois, prenant le temps
de caresser ses joues. Je pouvais sentir tout
l'amour qu'il avait pour elle. Puis il m'a donné un
câlin fraternel.

Avant de quitter la pièce, il s'est retourné et a
ajouté : « Je sais que je peux compter sur toi, ma
reine. » Il a fait un clin d'œil et a quitté la pièce.

Chapitre 9 (Will)

Sorcières

Je n'ai pas pu dormir de la nuit. Mon loup était agité. Je suis certain qu'elle n'a pas dormi non plus. Même si elle était dans la pièce la plus éloignée de la maison, je ne pouvais que penser qu'à elle, enivré par son odeur. Elle n'était là que depuis une nuit, mais je me suis rendu compte de quelque chose. Je ne pouvais pas continuer comme ça. Je n'étais pas sûr de ce que j'allais faire exactement. Mais je savais que j'avais besoin d'être avec ma compagne. Je ne pouvais plus me mentir à moi-même.

Malgré le fait que je n'avais pas dormi la nuit dernière, je me sentais plein d'énergie. C'était probablement parce que ma compagne était si proche. Mon loup voulait la voir à tout prix.

J'ai pris une douche rapide et me suis habillé d'un jean et d'un simple t-shirt.

Jane était déjà dans la cuisine quand je suis sorti de la douche. J'allais devoir lui parler bientôt, mais je ne savais toujours pas comment j'allais gérer cette conversation. J'ai jeté un rapide coup d'œil pour m'assurer que j'avais l'air bien avant d'aller rejoindre les autres pour le déjeuner. C'était déjà la fin de la matinée, mais je ne me souciais pas de l'heure en ce moment.

J'ai figé un instant quand je suis entré dans la cuisine. Leila était là, elle avait l'air fatiguée, mais elle était toujours la plus belle femme que j'avais jamais vue. Mon cœur s'est emballé, et mon loup voulait sortir. Je lui ai rappelé, « bientôt ». Je ne pouvais pas aller la voir tout de suite. Les choses devaient d'abord être réglées avec Jane. Ce ne serait pas bien de faire les choses dans l'autre sens. Leila me fixait. Comme j'aimerais pouvoir caresser ses joues. J'ai passé ma main dans mes cheveux et j'ai pris une assiette.

Jane a fait signe de s'approcher de moi, mais j'ai changé de chemin aussi naturellement que possible. Je ne pouvais pas supporter de l'embrasser en ce moment, et je ne voulais pas lui parler devant tout le monde. Je savais que cela la blesserait. Je savais qu'elle m'aimait. Je pensais autrefois que je pouvais l'aimer en retour, mais je savais maintenant que c'était impossible. Elle serait ma meilleure amie, comme toutes ces années, ou du moins, j'espérais qu'elle le serait encore. Mais je ne pouvais pas la garder comme compagne.

Je me suis assis, et Jane s'est assise à côté de moi. Elle savait que j'avais évité son câlin, mais elle le cachait. Juste au moment où j'ai commencé à manger, la porte de la maison de la meute s'est ouverte. Damien et Blake se sont précipités à l'intérieur.

« Will, il faut qu'on te parle, maintenant ! »

Je me suis levé. Pour qu'ils fassent irruption dans la pièce comme ça, je savais que quelque chose se tramait. Avant même que je n'aie eu le temps de dire quoi que ce soit, Ravynne a demandé : « Cela concerne-t-il Eurynomos ?

Damien et Blake se sont figés et m'ont regardé. Normalement, personne ne parle avant que l'Alpha ne dise que c'est bon. Je savais aussi que Ravynne était la cheffe de sa propre meute. J'ai fait un signe de tête à Damien et Blake.

Damien lui a enfin adressé la parole : « Puis-je savoir à qui j'ai l'honneur ? »

« Je suis Ravynne, cheffe de la meute des Mains du Destin. »

Damien a froncé les sourcils.

« La meute des Mains du destin ? Je n'en ai jamais entendu parler. »

« Nous sommes une ancienne meute de loups-garous et de sorcières. »

J'ai froncé les sourcils à ce mot.

J'ai demandé : « Des sorcières ? »

Ravynne a souri, « oui, mon Alpha. Je pensais que vous le saviez. »

C'était la première fois que j'entendais qu'elles étaient des sorcières. Je savais que je n'avais pas senti de loup chez Ravynne quand elles sont arrivées. Même chose pour Skye. La seule qui avait un loup était Leila. Je pensais qu'ils étaient simplement des humains, comme les autres membres de ma meute.

Mais savoir qu'elles étaient des sorcières soulevait des questions. Bien que j'aie vu la couleur de leurs âmes. Les âmes de Ravynne et Leila étaient d'un blanc pur. Je savais que je pouvais leur faire confiance. Quant à Skye, eh bien… c'était un peu plus compliqué. Je ne savais pas vraiment quoi faire de son âme. La plupart du temps, c'est soit blanc, soit noir. Mais son âme était grise, et je ne savais pas ce que cela signifiait. Je préférais rester prudent avec elle.

« Damien, » ai-je commencé. « Ces trois femmes sont venues demander notre aide pour combattre Eurynomos. Elles prétendent qu'une odeur nauséabonde se répand sur leurs terres. Elles pensent qu'il s'agit d'une porte vers les Enfers. »

Les yeux de Blake étaient grands ouverts. Damien a maudit.

« Ainsi, il semble que cela ait commencé. »

« Parlons ici, puisque tout le monde est concerné de toute façon », ai-je dit.

Les deux vampires ont hoché la tête.

« Ta sœur Bianca a finalement découvert la cause de la maladie de votre père. »

J'ai retenu mon souffle à ces mots. Enfin, quelque chose d'encourageant. J'avais regardé mon père dépérir pendant deux ans sans pouvoir y faire quoi que ce soit.

« Qu'est-ce que c'est ? Qu'est-ce que je peux faire ? »

« C'est Eurynomos, il draine l'énergie vitale de ton père. »

J'ai frappé la table avec mon poing.

« Maudit soit ce démon ! N'y a-t-il rien que nous puissions faire ? »

« Elwin travaille sur une concoction pour essayer
de le guérir. Arius est allé sur les terres des elfes
de la Lune pour récupérer une fleur très puissante
dans l'espoir qu'elle le sauve. »

J'ai incliné ma tête et j'ai expiré. Au moins, il y
avait encore de l'espoir.

« Si je peux, » a interrompu Ravynne. « Eh bien, si
vous me le permettez, Alpha Will. Leila et moi
pourrions lancer un sort de protection sur votre
père. Je ne sais pas si ça marcherait sur une
malédiction déjà active, mais ça ne peut pas être
pire. »

Je n'avais rien à perdre à ce stade, « d'accord,
nous allons y aller, mais d'abord. Damien, que
voulais-tu dire quand tu as dit que ça avait
commencé ? »

« Oui, Bianca a aussi entendu le démon dire qu'il
avait ouvert une brèche dans le portail principal.
Bientôt, lorsque le sceau sera brisé, il sera en
mesure de venir dans notre monde et de tout
réclamer. Mais en attendant, il a commencé à créer
des portails partout pour que son armée puisse
commencer l'invasion. »

Je bouillais à cette révélation. Donc, la guerre
avait commencé, nous devions nous défendre.

« Alors, rejoignons l'un de ces portails, entrons-y
et occupons-nous de lui tout de suite. »

Damien a secoué la tête, « nous ne pouvons pas.
Ce sont des portails de sortie. Il n'y a qu'une seule
entrée dans le monde souterrain, et nous n'avons
pas encore trouvé où elle se trouve. »

J'ai crié : « Alors qu'est-ce qu'on est censés
faire ? »

« Bianca dit qu'on doit briser sa malédiction. En
tant que fille de la déesse de la Lune, elle est
censée s'occuper du démon. »

À ces mots, Leila et Ravynne ont mis leurs mains
sur leur bouche. J'ai soupiré. Je suppose que nous
avions beaucoup de choses à discuter.

« Mangeons, je vais tout expliquer. Nous
déciderons de la marche à suivre après. »

Damien et Blake n'avaient pas faim. Ils se sont
assis et ont écouté la conversation, intervenant au
besoin. J'ai expliqué à nos invitées l'histoire de
ma sœur, qui était la fille de la déesse de la Lune.
Nous avons parlé de sa malédiction, et de mon
père. Ravynne nous a expliqué comment leurs
ancêtres étaient des sorcières et des loups-garous.
Que certains membres de leur meute étaient nés à
la fois avec la magie des sorcières et un loup,
comme Leila. D'autres sont nés avec seulement
l'un ou l'autre, ou même aucun, comme Skye.

Après avoir mangé, je suis allé dans la chambre de mon père avec Leila et Ravynne. Mon cœur battait fort d'être si près d'elle.

J'ai ouvert la porte de la chambre de mon père. Ma mère était à ses côtés, comme toujours. Elle a eu un regard inquisiteur quand elle a vu les deux femmes qui m'accompagnaient.

J'ai parlé. « Mère, voici Ravynne et Leila. Elles sont sorcières et vont jeter un sort de protection sur Père. » Puis j'ai ajouté, « si cela te convient. »

Je suis peut-être l'Alpha, mais elle était toujours ma mère, et mon père était son compagnon. Elle avait le droit de décider ce qui lui semblait le mieux pour son compagnon. Ce serait dévastateur si quelque chose devait lui arriver, mais c'est elle qui souffrirait de la rupture du lien d'âmes sœurs.

Sarah s'est levée de son siège et s'est approchée. Elle a examiné Ravynne et Leila, puis est venue vers moi.

« C'est bon, elles peuvent y aller. Je vais aller attendre dans le salon. »

J'ai hoché la tête, « Damien est ici si tu veux le voir. »

Elle a souri ; je savais qu'elle aimait son gendre. Encore plus maintenant qu'elle savait qu'elle aurait un petit-enfant dans quelques mois.

Quand ma mère est partie, Ravynne et Leila sont allées de chaque côté du lit de mon père. Je suis resté près de la porte pour observer. Je n'arrivais toujours pas à me faire à l'idée que Leila était une sorcière loup-garou. J'étais si chanceux d'avoir une compagne aussi extraordinaire ! J'étais curieux de voir l'étendue de ses pouvoirs. J'ai regardé en silence quand elles ont joint leurs mains au-dessus du lit de mon père. Elles ont commencé à réciter des mots que je ne comprenais pas. Bientôt, une lueur blanche a entouré le lit. Je pouvais sentir un vent chaud souffler doucement. Ravynne et Leila avaient fermé les yeux, mais elles continuaient à joindre leurs mains, récitant les mots encore plus fort. Leurs cheveux flottaient au gré du vent. C'était vraiment un spectacle magnifique.

Le vent s'est arrêté en même temps qu'elles ont fini de prononcer les mots. Je ne pouvais pas détacher mes yeux de Leila. Elle a ouvert les yeux et a vu que je la fixais. J'ai essayé de détourner le regard, mais c'était trop tard. Elle a souri et je n'ai rien pu faire d'autre que de sourire en retour, sachant qu'elle savait ce que je ressentais, parce qu'elle le ressentait aussi. Bien qu'elle ne sache pas ce que j'avais l'intention de faire, j'étais impatient de le lui dire.

Ravynne s'est approché de moi, « C'est fait. »

J'ai pris ses mains dans les miennes, « Tu as toute ma gratitude, Ravynne. »

Elle a légèrement incliné la tête, et nous sommes sortis de la pièce.

Quand nous avons rejoint les autres dans le salon, ils étaient tous silencieux.

J'ai demandé : « Qu'est-ce qui se passe ?

Blake s'est tourné vers moi. « Bianca a trouvé comment briser sa malédiction. »

J'étais ravi de cette nouvelle. « Vraiment ? Comment ? »

Damien a parlé, « Elle l'a trouvé dans un vieux livre. C'est une énigme. Écoute. *Para enmendar un pecado cometido hace cientos de años. Una isla flotante, en medio de una feroz tormenta. Hay que encontrar la espada sagrada. Y un querido tesoro debe ser sacrificado.* »

J'ai froncé les sourcils, « c'est quoi ce bordel ? »

Damien a haussé les épaules. « Ce n'est pas du français, pour autant que je sache. »

Leila a ajouté : « Ce n'est pas non plus de l'anglais ».

« Ou de latin », a ajouté Blake.

Ravynne réfléchissait. « Je pense que c'est de l'espagnol, en fait. »

J'ai répété : « De l'espagnol ? »

« Oui, nos ancêtres parlaient espagnol. On m'en a
enseigné une partie quand j'étais enfant. Bien que
ça fasse un moment, je pense que ce que ça dit en
gros c'est : pour réparer un péché, commis il y a
des centaines d'années. Une île flottante, au milieu
d'une tempête foudroyante. L'épée sacrée devra
être retrouvée. Et… » elle a mis sa main sur sa
bouche, ne parlant plus.

« Et quoi ? » Damien a demandé.

« Et un trésor adoré devra être sacrifié… »
termina-t-elle dans un murmure.

J'ai demandé : « Qu'est-ce que ça veut dire ? »

Tout le monde m'a regardé, mais personne n'avait
de réponse.

Je faisais les cent pas dans le salon, répétant les
mots dans ma tête. C'était stupide. On a enfin
trouvé un moyen de briser la malédiction, mais
c'était une énigme.

« Si seulement nous pouvions trouver quelqu'un
pour nous aider, quelqu'un qui a beaucoup de
connaissances », a déclaré Blake.

Il avait raison. Nous avons réfléchi encore et
encore, mais personne ne trouvait rien. Il était
temps de demander de l'aide à quelqu'un d'autre.
Mais à qui ? Tout le monde au château devait déjà
être en train de chercher. La seule personne à
laquelle je pouvais penser était… Ayanna! C'est

vrai ! Elle a vécu pendant des centaines d'années, elle savait des choses que personne d'autre ne pouvait comprendre. Peut-être qu'elle pourrait aider.

« Allons voir Ayanna, la reine des nymphes Melian », ai-je déclaré.

Blake rit, « Je n'ai jamais vu une reine nymphe Melian de toute ma vie, mais cela semble être la meilleure idée que quelqu'un ait eue jusqu'à présent. »

« Alors c'est réglé. Je suppose que ça veut dire que Leila, Ravynne, Skye, Damien, Blake et moi allons partir maintenant. »

« Parfait ! » Damien s'est exclamé. Blake et lui sortirent de la maison de la meute. Ravynne et Skye n'étaient pas loin derrière eux.

Leila s'est rapprochée de moi. J'ai immédiatement senti mon cœur battre plus vite. Mon loup continuait à crier : « âme sœur ».

Elle a demandé d'une petite voix, « Es-tu sûr pour les vampires ? ».

« Damien et Blake ? Bien sûr ! Pourquoi ? »

« Es-tu sûr qu'on peut leur faire confiance ? »

J'ai souri. Étant un loup-garou, bien sûr qu'elle se méfiait des vampires. Mais j'avais vu ce qu'ils pouvaient faire au combat. Damien avait sauvé la vie de ma sœur et a même sacrifié la sienne pour protéger ma famille. Il était le compagnon de ma sœur et le père de leur enfant.

« Je leur confierais ma vie. »

Elle semblait satisfaite de ma réponse. Avant qu'elle ne parte, j'ai demandé, « Es-tu sûre pour Skye ? »

Leila fronça les sourcils et croisa ses mains sur sa poitrine.

« Qu'est-ce que tu veux dire ? C'est ma meilleure amie. »

« Eh bien… j'ai ce don. Je vois la couleur de l'âme des gens. Et bien… l'âme de Skye est grise. »

Elle avait maintenant un regard incrédule sur son visage.

« Tu peux voir les âmes, et l'âme de ma meilleure amie est grise ? »

« S'il te plaît Leila, je sais que ça semble fou, mais peux-tu me faire confiance ? »

Elle a soupiré. Je savais qu'avec le lien d'âmes sœurs, elle me ferait confiance. Sa louve devait pratiquement la supplier de me faire confiance… et probablement la supplier de voir mon loup et beaucoup d'autres choses aussi. Je ne savais même pas comment j'arrivais à garder mon loup sous contrôle.

« D'accord, Will. Mais tu dois savoir que j'ai aussi confiance en ma meilleure amie. Elle est comme une sœur pour moi. Je la connais depuis toujours. »

J'ai hoché la tête ; je ne pouvais pas la contredire. Elle avait connu cette fille toute sa vie. Et elle ne me connaissait que depuis quelques semaines, et … je n'avais pas été le meilleur pour elle jusqu'à présent. C'était normal qu'elle fasse confiance à sa meilleure amie.

Je me laissais distraire par mon loup. Tout ce que je voulais faire en ce moment était de la prendre dans mes bras et de l'embrasser. Comme j'aimerais pouvoir lui dire déjà, mais j'ai simplement répondu : « D'accord, tu la connais mieux que moi. »

Elle semblait heureuse et a commencé à marcher vers la porte. Voyant que je ne venais pas, elle s'est retournée et m'a demandé : « Tu viens ? »

« Dans une minute, je dois d'abord faire quelque chose. »

Elle a hoché la tête et est sortie de la maison. J'ai pris une grande inspiration. Je savais ce qu'il fallait faire. Je n'étais même pas sûr de trouver les bons mots. Mais c'était le moment de le faire.

*********** PDV de Leila ***********

Les rayons du soleil me faisaient du bien sur la peau alors que je sortais de la maison de la meute. Je me sentais fatiguée de ne pas avoir dormi la nuit dernière. J'avais dû m'abstenir d'errer dans la maison la nuit. Tout ce que je voulais, c'était de le retrouver. Mais dans l'ensemble, je gérais assez bien toute cette situation et j'étais plutôt fière de moi. Je me demandais comment allaient se passer les prochains jours. Je ne m'attendais pas vraiment à partir en voyage avec lui. Mais à ma grande surprise, ma louve se sentait mieux maintenant que j'étais plus proche de lui. Cela l'apaisait d'avoir son compagnon à ses côtés, même s'il avait sa Luna…

Comme j'aimais voir son sourire, tout à l'heure, après que nous avions jeté un sort à son père. La façon dont il me regardait. Si je ne savais pas qu'il avait une Luna, je pourrais presque croire que je lui plaisais. C'est sûr qu'il ressent le lien d'âmes sœurs aussi. Je suppose que nous aurons des choses à discuter si nous avons un peu de temps seuls. Pour l'instant, j'ai décidé de chasser ces pensées et de profiter du présent.

Skye a demandé, « Qu'est-ce que tu crois qui lui prend autant de temps ? »

J'ai haussé les épaules, « des trucs d'Alpha probablement. »

« Peut-être qu'il a besoin d'embrasser sa Luna avant de partir ? » Elle a taquiné. « Ou peut-être qu'il a besoin de la mettre enceinte avant de partir. »

Un grognement s'est échappé de ma poitrine à cette pensée. C'était un grognement bas, trop bas pour que les humains l'entendent. Ma grand-mère et Skye ne l'ont pas entendu. Mais les vampires ont tourné leurs têtes dans ma direction. Je les ai ignorés.

J'ai crié, agacée, « Tu veux bien arrêter ? »

« Quoi ? Je peux les imaginer assez bien, » elle a ri et a commencé à faire des mimiques comme si elle embrassait et étreignait l'air.

J'ai roulé mes yeux vers le ciel et j'ai soupiré. Skye pouvait être si immature parfois ! Néanmoins, je ne pouvais m'empêcher de me demander si elle avait raison. Serait-il assez arrogant pour lui faire l'amour avant de partir ? En sachant que nous l'attendions ? J'avais l'impression qu'il s'ouvrait à moi tout à l'heure. Ai-je rêvé de tout ça ? Je me sentais si confuse en ce moment. Ma grand-mère et Skye ne savaient pas qu'il était mon compagnon. Je savais que Skye ne le faisait pas exprès. Ça m'ennuyait de toute façon et je ne pouvais pas aider ma louve. Elle n'arrêtait pas de grogner, l'idée de mon compagnon embrassant cette Luna, ou en train de

lui faire l'amour. C'était trop dur à supporter pour
moi.

Blake s'est retourné et s'est approché de moi, pour
voir si tout allait bien. Je n'avais pas vraiment
envie de parler à qui que ce soit de la raison pour
laquelle ma louve grognait comme ça.

« Tout va bien ? »

J'ai entendu la voix de Will derrière moi, et ma
louve s'est immédiatement calmée. Mes épaules se
sont détendues.

« Tout va bien », ai-je répondu. Je me suis retourné
pour lui faire face, mais il avait un visage sévère.
J'ai essayé de lire en lui, de comprendre ce qui se
passait, mais je n'y arrivais pas. Je me suis
demandé ce qui s'était passé pour qu'il soit dans
cet état.

Sa mère est sortie de la maison pour nous dire au
revoir. Je n'ai vu la Luna nulle part. Tant mieux, je
ne voulais pas la voir de toute façon.

Ma grand-mère a demandé : « Où vit Ayanna ? »

« Vers le nord-est », répondit Will. « Ce sera
mieux si nous prenons les voitures. »

« Je ne sais pas conduire », a répondu ma grand-
mère.

Will a levé un sourcil à la déclaration de ma grand-mère.

« Nous vivons à l'écart des humains autant que nous le pouvons. Nous aimons être en harmonie avec la forêt et ne compter que sur nous-mêmes. Je n'ai jamais eu besoin d'apprendre à conduire une voiture », expliqua-t-elle.

« C'est bon, je sais comment conduire », a répondu Will.

« Moi aussi », ajouta Damien.

« Leila, tu peux venir avec moi », a dit Will. « Les autres peuvent monter dans la voiture grise là-bas. Il y a cinq sièges. »

J'ai rougi à l'idée d'être seule avec Will. Mon cœur s'est emballé rien qu'en y pensant. Je sais que je ne devrais probablement pas, il a une Luna. Mais j'avais l'impression qu'il l'avait fait exprès pour faire monter les autres dans une deuxième voiture et me laisser seule avec lui. Ma louve remuait la queue et je ne pouvais pas m'empêcher d'être heureuse à cette pensée.

« Il n'est pas question que je laisse ma meilleure amie seule », a crié Skye.

J'ai fait la grimace à ces mots. Pourquoi fallait-il qu'elle dise ça ? Je sais que je ne lui ai pas dit que Will était mon compagnon, mais ne pouvait-elle pas me laisser tranquille deux minutes ?

« C'est bon, ça ne me dérange pas d'y aller
seule », j'ai essayé de sourire, en espérant qu'elle
comprenne le message.

Damien a souri derrière elle, mais Skye n'a pas
semblé comprendre. Je n'avais jamais réalisé à
quel point elle était dense avant aujourd'hui.

« Je monte avec toi, et c'est final ! » a déclaré une
Skye très motivée.

Avant même que Will ait pu dire quoi que ce soit,
elle était déjà assise à l'arrière de sa voiture. Elle a
baissé la vitre, en criant, « Vous venez ? »

Ma grand-mère a regardé le ciel avec exaspération.
Damien et Blake riaient tous les deux à côté d'elle.
Will avait l'air d'avoir une veine sur le point de lui
éclater au visage. Malgré le fait que j'aurais
préféré être seule avec lui, je savais que Skye
faisait ça uniquement parce qu'elle m'aimait.

J'ai souri à Will, en essayant d'apaiser la tension.

« Je suppose que nous serons trois dans la
voiture. »

Will s'est détendu et a souri un peu. Il était si beau
que j'ai cru que j'allais fondre sur place.

« Au moins, assois-toi devant, pour que je ne sois
pas seul en conduisant. »

« Marché conclu », ai-je répondu en souriant.

Je me suis retournée pour marcher vers la voiture.
Will avait déjà ouvert la portière et attendait que je
prenne place sur le siège du passager.

Je ne savais pas combien de temps prendrait le
trajet, mais je savais que ma louve en profitait
déjà. Il a doucement posé sa main sur mon dos
lorsque je suis entrée dans la voiture. Je pouvais
sentir la chaleur de son corps et son odeur
alléchante alors que je m'asseyais.

Chapitre 10 (Leila)

Ayanna

Nous avons roulé pendant quelques heures et Skye a parlé tout le temps. Plusieurs fois, j'ai eu l'impression que Will aurait voulu me dire quelque chose, mais qu'il ne pouvait pas. Même pendant les rares moments de silence, lorsque Will essayait de dire quelque chose, Skye commençait à parler par-dessus lui et le coupait. Je pouvais lire la frustration dans ses yeux. Je n'ai pas pu m'empêcher de ricaner lorsque Will a levé les yeux au ciel en entendant une des histoires incroyables de Skye.

À un moment donné, mes yeux ont croisé ceux de Will. D'une certaine manière, je sentais que son regard était chargé d'émotions, de tant de pensées non exprimées. Je pouvais sentir combien il était ennuyé par le fait que nous n'étions pas seuls. Il était aussi triste et effrayé par quelque chose. J'avais vraiment l'impression qu'il souhaitait pouvoir me parler. J'ai remarqué que son attitude était différente de celle de la première fois que je l'ai rencontré, et je me suis demandé ce qui avait changé. Je lui en voulais toujours pour la façon dont il m'avait parlé la première fois que nous nous sommes rencontrés. Mais ma louve ne me laissait pas être en colère contre lui autant que je le voulais. Elle était juste heureuse d'être avec son compagnon et voulait l'aider à être heureux.

Je n'ai pas pu m'en empêcher. J'ai attrapé sa main qui était sur le levier de vitesse et je l'ai serrée. Son froncement de sourcils a immédiatement disparu de son visage. Il était si beau quand il souriait.

Je me suis dit : « *Ne t'inquiète pas, on parlera plus tard.* » Ses yeux se sont agrandis et j'ai su qu'il m'avait entendu. Comme l'autre jour, quand nous étions sous notre forme de loup. Mais ce n'était pas censé être possible tant que le lien d'âmes sœurs n'était pas plus fort.

« Comment as-tu fait ça ? » a-t-il demandé à voix haute.

J'ai essayé de me concentrer, de lui parler à travers mon esprit à nouveau, mais je n'ai pas pu. Aussi vite que ce soit arrivé, aussi vite c'était parti. J'ai haussé les épaules et répondu à voix haute, « Je n'en ai aucune idée. »

« Tu n'as aucune idée de comment j'ai fait ça ? » Skye a demandé par-derrière. « Allez Leila ! Tu étais là ! Je suppose que je vais devoir te raconter tout ça à nouveau ! »

Elle pensait que nous parlions d'elle. Sans attendre de réponse, elle s'est lancée dans une explication bizarre. Will a levé les yeux au ciel et a reporté son attention sur la route. Je n'ai pas pu m'en empêcher et j'ai gloussé. J'ai regardé dehors, en essayant d'ignorer Skye. Nous étions entourés de champs de maïs de chaque côté de la route. Après un moment, les champs de maïs ont fait place à la forêt. Will a garé la voiture en face d'une grande forêt de frênes. Quelques secondes plus tard, l'autre voiture s'est garée à côté de la nôtre.

Nous sommes sortis de la voiture et Skye était toujours en train de divaguer. Damien, Blake, et ma grand-mère sont sortis de l'autre voiture. Ils souriaient et parlaient ensemble.

Will a pointé Skye et dit à Damien et Blake :

« La prochaine fois, elle vient avec vous ! »

Ils ont tous les deux rigolé quand Skye a protesté :
« Hé ! Pourquoi ? Qu'est-ce que j'ai fait ? »

Il n'a pas répondu et a marché vers Damien et
Blake. Ma grand-mère s'est approchée de moi.
Elle souriait.

« Eh bien, on dirait que vous vous êtes bien
amusés. »

« Oui, j'ai appris à mieux connaître Damien et
Blake. J'avais beaucoup de questions sur les
vampires, et ils ont été heureux d'y répondre. »

« Je suis heureuse de savoir que tu les aimes. »

Je l'étais vraiment ! Le fait que ma grand-mère ait
fait confiance à ces vampires signifiait que je
pouvais leur faire confiance. Je sais que Will m'a
dit qu'il leur confierait sa vie. C'est beaucoup…
Mais ma grand-mère m'avait élevée, donc son
opinion était encore plus importante pour moi.
Même s'il était mon compagnon.

« Ils avaient aussi beaucoup de questions sur les
sorcières », a-t-elle ajouté.

Will a parlé assez fort pour que tout le monde
entende : « Très bien ! Faisons notre chemin vers
le bosquet sacré des nymphes. »

Il a commencé à marcher dans les bois et nous
l'avons suivi. Je ne pouvais pas m'empêcher de

regarder son cul pendant qu'il marchait. Ma louve avait tellement envie de lui !

La forêt était magnifique. Même si beaucoup de feuilles étaient déjà tombées, il en restait quelques-unes. Le soleil était déjà en train de descendre dans le ciel. On pouvait voir les fées voler à travers les fougères et les plantes. Pendant un moment, je me suis demandé ce que faisaient les fées quand l'hiver arrivait. Se cachaient-elles dans une petite maison ? Je ne m'attendais pas à ce qu'elles soient là, vu qu'on était déjà à la fin de l'automne. Je pensais qu'elles auraient fui comme les papillons.

Bientôt, nous sommes arrivés à un très grand arbre. J'ai essayé d'en voir le sommet, mais il semblait s'étendre à l'infini.

Will est venu à mes côtés, « impressionnant, n'est-ce pas » ?

J'ai hoché la tête.

« J'ai été impressionné aussi, la première fois que je suis venu ici. C'est l'arbre de vie », a-t-il expliqué.

« Comment peut-il encore être en fleurs ? C'est l'automne. »

« L'arbre de vie est toujours en fleurs », a répondu Will.

« Tu t'en es souvenu », a dit une voix de femme que je n'ai pas reconnue.

Je me suis retournée pour voir une grande femme debout. Je n'avais jamais vu quelqu'un comme elle et j'étais stupéfaite de ce que je voyais. Au lieu de jambes, on aurait dit que le bas de son corps était composé de racines d'arbres. Les racines remontaient jusqu'à son torse. Elle avait l'air humaine à partir du torse. Des racines et des feuilles lui faisaient un bikini. Elle avait des oreilles d'elfe, mais à part ça, son visage était celui d'une femme gracieuse. Ses cheveux étaient longs et composés de vignes et de lianes dans lesquelles s'épanouissaient des fleurs.

Will a légèrement incliné la tête.

« Ayanna, c'est un honneur de vous revoir. »

Elle a souri, « comme c'est bon de vous voir. Il semble que vous ayez amené pas mal d'amis. »

Will a ri, « Oui, nous cherchons votre aide. »

« La nuit tombe déjà. Vous devrez rester. Suivez-moi », a-t-elle dit.

Nous l'avons tous suivie jusqu'à une clairière dans les bois. Quelques huttes se trouvaient dans la clairière. Au centre, il y avait un foyer. Damien et Blake se préparaient déjà à allumer un feu. Nous nous sommes tous assis sur des troncs d'arbres autour du feu, avec Ayanna et quelques autres nymphes. Will avait apporté un repas pour que tout le monde puisse le partager. Nous avons mangé ensemble tout en parlant avec Ayanna. Elle semblait avoir de vastes connaissances, j'espérais donc qu'elle serait capable de nous aider à résoudre l'énigme.

Damien lui a récité l'énigme. Il n'était pas nécessaire de la traduire, car elle parlait plusieurs langues et comprenait ce que cela signifiait.

« Une île flottante au milieu d'une tempête orageuse. Une épée sacrée. » Elle a réfléchi un peu. « Je pense que vous devez aller sur l'île de Délos. »

J'ai répété : "L'île de Délos ?"

« Oui, selon les légendes, l'île est protégée par le dragon Kholkikos. Il garde l'île en la faisant flotter haut dans les airs grâce à son souffle, et empêche quiconque d'y entrer en créant une tempête permanente autour de l'île. »

« Cela ressemble vraiment à une île flottante avec une tempête orageuse », a déclaré Will.

J'ai demandé : « Que devrons-nous faire une fois là-bas ? »

« Tu devrais trouver le bosquet sacré d'Ares sur l'île de Délos. Je crois que tu y trouveras l'épée sacrée. »

Tout le monde est resté silencieux, absorbant ce qu'Ayanna venait de nous dire. Je me demandais comment nous allions réussir à atteindre une île flottante protégée par une tempête. Ce ne serait pas une tâche facile.

« Nous pourrions voler là-haut », a proposé Blake.

Will secoua la tête, « nous devons tous y aller. Vous n'êtes pas assez pour nous faire tous voler. De plus, passer à travers une tempête produite par un dragon. Ça semble être un exploit difficile, même pour un vampire. »

Blake a baissé ses mains, « OK, j'avoue, tu as raison. »

« Pourquoi ne pas en rester là pour la nuit ? Nous trouverons quelque chose demain, j'en suis certain », a suggéré Will. Tout le monde semblait d'accord.

Blake a sorti des boissons d'un sac qu'il avait apporté. Damien et Blake ont bu du vin de sang, tandis que les autres ont préféré des boissons qui n'impliquaient pas de sang. Tout autour de moi, les gens riaient. Skye avait bu quelques bières et argumentait maintenant avec Blake que les loups-garous étaient meilleurs que les vampires. Damien parlait des traditions des vampires avec ma grand-mère. Will parlait avec Ayanna. J'étais juste heureuse, profitant du feu, écoutant tout le monde.

À un moment donné, Ayanna est venue et a demandé à parler avec ma grand-mère seule. Elles sont parties toutes les deux dans une hutte.

J'ai regardé Will se lever pour ramasser du bois et l'empiler près du feu. On voyait ses muscles à travers sa chemise. Ma louve salivait à sa vue, mais j'essayais de ne pas le montrer.

« Il est plutôt mignon », a dit Skye, qui était maintenant assise à côté de moi.

Ma louve a grogné tout bas, mais elle ne l'a pas entendu, et tout le monde était trop occupé pour le remarquer.

« Pas vraiment », j'ai menti.

Skye a haussé les épaules, « Eh bien, de toute façon, il a déjà une Luna. »

Quel était son problème ? Je savais qu'elle était probablement ivre, mais quand même… Elle m'agaçait tellement en ce moment ! J'ai dû lutter contre ma louve qui voulait lui asséner des coups.

« Bon, je vais me coucher », dit Damien en se retirant dans sa cabane pour dormir.

« Hey ! Skye, viens par ici ! » a appelé Blake.

« Bien sûr », a-t-elle répondu en souriant.

En un instant, elle était partie avec Blake. Ma louve se sentait mieux maintenant qu'elle était partie. Je le jure, depuis un jour ou deux, ma meilleure amie m'agaçait. Je ne comprenais pas vraiment d'où venait tout ça.

« Cette place est-elle prise ? »

J'ai reconnu sa voix tout de suite, mon cœur a palpité dans ma poitrine. J'ai regardé autour de moi et j'ai réalisé que Blake et Skye étaient partis, me laissant seule avec Will.

Mon cœur a fait un bond quand il s'est assis à côté de moi, assez près pour que nos épaules se touchent. Il me regardait avec un sourire qui pouvait me faire fondre. Je voulais rester forte, me rappeler comment il m'avait traitée. Mais mon cœur battait fort pour lui, et ma louve se languissait tellement de lui.

************ PDV de Will ************

Mon cœur battait si fort que j'ai cru qu'il allait sortir de ma poitrine. J'étais si nerveux de voir comment ça allait se passer. J'avais tout abandonné pour elle. J'espérais seulement que ça se passerait bien. Elle était si belle, même ce soir sous la lumière du feu.

Je ne savais pas vraiment comment commencer.
J'ai décidé de faire comme je me l'étais répété tant
de fois dans ma tête.

« Leila, il y a quelque chose que je dois te dire. »

Elle m'a regardé avec ses beaux yeux bruns. Mes
mains étaient moites, ma bouche était sèche.

« Écoute, je voulais te dire. Eh bien, tu sais. À
propos de notre première rencontre. Ce que
j'essaie de dire, c'est… que je suis désolé. »

Je me sentais si stupide, c'est comme si je
n'arrivais pas à former une phrase correcte et que
tous les mots sortaient mal. Elle est restée là, sans
rien dire, à me regarder.

J'ai continué, « la façon dont je t'ai parlé. La façon
dont j'ai agi avec toi. Ce n'était pas bien. Et je suis
vraiment désolé. »

Je l'ai regardée, essayant de lire une quelconque
réaction de sa part. Elle avait l'air surprise, mais
c'est tout ce que j'ai pu discerner.

« Eh bien, tu as déjà une Luna de toute façon », a-
t-elle dit froidement.

La façon dont elle l'a dit, ça m'a fait mal. Je
suppose que c'est ce que je lui ai fait, alors je l'ai
mérité. Mais j'avais besoin qu'elle comprenne.

« Écoute, j'essayais seulement de me protéger.
J'essayais de rester fidèle à mes devoirs. Le truc

c’est que… C’était stupide. Et en passant, je n’ai plus de Luna. »

Leila a levé un sourcil, « vraiment, comment ça ? »

« J’ai rompu avec elle, avant qu’on parte, plus tôt dans la journée. Je ne pouvais pas continuer à me mentir. Elle restera la Luna de la meute, du moins pour le moment. Elle est digne de confiance pour prendre des décisions pendant mon absence. Mais elle n’est plus ma compagne. Et nous verrons ce que tu veux faire à notre retour. »

Leila a froncé les sourcils, « qu’est-ce qui te fait penser que je vais prendre sa place ? »

Je ne pouvais pas croire sa question, « Tu es mon âme sœur ! »

« Tu n’as pas vraiment agi comme tel depuis qu’on s’est rencontrés. Tu t’es plutôt comporté comme un connard. »

Cela m’a fait plus mal que je ne le pensais. J’avais tellement peur de la perdre. Je ne savais pas ce que je ferais si elle me rejetait.

« Je sais… Comme je l’ai dit, je suis désolé. »

Leila a croisé les bras sur sa poitrine : « Ce n’est pas parce que tu es désolé que je vais coucher avec toi. »

J’ai soupiré ; cela ne se passait pas comme je l’avais espéré.

« S'il te plaît Leila, donne-moi une chance de recommencer une deuxième fois. Je pensais que je devais faire tous ces choix à cause de mes responsabilités en tant qu'Alpha. Je pensais tellement de choses… Mais j'ai eu tout faux. Et je réalise que tu es bien plus importante que je ne le pensais. Tu es ma compagne, et je ne peux pas… »

Je me suis arrêté ; les mots sont restés coincés dans ma gorge. C'était une chose si importante et si difficile à admettre. Leila me fixait.

« Dis-le, je veux t'entendre le dire. »

J'ai fermé les yeux et pris une grande inspiration.

« Très bien. Je ne peux pas vivre sans toi. J'ai besoin de toi comme de l'air que je respire. Être séparé de toi me rend fou. Donne-moi juste une chance de prouver que je suis un compagnon digne de ce nom. »

Elle a souri. Sa beauté quand elle souriait, pouvait rivaliser avec la beauté des étoiles dans le ciel.

« Hm… On verra », elle a fait un clin d'œil. « Tu ferais mieux d'être bon. »

J'ai été soulagé par sa réponse.

« Peut-on juste regarder les étoiles et parler ? »

Elle a hoché la tête et je me suis enfin permis de me rapprocher d'elle. J'ai passé mon bras autour de son épaule, et elle a posé sa tête sur la mienne.

Je pouvais sentir son souffle chaud sur mon cou, me donnant des frissons.

Nous avons parlé pendant je ne sais combien de temps. À un moment donné, je commençais à être vraiment fatigué, mes yeux étaient secs. Mais je ne voulais pas encore m'endormir. Le feu était éteint depuis un certain temps maintenant, et les braises ne donnaient presque plus de chaleur. Je voulais juste que ce moment dure pour toujours. Mon loup était heureux de tenir enfin sa compagne dans ses bras.

« On devrait peut-être dormir, on a une grosse journée demain », m'a chuchoté Leila à l'oreille.

« OK, tu as raison », ai-je répondu à contrecœur.

Elle s'est approchée de moi et a posé ses lèvres sur les miennes. Comme j'avais attendu ce baiser ! J'ai attrapé sa hanche avec un bras, la tirant contre moi. Ses lèvres se sont écartées et nos langues ont dansé ensemble. Mon cœur battait fort, de pouvoir enfin embrasser la femme que j'aimais. Elle avait si bon goût, je ne voulais pas que cela se termine. Nous avons fini par rompre le baiser.

« Je sais que ça peut sembler fou, mais je t'aime tellement Leila. »

Elle a souri. « Ça ne semble pas fou. »

« Je suppose que c'est le temps de se dire bonne nuit ? »

Elle a ri, « Oui, ça l'est. » Elle a fait un clin d'œil
et a commencé à marcher vers sa hutte.

Je l'ai suivie des yeux, m'assurant qu'elle était
bien à l'intérieur. Puis je me suis dirigé vers ma
propre hutte. J'étais si fatigué de ne pas avoir
dormi la nuit précédente. Je me suis allongé et j'ai
pensé à elle une dernière fois. Je me suis souvenu
de son parfum séduisant, de la douceur de ses
lèvres et de son goût parfait. La chaleur de son
corps contre le mien me manquait déjà. Je me suis
souvenu de chaque partie de son beau visage, de sa
peau douce et de la sensation de son souffle sur ma
peau. Alors seulement, j'ai pu laisser le sommeil
m'emporter.

*********** PDV de Leila ***********

J'ai fait de si beaux rêves la nuit dernière. Je me
souvenais encore de son odeur unique, de son
goût. J'ai rêvé de lui toute la nuit. Ça lui a pris du
temps, mais peut-être que ma louve avait raison à
son sujet. J'espérais seulement qu'il resterait fidèle
à ses paroles. J'avais peur d'être blessée à
nouveau. Mais j'étais prête à lui donner une
chance.

Je suis sorti de ma hutte et j'ai rencontré Skye.

« Hé, on dirait que tu es de bonne humeur ce matin », dit-elle en souriant.

Je lui ai souri en retour, « Tu as raison, j'ai passé une merveilleuse nuit. »

J'ai arrêté de parler quand une odeur a attiré mon nez. J'ai tourné la tête de côté pour voir Will, qui aidait Ayanna et Ravynne à préparer le déjeuner. Damien essayait également d'aider, mais a fini par renverser un seau d'eau sur Will. Tout le monde riait, sauf Will, qui était détrempé.

Skye et moi n'avons pas pu nous empêcher de rire aussi, de loin.

Will a retiré son t-shirt mouillé, révélant sa poitrine musclée. J'ai presque arrêté de respirer à sa vue. Il était si parfait ! Ma louve me suppliait de l'approcher. Il a levé les yeux et a vu que je le fixais. Il m'a souri, et je l'ai trouvé tout simplement irrésistible. J'espérais juste que je ne bavais pas trop. Il s'est retourné pour aller chercher un t-shirt sec dans sa cabane.

J'essayais encore de me sortir cette image de lui de la tête quand Skye s'est exclamée, « eh bien, cet homme est vraiment quelque chose ».

Pendant un moment, j'ai presque voulu lui dire de s'éloigner de mon homme. Mais je me suis rappelé qu'elle ne savait pas qu'il était mon compagnon. Je me suis dit que j'étais mieux de lui dire.

« Il l'est », ai-je commencé. Mais avant même que je puisse continuer, Skye m'a interrompu.

« Dommage qu'il ne soit pas intéressé par toi. »

J'ai croisé mes bras sur ma poitrine. Comment osait-elle dire ça ?

« Qu'est-ce qui te fait penser qu'il ne l'est pas ? » J'étais plutôt énervée contre elle.

« Eh bien, pour commencer, il a déjà une Luna. »

« Il n'en a plus. »

Skye m'a regardé, surprise, « comment peux-tu en être si sûre ? »

« Parce qu'il me l'a dit, et c'est mon compagnon. »

Les yeux de Skye se sont agrandis, puis elle a éclaté de rire.

« Oh mon Dieu ! Leila ! Tu es la plus drôle ! Comme si cela pouvait être vrai ! »

Je l'ai regardée avec incrédulité. Comment était-il possible que ma meilleure amie ne me croie pas ? Comment pouvait-elle rire comme ça ? Je me sentais plutôt insultée et j'ai commencé à remettre en question tout ce que je savais sur elle.

J'étais sur le point de lui donner ma façon de penser quand j'ai été interrompu par un parfum sexy venant de derrière moi.

« Hé, mesdames, vous voulez vous joindre à nous pour le déjeuner ? »

J'ai souri et me suis retournée pour faire face à Will, qui portait maintenant des vêtements secs. Ses muscles se dessinaient encore sous son chandail. Il me regardait avec un sourire sexy.

J'ai demandé, en souriant, « Ça dépend, qu'est-ce qu'il y a au menu ? »

Son sourire s'est élargi et il a attrapé mes hanches, me tirant plus près de lui.

La prochaine chose que je savais, ses lèvres étaient sur les miennes. J'ai mis mes mains sur ses épaules pendant que nous nous embrassions, le tirant encore plus près de moi. Ce n'est que lorsque j'ai pu sentir la chaleur de son torse sur moi et ses bras autour de moi que ma louve a été satisfaite. Le temps semblait s'arrêter pendant que nous nous embrassions, et j'espérais qu'il ne recommencerait jamais.

Quand nous nous sommes enfin arrêtés pour respirer, j'ai tourné la tête pour regarder la tête que faisait Skye, mais elle était déjà partie. Will me tenait toujours fermement.

« Je suppose qu'elle est partie avec les autres », a-t-il dit.

Je ne pouvais pas moins me soucier de ce qu'elle pensait sincèrement.

« Je suppose que nous devrions aussi prendre le déjeuner », ai-je suggéré.

Will a acquiescé et nous avons marché ensemble, main dans la main, pour aller manger avec les autres.

Skye était en effet déjà assise à la table, à côté de ma grand-mère. Personne n'a rien dit à propos de Will et moi. Je suppose que c'était tellement naturel que rien n'avait besoin d'être dit. Nous nous sommes assis ensemble et avons commencé à manger.

Tout le monde parlait avec animation, discutant de la façon dont nous devions nous rendre sur une île flottante entourée d'une tempête. Toutes sortes d'idées ont été données : avion, hélicoptère, Blake a même suggéré une catapulte, ce qui nous a tous fait rire. Le problème était réel, aller sur cette île semblait presque impossible.

« Pour aller sur une île protégée par un dragon, il faut trouver un dragon », a déclaré Ayanna.

Tout le monde a arrêté de parler. L'idée semblait géniale, sauf que…

« Comment allons-nous trouver un dragon ? » a demandé Will.

On pouvait voir que tout le monde cherchait une réponse. Même Ayanna ne semblait pas savoir où trouver un dragon.

Soudain, Damien se leva de son siège. « Je sais ! »

Nous l'avons tous regardé, désireux de savoir.

« Au sud-est de la meute de Will. Il y a une chute d'eau. Caché par cette chute d'eau se trouve le repaire de Ladon ; du moins c'est ce que disent les légendes. »

J'étais vraiment surprise d'apprendre qu'un dragon était aussi proche de nous.

J'ai demandé, « Comment le sais-tu ? »

« J'y suis allé avec Kate un jour. Nous ne nous sommes pas aventurés à l'intérieur, mais je sais où c'est. Je peux vous y conduire. »

C'était la meilleure idée qu'on avait jusqu'à présent.

Blake a demandé, « Tu dis que c'est une légende… Penses-tu que c'est vrai ? »

Ma grand-mère a répondu, « Il y a toujours une part de vérité dans les légendes. »

Nous avons tous acquiescé.

Will a dit tout haut ce que tout le monde pensait tout bas : « OK, on devrait y aller alors. »

Nous avons fini de manger en silence. Avant de partir, Ayanna a demandé à parler seule à Will.

Quand ils sont revenus, elle a donné sa
bénédiction à tout le monde. Nous sommes
retournés aux voitures et sommes partis pour
trouver la tanière du dragon.

Chapitre 11 (Leila)

Le voyage

Je me suis assise avec Will dans la voiture alors que nous retournions à sa meute. Il avait été décidé qu'une fois arrivés là, nous ferions le reste du chemin à pied. Je m'attendais à pouvoir faire des câlins avec lui dans la voiture, mais il était silencieux. Je me demandais ce qu'Ayanna lui avait dit. Il était différent depuis qu'elle lui avait parlé. Je sais qu'il était probablement en train de trop penser dans sa tête, mais j'aurais aimé savoir ce qu'il y avait.

Je lui ai demandé : « Est-ce que tout va bien ? »

Il m'a regardé comme s'il venait de se réveiller d'un rêve ou quelque chose comme ça.

« Oui, désolé, j'avais quelque chose en tête. »

Il a attrapé ma main et l'a portée à sa bouche, déposant un doux baiser sur le dessus.

« Tu veux le partager avec moi ? »

Il a détourné la tête une seconde de la route pour me regarder, puis s'est concentré sur la route.

« Je pensais seulement à ce que Ayanna m'a dit. Concernant le reste de l'énigme. Un trésor bien-aimé devra être sacrifié… Elle n'était pas claire sur ce qu'était le trésor, mais elle a dit que ce sera la partie la plus difficile de notre voyage. Elle a dit que ce qui doit être fait ne peut pas être changé. »

J'étais tellement concentrée sur la façon d'accéder à l'île que j'avais complètement oublié le reste de la devinette. Je me demandais vraiment ce que ça voulait dire.

Nous sommes restés silencieux pendant le reste du trajet, tous les deux absorbés par nos pensées. Nous sommes arrivés à la meute de Will. Avant de quitter la voiture, Will s'est tourné vers moi.

« Tant que nous sommes sur le territoire de la meute, je ne peux pas t'embrasser ou te tenir la main. Je n'ai toujours pas annoncé à tout le monde que Jane n'est plus ma compagne. J'ai encore besoin de savoir si tu acceptes d'être ma Luna. Donc pour l'instant, je ne peux le dire à personne. J'espère que tu comprends. »

Ses mots m'ont blessé, ma louve n'aimait pas ça. Mais je comprenais. Ses devoirs d'Alpha de la meute l'obligeaient à avoir une Luna. Je n'avais pas encore réfléchi à si je voulais être une Luna, mais je pense que lorsque le moment sera venu, je n'hésiterai pas. J'aurais souhaité pouvoir l'embrasser encore une fois avant de sortir de la voiture, mais c'était trop tard. Certains membres de la meute nous saluaient déjà et attendaient que nous sortions de la voiture.

J'ai soupiré : « Oui, je comprends. » Ma voix tremblait, mais j'ai essayé de le cacher.

Nous sommes sortis de la voiture. Will a expliqué à sa meute qu'il serait absent pour un moment. Pendant ce temps, Jane s'occuperait des affaires de la meute. Mes dents ont grincé à ce nom. Ma louve me faisait savoir qu'elle était bien prête à être une Luna. Mais je ne pouvais rien dire pour le moment.

Heureusement, nous ne sommes pas restés longtemps dans la meute de Will. Assez rapidement, nous étions déjà en train de marcher dans les bois en direction de la cascade. Damien ouvrait la marche, suivi de Blake, et de ma grand-mère. Puis il y avait Will, moi et Skye. Elle était la dernière et se plaignait continuellement que nous marchions trop vite.

« On peut s'arrêter une minute ? » demandait-elle.

« Nous avons juste commencé à marcher », a répondu Damien.

Quelques mètres plus loin, elle demandait à nouveau : « On peut s'arrêter maintenant ? »

Ce à quoi Damien répondait : « À cette vitesse, nous n'arriverons pas avant la nuit. »

Nous avons continué à marcher plus lentement, mais c'était toujours trop rapide pour Skye. Elle n'arrêtait pas de trébucher sur les racines des arbres et voulait me tenir la main pour éviter de tomber, mais j'étais trop préoccupée par le fait de rester près de Will pour m'occuper d'elle. Pendant toute la durée de notre marche, il est resté silencieux et a gardé ses distances avec moi. Je me demandais pourquoi. Des pensées terribles s'insinuaient dans ma tête. Et si retourner dans sa meute lui rappelait qu'il aimait Jane ? J'ai secoué ma tête. Cela n'avait aucun sens. J'étais son âme sœur, il m'aimait. Même si le lien n'était pas encore assez fort pour que nous puissions nous parler par la pensée. Il avait juste beaucoup de choses à penser, j'en étais sûre.

À un moment donné, Skye a crié : « Je connais un raccourci ! ».

Nous nous sommes tous arrêtés un instant et l'avons regardée avec de grands yeux.

Damien est allé vers elle. « *Tu*... connais un raccourci ? »

Elle a hoché la tête, « Oui, j'en connais un. »

Cela semblait étrange, surtout que nous étions loin du territoire de notre propre meute, et même en dehors du territoire de la meute de Will.

« Oui, on peut passer par là, on arrivera plus vite à la cascade. »

Personne ne disait un mot. Tout le monde évaluait s'il fallait la croire ou non. Je dois dire que même moi, je ne savais pas quoi penser. Il me semblait que le chemin de Damien était meilleur. Voyant que personne ne répondait, Skye a commencé à pleurer.

« Allez, je fais partie de l'équipe, n'est-ce pas ? Je veux aider aussi ! Je vous dis qu'il y a un raccourci par là et qu'on devrait le prendre. »

Je pense que tout le monde a eu pitié d'elle. Damien acquiesça, « c'est vrai, tu fais partie de l'équipe. On va prendre ton raccourci. »

Nous avons tous commencé à marcher dans la direction que Skye nous avait indiquée. Bientôt, la forêt s'est transformée en un marais boueux. Des arbres poussaient dans l'eau boueuse, et d'autres, abattus, jonchaient le chemin. Nous devions faire attention où nous mettions les pieds, sinon nous trébuchions sur les racines qui sortaient, mais nous ne pouvions pas voir. Le sol était inégal. À certains endroits, nous avions de la boue jusqu'aux hanches. Bientôt, nous avons dû ralentir à un rythme d'escargot.

« Ce n'est pas vraiment ce que j'appelle un raccourci », a marmonné Will. Blake et Damien ont ricané, mais Skye ne les a pas entendus.

« Je vous jure, on y est presque », dit-elle joyeusement.

Marcher était très difficile, et je regrettais que nous ayons choisi de suivre son raccourci.

J'ai arrêté de bouger quand j'ai entendu un sifflement. J'ai regardé autour de moi, essayant de trouver la source du son. Tout le monde cherchait aussi.

Soudain, j'ai vu de la boue bouger et j'ai pu reconnaître le mouvement d'un énorme serpent entre Will et moi. Il semblait y en avoir plus d'un. Je pouvais distinguer trois serpents. Je n'en avais jamais vu d'aussi gros, ils semblaient ne pas avoir de fin. Je ne me souvenais pas non plus d'une espèce spécifique de serpents vivant à proximité.

Ma bouche s'est ouverte quand le serpent s'est soulevé sur son corps, laissant sa tête sortir de la boue. Mon cœur s'est emballé quand j'ai réalisé que ce n'était pas trois serpents, mais une hydre à trois têtes, qui se tenait devant nous. J'avais entendu parler de ces créatures, mais je n'en avais jamais vu de mes propres yeux.

Son cou était très long et une longue crête descendait le long de son dos. La boue dégoulinait encore le long de son cou, mais je pouvais voir que quelque part dans le dos, les trois cous se fondaient en un seul corps très épais. De chaque côté de sa tête, il y avait deux oreilles en forme de nageoires. Ses yeux étaient blancs et brillants, sans pupille. Des moustaches de poisson descendaient de sa bouche remplie de dents pointues.

Je serrais les dents. Je n'avais aucune idée de la façon dont nous pourrions vaincre un tel monstre.

« Nous sommes tellement morts », a déclaré Blake.

Je l'ai regardé. Damien a crié : « Ne respirez pas ! Elle a une haleine empoisonnée, et son sang est si virulent que même son odeur est mortelle. »

Est-ce qu'il venait de dire, « ne respirez pas » ? Comment étions-nous censés faire ça ? Blake avait raison, nous allions mourir ici.

« Tu ne mourras pas, je te le jure », ai-je entendu dans mon esprit. J'ai levé les yeux vers Will, c'était lui, je le savais. Il me souriait. J'étais heureuse de pouvoir l'entendre, même si je pensais vraiment que nous allions mourir à cause de cette créature.

La créature a émis un son si aigu que j'ai dû me boucher les oreilles pour me protéger.

« Leila, lance le sort de protection, maintenant ! » a crié ma grand-mère.

Elle avait raison ! Avec le sort de bulle de protection, nous pourrions éviter son odeur mortelle. Sans attendre, je fermai les yeux et joignis les mains, en essayant de me concentrer au maximum. J'ai scandé les mots « *tutela praesidium protection* » encore et encore jusqu'à ce que je sente cette énergie chaude me traverser. Je l'ai sentie se propager tout autour de moi. J'ai rouvert les yeux quand l'énergie s'est arrêtée.

Will me regardait avec de grands yeux. « Wow », c'est tout ce que j'ai entendu à travers notre lien de compagnon. Une bulle à peine visible nous encerclait. Nous pouvions respirer sans avoir peur d'être empoisonnés.

Je lui ai souri. Mais notre bonheur a été de courte durée, car la créature a hurlé, nous faisant savoir qu'elle n'en avait pas fini avec nous.

Blake a chargé la créature, laissant pousser ses ongles et la tailladant.

« Ne bois pas son sang », a rappelé Damien. « C'est un poison. »

Blake n'a rien répondu, mais je savais qu'il l'avait entendu. Will a rapidement retiré ses vêtements et a laissé son loup prendre le contrôle de lui. Je ne pouvais pas m'empêcher de fixer son corps. Il a tourné la tête pour me regarder. J'ai vu ses yeux scintiller, me faisant savoir que son loup voulait me voir. J'ai laissé ma louve aller devant et elle lui a répondu. Je pouvais sentir le contentement de son loup à travers notre lien d'âmes sœurs. Il s'est détourné et est allé se battre avec Blake. Damien était déjà là pour aider.

J'ai sorti mon arc et j'ai commencé à tirer des flèches sur la bête. Elle se déplaçait rapidement, mais j'ai quand même réussi à lui planter une flèche dans l'un de ses yeux.

Les hommes griffaient partout où ils pouvaient. Chaque tête semblait suivre l'un d'entre eux. Elle essayait de cracher du poison sur Will, mais il était agile et l'évitait. Mon cœur battait la chamade de le voir se battre comme ça. À un moment donné, Blake a sorti une dague d'un fourreau à sa ceinture. Il a sauté en l'air et a tranché une des têtes. La créature a hurlé de douleur et le cou est tombé au sol tandis que la tête faisait de même un peu plus loin. Du sang violacé a coulé sur le sol. Nous avons commencé à nous réjouir, mais ce fut de courte durée. Le cou s'est redressé. J'ai entendu un étrange bruit alors que de la nouvelle chair semblait se former. Le cou s'est séparé en deux moitiés, et deux têtes ont commencé à pousser. En quelques secondes, la créature avait maintenant quatre têtes au lieu de trois.

Les hommes ont arrêté de se battre pendant un moment.

« Comment le tuer ? » a demandé Blake.

« Tu ne te souviens pas de tes cours d'histoire ? » a demandé Damien.

« Est-ce que j'ai l'air de m'en souvenir ? » a répondu Blake.

« Si tu lui coupes la tête, deux repousseront », a déclaré Damien.

« Tu n'aurais pas pu dire ça plus tôt ? » a demandé Blake, agacé.

« Je ne m'en souvenais pas tout à l'heure », a avoué Damien en souriant.

J'ai crié, « Alors on le tue avec de la magie ! »

« Ça pourrait marcher », a répondu Damien.

« Vous la distrayez, pendant que Leila et moi jetons du feu dessus », dit ma grand-mère.

« C'est bon ! » a dit Will à travers mon esprit.

J'espérais seulement qu'il ne ferait pas quelque chose de stupide et qu'il ne se ferait pas tuer. J'ai regardé autour de moi, mais Skye n'était nulle part. Avait-elle été mangée par cette créature quand je ne regardais pas ? Je n'ai pas eu le temps de réfléchir. Ma grand-mère a attrapé mes mains.

« Concentre-toi Leila, on peut le faire. »

Je lui ai fait un signe de tête et j'ai fermé les yeux. Tout autour de nous, je pouvais entendre les hommes crier à la créature pour attirer son attention. Je pouvais les entendre se battre ou se faire frapper par la créature. C'était difficile de se concentrer, mais je savais que je devais le faire, si je voulais les aider.

Nous avons commencé à réciter le sort, « *flamma ignis caleo* ». Ce sort était facile. C'était l'un des premiers sorts que j'avais appris. Mais cette fois-ci, nous devions le faire plus grand que jamais.

À l'intérieur de moi, j'ai commencé à sentir cette chaleur. C'était si chaud que ça me brûlait tout le corps, mais j'ai continué. Nos vies et celles de nos amis, et de mon amoureux, en dépendaient. Nous avons continué jusqu'à ce que nous ne puissions plus le supporter.

À ce moment-là, nous avons levé nos mains vers le ciel, libérant l'immense puissance que nous avions amassée, l'envoyant directement sur l'hydre.

J'ai ouvert les yeux et j'ai été surprise de voir la créature engloutie par les flammes, hurlant et se tortillant sur le sol boueux. Le sort devait être beaucoup plus puissant que je ne le pensais. J'ai soudain réalisé que Will, Damien et Blake devaient être en train de combattre la créature

lorsque nous avons lancé le sort. La peur m'a
envahi. J'espérais seulement qu'ils n'étaient pas
pris dans les flammes. Mon cœur battait la
chamade tandis que je le cherchais. Une main s'est
bientôt posée sur mon épaule, et je me suis
immédiatement détendue.

« Bon travail », a dit une voix basse.

Will avait repris sa forme humaine, entièrement
habillé.

Je lui ai souri, « merci ».

« Vous venez ? »

Nous nous sommes tous retournés pour voir Skye,
qui était devant nous et nous attendait.

« Où étais-tu ? » J'ai demandé. « On se battait
contre cette créature. Tu n'étais même pas là pour
nous aider. »

J'étais furieuse contre elle. Elle aurait dû être là, à
se battre avec nous. Nous aurions pu être tués !
Tout ça à cause d'un raccourci stupide qu'on a pris
à cause d'elle !

« Ah oui ? Oh ! je suis désolée, je n'ai rien
entendu » dit-elle avec un sourire.

J'ai roulé les yeux. Ouais, c'est ça, comme si elle
n'avait rien entendu.

« Dépêchons-nous, nous ne pouvons pas être sûrs
que la créature est morte », a parlé Will.

Je lui ai fait un signe de tête. Nous avons tous fait notre chemin à travers le marais.

Finalement, quelques mètres plus loin, nous sommes revenus sur la terre ferme.

Nous étions encore loin de la cascade, et il était maintenant clair que nous n'aurions pas dû prendre le raccourci de Skye. Après un certain temps, Skye était fatiguée… encore une fois… Je pense que tout le monde était tanné de l'entendre se plaindre tout le temps. Nous avons décidé de faire une pause dans une petite clairière.

Skye s'est assise sur un gros rocher. Will parlait avec les autres, planifiant nos prochaines étapes.

Je l'observais de loin. Je voulais passer plus de temps avec lui. Pourtant, il semblait si occupé par toutes ses responsabilités qu'il avait à peine du temps pour moi. Je me sentais triste à ce sujet et je ne savais pas trop quoi en penser.

« Tu as remarqué comme Will est froid avec toi ? » a demandé Skye.

« Je ne sais pas de quoi tu parles. »

« Ne fais pas l'idiote, je sais que tu as remarqué. »

J'ai soupiré : « Écoute, Skye, Will est probablement juste fatigué et préoccupé, comme nous tous. »

Elle a roulé les yeux. « Je pense que tu es trop dépendante de lui. Tu es toujours collée à lui. Il a besoin de sa liberté. »

Je l'ai regardée, réfléchissant. Pouvait-elle avoir raison ? Will avait-il besoin de plus d'espace ? Est-ce pour cela qu'il gardait ses distances avec moi ?

Skye a continué, « Je pense qu'il a besoin de penser que tu ne veux pas de lui. »

« Quoi ? » J'ai froncé les sourcils. « Pourquoi diable ferais-je ça ? »

Elle a souri, « les hommes aiment courir après la femme qu'ils aiment. Il te trouvera irrésistible s'il pense que tu ne veux pas de lui. »

J'admets que j'étais mitigée à propos de tout ça. Je pensais connaître Will au moins un peu. Mais en ce moment, je me sentais seule. J'avais déjà entendu dire dans le passé que les hommes aimaient courir après la femme qu'ils aiment. Peut-être avait-elle raison ? Si j'essayais ça, il pourrait me courir après ?

« Tu le penses vraiment ? »

Elle a hoché la tête, « Oui, bien sûr ! »

Je lui ai souri, « Merci, je pense que ça vaut le coup d'essayer. »

« C'est pour ça que les meilleurs amis sont là. »

Nous avons continué à parler ensemble. Au bout de quelques minutes, Blake est venu nous voir : « Hé, les filles, on y va. »

Nous avons rejoint les autres. Je me sentais triste. Je voulais juste passer du temps avec Will, mais il était toujours si occupé. Je savais qu'il était mon âme sœur. Les compagnons ne sont-ils pas censés s'aimer ? L'amour était si compliqué. J'aimerais que les choses soient plus simples que ça.

« Hé, tout va bien ? »

J'ai sursauté à la voix de Will. Je voulais aller le voir, l'embrasser. Je voulais juste être dans ses bras. Mais je me suis souvenue du conseil que Skye m'avait donné.

J'ai gardé mon visage aussi neutre que possible et j'ai répondu, « oui ».

Je n'ai pas attendu de réponse et me suis dirigée vers les autres, laissant Will me fixer d'un air interrogateur. J'espérais vraiment que cette stratégie de garder mes distances avec lui serait payante.

************ PDV de Bianca ************

Nous venions d'arriver à la maison de la meute. J'étais excitée ! Elwin avait fini la potion de guérison tard la nuit dernière. Le contenu était limpide, on aurait pu jurer que ce n'était que de l'eau. Mais je savais que ce n'était pas le cas.

Je suis allé directement dans la chambre de mon père avec Steven. Nous étions tous deux impatients d'essayer cette potion. Elwin avait dit que les propriétés purificatrices de la plante étaient présentes dans la potion, j'avais donc de grands espoirs. Ma mère était aux côtés de mon père, lisant toujours l'un de ses livres de romance de loups-garous préférés. J'espérais seulement que nous réussissions à sauver mon père, pour qu'elle puisse vivre sa propre romance à nouveau. Je ne pouvais qu'imaginer à quel point elle avait envie d'être à nouveau dans les bras de mon père. Je savais que je trouverais cela horrible si quelque chose devait arriver à mon doux Steven.

Au moment où ces pensées ont traversé mon esprit, il m'a regardé. Ses yeux étaient pleins d'amour, et je savais qu'il comprenait ce à quoi je pensais. Il savait ce que ma mère vivait, car il avait ressenti la même chose lorsque j'étais inconsciente, il y a deux ans.

« Je ne pourrais jamais vivre sans toi, mon amour », a-t-il chuchoté dans mon esprit.

J'ai compris à quel point il m'aimait, et je l'aimais de la même façon.

« Maman, nous avons un nouveau remède à essayer », lui ai-je dit doucement.

Elle a souri et s'est levée de son siège.

« Merci, ma chérie, je t'en prie, vas-y. »

Steven m'a aidé à mettre mon père en position assise. Il avait perdu tellement de poids qu'il était facile de le soulever. L'homme que j'avais connu fort, celui qui m'avait protégé en grandissant, ne vivait plus qu'à peine et ça faisait mal de le voir comme ça.

Doucement, je lui ai fait boire la potion. Lorsque le liquide est passé de la fiole à sa bouche, il a brillé d'une lumière blanche. Nous l'avons remis dans le lit et avons attendu de voir si quelque chose se produisait.

Ma mère s'est approchée. J'ai passé mon bras autour de sa taille, et elle a appuyé sa tête sur mon épaule. Je savais qu'elle avait besoin de soutien. Elle s'est enfermée dans cette pièce ces deux dernières années et je savais qu'elle se sentait seule. Elle ne pouvait pas s'éloigner de son compagnon, elle avait besoin d'être là pour lui.

Nous avons attendu quelques minutes, mais rien ne s'est passé. Nous étions sur le point de quitter la pièce lorsque la poitrine de mon père s'est légèrement soulevée du lit. Il a semblé prendre une profonde inspiration, comme s'il respirait pour la première fois. Puis il est retombé sur le lit.

Nous nous sommes tous demandé ce qui venait de se passer. Ma mère a vérifié ses signes vitaux et, bien sûr, il respirait. J'ai regardé son visage et j'ai vu son teint s'améliorer.

« Je crois que cette potion l'a vraiment aidé », s'est exclamée ma mère. Elle souriait pour la première fois depuis des mois, et c'était bon de la voir comme ça.

« C'est génial ! Espérons que son état continue à s'améliorer », ai-je ajouté.

Steven et moi sommes sortis de la pièce. Il y avait encore des choses que je devais faire. J'avais apporté un livre avec moi du château. Un livre ancien qui parlait d'une ancienne meute de loups. Une meute qui supervisait la garde d'Eurynomos. D'après les conversations que Kate a eues avec Damien par le biais de leurs liens avant de quitter le château, il semble que ce soit la meute de Ravynne. J'étais curieuse à son sujet. Damien a dit que c'était une meute de sorcières et de loups-garous. Je n'avais jamais entendu parler d'eux auparavant. Je suis sortie dans le jardin pour le lire, pendant que Steven avait des tâches à accomplir dans la meute.

*********** PDV d'Eurynomos ***********

Quatre portails étaient déjà ouverts. Les gobelins sorciers travaillaient sans relâche pour en ouvrir le plus possible. Devant chaque portail se tenait un groupe d'orcs. Ces créatures me répugnaient. Ils étaient idiots, grotesques et sentaient l'œuf pourri. Mais ils étaient forts et suivaient aveuglément les ordres. C'est pourquoi je les ai choisis pour mener la destruction du monde des vivants. Associés à quelques gobelins et à leurs ingénieuses machines de guerre, ils formaient un excellent mélange. Ce que les orcs manquaient en intelligence, les gobelins le compensaient.

Le portail principal était toujours scellé. J'étais ennuyé par ce stupide portail. Un de mes sorciers gobelins travaillait encore jour et nuit pour l'ouvrir. La sueur couvrait son front et il s'est évanoui plusieurs fois, mais je ne lui ai pas permis d'arrêter. Tant pis, s'il devait mourir. Un autre prendrait sa place. Sa vie était inutile de toute façon. Il ne pouvait y avoir de plus grande fierté que de m'aider à dominer le monde. Et s'il essayait de partir, je le tuerais de toute façon. Ces misérables créatures savaient qu'il ne fallait pas essayer de se battre contre moi. Depuis que j'ai pris le trône à cet arrogant Hadès, elles savaient de quoi j'étais capable. Cet idiot ne méritait pas de régner sur les Enfers de toute façon. Il était assis paresseusement sur son cul. Ce type n'avait aucune ambition. C'était assez facile de le renverser. Depuis ce combat avec la Déesse de la Lune, je veux me venger d'elle. Elle va payer le prix pour m'avoir enfermé ici. Ce jour-là, j'ai juré de la faire payer, elle et ses descendants.

Soudain, j'ai senti que mon sort de drain de force vitale s'affaiblissait. J'ai grogné de colère. Qui diable osait perturber mon plan ? J'ai regardé autour de moi ; les créatures tremblaient de peur. Mais aucune d'entre elles n'avait fait quoi que ce soit pour interrompre mon sort de drain. Cela signifiait que quelqu'un d'extérieur au monde souterrain en était la cause. J'ai serré les dents. Je savais sans même vérifier qui était la source de mes problèmes. Cette misérable jeune fille. J'ai concentré mes pensées dans son esprit. Je ne l'avais pas écoutée depuis un moment.

J'ai vu à travers ses yeux. Elle était au lit de son père, et elle était heureuse. Qu'est-ce que cette pute a fait ? Comment a-t-elle pu faire ça ? Personne n'était plus fort qu'un démon ! Le lien que j'avais avec son père était toujours là, mais il était nettement plus faible. Je jure que je vais avoir la vie de cette salope. Je la torturerai lentement et je l'obligerai à me regarder tuer tous ceux qu'elle aime. Quand elle n'en pourra plus, quand elle me suppliera de la tuer, je la laisserai souffrir encore un peu. Ce n'est que lorsque j'en aurai eu assez que je la tuerai, très lentement et douloureusement. Je savais que la Déesse de la Lune regarderait sûrement sa précieuse fille pendant que je la torturerais. Je me réjouissais déjà à cette pensée. Peut-être même qu'elle viendrait m'affronter directement ; **ça**, ce serait quelque chose de mémorable.

De toute façon, c'était sans importance. Même si le père de la salope était libéré de mon sort de drain, ça n'avait aucune importance. C'était le premier, et il avait une telle force vitale ! Il avait été très utile quand j'en avais besoin. Mais je drainais maintenant la force vitale de suffisamment de personnes. Il pourrait mourir pour ce que j'en ai à faire.

Je me suis retiré dans mes appartements. Une succube m'attendait. Je savais qu'elle ferait volontiers tout ce que je lui demanderais pour avoir plus de pouvoir. Comme j'aimais ces créatures démoniaques inférieures. Elles étaient délicieuses et obéissantes.

« Avez-vous besoin de moi pour faire quelque chose, maître ? »

Elle m'attendait, ses courbes voluptueuses étaient séduisantes. Je me suis léché les lèvres tout en traçant les contours de ses seins avec mes doigts, la faisant gémir.

*J'ai pris une inspiration avant de répondre :
« Sois une bonne fille maintenant, j'ai besoin que
tu prennes tout dans ta bouche. »*

*J'ai effleuré mes doigts à son entrée, ce qui l'a fait
haleter. Ses yeux brillaient de désir et elle a
murmuré « comme vous le souhaitez, maître ».*

Chapitre 12 (Arius)

Un doux nectar

Les deux derniers jours avaient été merveilleux. J'étais de retour sur les terres des elfes de la lune avec Elashor. Elle m'avait présenté aux autres gardiens et à leur chef. La reine des elfes de la lune est très gracieuse et sage. Elle m'a dit qu'il n'y a pas eu d'autres cas d'elfes et de vampires âmes sœurs. Mais elle ne niait pas notre amour.

Maintenant que nous avions la bénédiction de la reine, Elashor se sentait beaucoup mieux à propos de nous. Elle me présentait ouvertement à tous ses amis et à sa famille. Elle ne me quittait pas d'une semelle et je ne pourrais pas être plus heureux. Le soir, nous rencontrions les gens de la ville au centre. Ils sortaient les guitares, les luths et les banjos, et ils jouaient, chantaient et dansaient toute la soirée. Ils chantaient des chansons traditionnelles, relatant les prouesses de leurs ancêtres. C'était un plaisir de pouvoir faire virevolter Elashor et de la prendre dans mes bras alors que nous dansions toute la nuit.

J'ai été étonné par la qualité du tissu des robes et des vêtements que portaient les elfes de la lune. Bien que leurs motifs soient simples, on pouvait sentir la douceur et la résistance du tissu. J'en ai profité pour acheter quelques chemises pour moi, ainsi qu'une pour mon frère et une robe pour Kate. Ils apprécieraient sûrement ce cadeau.

Maintenant que j'avais vu la ville d'Elashor, il était temps de lui montrer où je vivais. Je voulais la présenter à tout le monde. Je l'aimais de tout mon cœur, et j'étais sûr qu'ils l'aimeraient aussi. Le voyage de retour a été agréable. J'ai pu voler avec Elashor dans mes bras. Elle n'avait pas l'air d'avoir peur du tout. Je sentais son doux parfum de lilas lorsque nous sommes arrivés au château. Elle semblait impressionnée par la taille du château.

« Bienvenue dans ma maison, mon amour. »
Elle a examiné le château, avec admiration.
« Wow… Tu ne plaisantais pas quand tu as dit que tu étais un prince. »
J'ai enroulé mes bras autour de ses hanches par-derrière. Elle s'est laissé reposer contre moi. Je n'ai pas pu m'empêcher de frotter mes lèvres contre la peau douce de son cou, laissant des baisers chaque fois que je touchais sa peau. Elle a gémi et je ne voulais jamais m'arrêter. Nous n'avions pas encore eu l'occasion de passer du temps seuls ensemble. J'espérais seulement qu'elle me désirait autant que je la désirais.

« N'as-tu pas dit que tu voulais me présenter à tes
amis et à ta famille ? » a-t-elle demandé.
Elle avait raison, j'aurais le temps de ravir son
corps plus tard. Je voulais aussi boire un verre de
vin de sang, car cela faisait quelques jours que je
ne m'étais pas nourri, et je ne voulais pas avoir
une rage de sang devant elle.
« Tu as raison, viens, ma princesse. »
Elle a gloussé à mon dernier mot.
« Je ne suis pas une princesse, je ne suis qu'une
gardienne. »
« Tu te trompes. Tu es mon amoureuse, et je suis
un prince. Par conséquent, tu es une princesse. »

J'ai pris sa main doucement et je l'ai conduite à
l'intérieur du château.
« Bienvenue, mon prince », ont dit les gardes à la
porte.
Je savais que cette histoire de princesse n'était pas
quelque chose à laquelle elle était habituée. Elle
devait s'y habituer rapidement, car tout le monde
ici la traiterait comme la princesse qu'elle était
maintenant.
Nous avons marché jusqu'à la salle du trône. Kate
était assise sur le trône, examinant certaines
questions qui nécessitaient son attention. Le trône
à sa droite était vide, car mon frère était absent.

Je me suis incliné devant elle. Elashor m'a regardé
et a fait de même.
« Ma Reine, Kate, ma chère sœur. Puis-je prendre
un peu de votre temps ? »
Kate a levé les yeux de la lettre qu'elle lisait et a
souri.

« Arius, espèce d'idiot ! Combien de fois te l'ai-je
dit ? Assez avec les formalités ! Tu es un frère
pour moi. »
J'ai ri, j'aimais jouer avec elle.
« Tu sais que j'aime te taquiner. »
Elle a ri et a hoché la tête.
Je me suis raclé la gorge, prenant un air plus
sérieux.
« Il y a quelqu'un que je voudrais que tu
rencontres. »
Les yeux de Kate se sont posés sur Elashor. Elle a
attendu que je parle à nouveau.
« Kate, voici Elashor. C'est une gardienne des
elfes de la lune. Et c'est également ma
compagne. »
« Votre Majesté », Elashor s'est incliné devant
Kate.
Les yeux de Kate se sont élargis.
« Oh Arius ! C'est merveilleux ! Ta compagne !
Comment est-ce possible ? Je pensais… Oh, peu
importe ce que je pensais ! C'est génial ! »
Elle s'est levée du trône et est venue nous saluer,
ne pouvant plus résister.
« Oh s'il te plaît, arrête avec les formalités. Nous
sommes une famille maintenant. »
Elashor l'a regardée, incertaine de ce qu'elle
devait faire.

J'ai serré Kate dans mes bras. En nous voyant
nous enlacer, Elashor s'est levée. Elle a juste eu le
temps de se redresser que Kate lui prenait les
mains et l'embrassait chaleureusement.
« Je suis si heureuse de rencontrer la femme qui
rend mon frère heureux », dit Kate à Elashor.

Elashor rougit un peu, ne sachant pas vraiment
quoi répondre.

« Le plaisir est pour moi », c'est tout ce qu'elle a
trouvé à dire.

J'ai ri et mis mon bras autour de la taille
d'Elashor.

« Je ne lui ai toujours pas fait visiter le château. Je
pense que nous allons le faire maintenant. »
Kate a hoché la tête.

« Bon, et je vais retourner à mes devoirs de
reine… C'est tellement ennuyeux parfois ! Ces
lettres ne s'arrêtent jamais ! »
J'ai ri de son commentaire.

« Heureusement que je ne suis qu'un prince
alors », j'ai fait un clin d'œil.
Elle a souri.

« Rappelle-toi, tu as promis de nous aider quand le
bébé sera né. »
C'est vrai, j'ai promis que je m'occuperais de
certaines tâches du royaume lorsque le bébé serait
né, afin que Kate et Damien puissent prendre du
temps seuls pour s'occuper de lui.

« Tu as raison, et je vais tenir ma promesse », ai-je
répondu.

Elashor et moi sommes sortis de la salle du trône.
Lorsque la porte s'est refermée, Elashor m'a
chuchoté : « Est-elle aussi une vampire ? Je veux
dire… c'est la reine, mais sa peau n'est pas
blanche. Elle m'a semblé très chaude. »

« C'est vrai ! J'ai oublié de te le dire ! Ce n'est pas
une vampire, c'est une louve-garelle. »

« Une louve-garelle ? » demanda Elashor, surprise.
« Je pensais que les vampires et les loups-garous
étaient en guerre ? »
J'ai rigolé, « c'est une très longue histoire ! Disons
simplement que l'âme sœur de mon frère est une
louve-garelle, et la paix a été déclarée entre nos
espèces. »
Elashor a souri, « c'est bien. J'aime le fait que vos
races aient pu mettre leurs rancunes de côté. »
« Oui, nous nous sommes aussi unis pour lutter
contre le démon. »
« Le démon ? »
« Oui, Eurynomos menace de venir dans notre
monde. En fait, il a déjà commencé à créer des
portails. »
Elashor a mis sa main sur sa bouche.
J'ai attrapé sa main doucement, « viens, laisse-moi
te montrer le château. Nous pourrons parler du
démon plus tard. »

Je l'ai amenée sur le balcon en haut de la cour. En
bas, il y avait des centaines d'humains, de
vampires et de loups-garous. Ils portaient des
armures et avaient soit une épée, soit une pique.
Certains d'entre eux avaient des poignards ou un
fléau d'armes. Ils suivaient tous les ordres de
Lilith. Elle était vêtue de son armure complète.
Tout le monde la respectait, car ils savaient qu'elle
était forte et puissante.
Ensemble, ils s'entraînaient à affronter notre
ennemi commun, Eurynomos.
De l'autre côté de la cour, des rangées d'archers
visaient des cibles.

Un petit groupe de combattants d'élite était
entraîné par Zach. Il était devenu beaucoup plus
fort depuis qu'il était devenu un vampire. Il était le
premier loup-garou-vampire, ou du moins, s'il y
en a eu un autre, il avait été oublié par l'histoire.
Zach était déjà fort en tant que loup-garou, mais
ses pouvoirs se sont décuplés lorsqu'il a appris à
contrôler ses capacités de vampire. Il était plus fort
et plus rapide que n'importe quel vampire ou loup-
garou. Il guérissait plus vite que n'importe lequel
d'entre nous. Il était capable de contrôler l'esprit
des humains, d'utiliser la télékinésie et de
contrôler le feu. J'étais heureux qu'il soit de notre
côté. Il avait commencé à se battre avec une épée
qu'il contrôlait avec son esprit. Il aimait avoir les
deux mains libres lorsqu'il se battait. Ses pouvoirs
étaient encore plus grands quand c'était une nuit
de pleine lune. C'est pourquoi il a été choisi
comme leader pour former nos meilleurs
combattants d'élite. Qu'ils soient loups-garous ou
vampires, il était capable de les aider à décupler
leurs pouvoirs, et de leur montrer comment mieux
les contrôler.

Elashor regardait, sans voix.
« Si Eurynomos venait à poser le pied sur la Terre,
nous aurions besoin de toutes les forces possibles
pour le combattre. C'est pourquoi nous nous
préparons jour et nuit depuis deux ans. »
Elle a hoché la tête, « Je comprends. Vous n'avez
pas d'elfes qui s'entraînent avec vous ? »
Je secoue la tête, « nous n'avons pas eu de contact
avec la race elfique pendant longtemps. Les seuls
que nous connaissions préféraient rester en dehors
de nos problèmes. »

« Oh, vous avez dû rencontrer de hauts elfes alors.
Ils n'aiment pas se mélanger aux autres races. »
« Ça veut dire que c'est différent pour les elfes de
la lune ? »
Elle m'a fait un sourire en coin, « Tu devrais le
savoir plus que quiconque. »

J'ai attrapé sa main et l'ai attirée vers moi. J'ai
enfoui mon nez dans le creux de son cou, sentant
son doux parfum de lilas. Elle a gémi quand j'ai
léché son cou. Elle a passé son doigt dans mes
cheveux, me donnant des frissons.
Je la désirait depuis un moment maintenant. Elle
était si gracieusement délicieuse, et je ne pouvais
pas attendre de la goûter.
Je lui ai dit avec volupté : « Tu sens meilleur que
la fleur la plus exquise. Je me demande si tu auras
un goût aussi bon que ton odeur. »
Elashor avait un sourire diabolique sur son visage,
la rendant encore plus belle qu'elle ne l'était déjà.
« Je suppose que tu pourrais me montrer ta
chambre ensuite ? » a-t-elle demandé avec un clin
d'œil.
J'ai ri doucement en tenant sa main, la tirant
doucement avec moi alors qu'elle riait.

Il ne nous a pas fallu longtemps pour arriver dans
ma chambre. Je suppose que nous étions tous les
deux impatients. Je pouvais sentir l'odeur de son
excitation. Je ne savais pas pour elle, mais j'avais
envie d'elle depuis si longtemps. J'étais déjà dur
dans mon pantalon. Nous avons fermé la porte
derrière nous. Je l'ai poussée contre la porte et l'ai
embrassée passionnément, entrelaçant mes doigts

avec les siens tandis que je tenais ses mains sur la
porte au-dessus de sa tête.

Elle a murmuré mon nom entre deux soupirs. Sa
poitrine se soulevait et s'abaissait. Ses ongles
s'enfonçaient dans mes mains quand elle les
pressait.
J'ai lâché ses mains pour commencer à défaire sa
chemise. Elle a commencé à parcourir mon corps
avec ses mains. Je n'ai pas pu retenir un
gémissement quand elle a commencé à lécher mon
cou tout en se frottant sur ma queue.
Cette femme me rendait fou. J'ai finalement
enlevé sa chemise, révélant ses magnifiques seins.
J'ai pris un moment pour admirer sa beauté. Son
corps elfique était si petit et gracieux comparé au
mien. Je voulais être sûr d'adorer chaque
centimètre de son corps.

Je l'ai amenée sur le lit en enlevant ma chemise.
« Je veux tellement te goûter », ai-je chuchoté.
Elle avait un sourire sexy, « alors, fais-le ».
Je voulais la goûter de plus d'une façon. Mais je
ne voulais pas le faire sans qu'elle comprenne
clairement ce que je voulais dire. Nous n'avions
pas encore parlé de cela, et j'avais besoin de le
faire avant d'aller plus loin, sinon je ne pourrais
pas m'arrêter.
« Je veux dire… tu sais que je suis un vampire,
non ? »
Elle a gloussé, « Bien sûr, je le sais. »

Elle m'a embrassé et a réussi à défaire mon
pantalon en même temps. J'ai retiré mon pantalon,
révélant mon membre en érection. Elle me fixait

avec le désir dans les yeux. J'ai eu du mal à me
concentrer sur ce que je voulais dire.
« Ce que je voulais dire, c'est que », ai-je
commencé en me débarrassant du reste de ses
vêtements, admirant sa peau lisse et bleutée. Elle
était aussi belle que les étoiles, peut-être même
plus.
« En tant que vampire, quand nous faisons l'amour
à nos compagnons, nous buvons aussi leur sang.
C'est la relation la plus intime que nous puissions
avoir, c'est quelque chose que j'aspire à faire avec
toi. Mais seulement si tu me le permets. »

Elle a levé la tête du lit. Elle a pris ma queue dans
sa main et a commencé à la caresser, m'envoyant
des vagues de plaisirs. Je ne pouvais pas retenir
mes gémissements et elle semblait apprécier la
façon dont elle me contrôlait. Ses yeux étaient
encore pleins de désirs.
« Prends-moi comme tu veux, je veux tout. »
J'ai souri à sa réponse. Je ne pensais pas qu'elle
accepterait que je boive son sang.
« Je serai doux, je te le promets », ai-je chuchoté
entre deux respirations.
Elle a relâché ma queue et a attrapé mes épaules,
m'amenant à elle. Nos fronts se touchaient.
Elle a fait un clin d'œil, « Ne sois pas trop doux
non plus. »
Je ne pouvais plus résister. J'ai amené le bout de
ma bite à sa chatte. Elle était déjà toute mouillée.
Je me suis mordu la lèvre, me demandant si je
devais la ravir maintenant ou la faire attendre un
peu plus. J'ai soupiré quand elle a fait un
mouvement de hanche, glissant ma bite en elle.
J'aimais comme elle prenait le contrôle. Elle était

chaude et serrée autour de moi. J'ai commencé à la pénétrer, en m'adaptant à ses cris. Des vagues de plaisir m'ont envahi, et je me sentais connecté à elle plus que jamais auparavant.

Elle avait ce côté épicé que je découvrais tout juste, alors qu'elle me suppliait d'aller plus fort encore et encore. Mon Dieu, je l'aimais ! Plusieurs fois, j'ai senti que j'étais au bord du plaisir, mais je voulais que ça continue encore. J'aimais la voir se tordre sous moi. Mes yeux revenaient sans cesse sur la peau douce de son cou. Je savais que mes canines étaient déjà sorties par anticipation. J'avais tellement envie d'elle. J'ai regardé ses yeux, cherchant son approbation une fois de plus. Elle a crié « oui, fais-le » entre deux gémissements.

J'ai commencé à lécher son cou tout en continuant mes poussées. Bientôt, je l'ai sentie se contracter encore plus. Je ne pouvais plus me retenir. J'ai mordu son cou aussi doucement que je le pouvais. Elle a enfoncé ses ongles dans mon dos pendant que je le faisais, le bout de ses mamelons frôlant mon torse. J'ai commencé à boire son sang lentement. C'était la chose la plus douce que j'avais jamais goûtée. Elle était mon nectar, et je me saoulais d'elle. J'ai senti les battements de son cœur dans tout mon corps, j'ai senti ses pensées et son plaisir de l'intérieur à mesure que je buvais son sang. Le sentiment de notre amour était tellement amplifié par cette connexion. À un moment donné, j'ai commencé à sentir ses pulsations autour de moi alors qu'elle criait mon nom avec plaisir. J'étais submergé par le plaisir lorsque j'ai retiré mes dents d'elle. J'ai gémi fort en jouissant, sentant toujours ses pulsations autour de moi.

Je me suis finalement laissé reposer sur elle, en faisant attention à ne pas l'écraser sous mon poids. Elle me regardait avec ses yeux séduisants.
« Je t'aime tellement, Arius. »
J'ai souri.
« Elashor, si seulement tu savais. Penser à toi me tient éveillé. Rêver de toi me garde endormi. Être avec toi me garde en vie. »
Je ne savais pas d'où ça venait, mais je devais lui dire ce que je ressentais. Elle a rougi à mes mots.
« S'il te plaît, dis-moi que tu ne me quitteras jamais. »
Elle m'a embrassé doucement, sa langue dansant avec la mienne.
« Je ne te quitterai jamais, Arius. Aussi longtemps que tu m'aimeras, je te le promets. »

Je me suis allongé à ses côtés, la prenant dans mes bras, appréciant la chaleur de son corps. J'avais besoin de lui avouer, « tu n'as pas idée. Tu m'as sauvé d'un désespoir dans lequel je me noyais depuis des années. »
Elle n'a rien répondu, elle s'est juste blottie plus étroitement dans mes bras. Je pouvais sentir son souffle chaud sur ma poitrine.
Ce n'était pas la nuit, mais je n'ai pas pu résister à l'envie de faire une sieste dans l'après-midi, en ce moment parfait.

*********** PDV de Will ***********

Nous étions enfin à la base de la chute d'eau. Je savais que la tanière du dragon était censée être cachée derrière elle. Je pensais qu'en arrivant à la tanière de Ladon, je serais nerveux à l'idée de rencontrer ce dragon. Qui n'a jamais entendu parler de la légende de Ladon ? Le dragon à cent têtes ! Ou du moins, c'est ce qu'on disait. Mais sincèrement, je ne pouvais pas moins me soucier du dragon en ce moment. Tout ce à quoi je pouvais penser était Leila. Je sentais à travers notre lien que quelque chose n'allait pas, mais je ne savais pas quoi. Elle s'était coupée de moi et je ne comprenais pas pourquoi. Mon loup se languissait d'elle. Il voulait aller voir sa compagne, savoir ce qui n'allait pas et faire tout ce qu'il fallait pour que ça aille mieux.

Mais tout le temps que nous avons marché, elle a gardé ses distances. Chaque fois que j'ai essayé de demander ce qui n'allait pas, elle a répondu que tout allait bien. Je savais que ce n'était pas vrai. Je souhaitais seulement pouvoir être seul avec elle et lui parler. J'étais son âme sœur ! Je voulais être là pour elle ! Si quelque chose n'allait pas, nous pouvions le réparer ensemble. C'était tellement frustrant ! Avais-je fait quelque chose pour la mettre en colère ? Je ne le savais même pas, et ça me tourmentait d'essayer de comprendre.

J'ai rejoint Blake et Damien, qui cherchaient un moyen d'escalader la cascade, quand j'ai entendu un cri.
Nous nous sommes tous retournés, pour trouver Skye sur le sol, tenant sa cheville. Leila était à ses côtés, regardant sa jambe. Je me suis précipité vers elles.
« Que s'est-il passé ? »
Leila m'a regardé. Tout ce que je voulais, c'était me perdre dans ses yeux et oublier son amie.
« Elle est tombée sur des rochers. »
Leila a regardé son amie et a demandé : « Tu peux te lever ? ».
Skye a pris la main de Leila et a essayé de se lever, « Je ne peux pas ! Je pense que je me suis foulé la cheville. »

J'ai entendu Damien soupirer derrière moi. J'essayais de rester gentil, puisque Skye était l'amie de ma compagne.
« Nous n'avons pas encore mangé, et nous devons encore gravir cette cascade. Faisons une pause pour manger un petit quelque chose. »
« À ce rythme, on n'y arrivera jamais ! » Blake s'est plaint.
« Nous n'y arriverons jamais si nous sommes blessés ou affamés », ai-je ajouté.
Blake était sur le point d'ajouter quelque chose, mais Damien l'a coupé : « Il a raison. »
Blake est resté silencieux. Il n'oserait pas contredire son seigneur.

J'ai allumé un feu sur la rive du lac silencieux. Skye était assise près du feu. Damien parlait avec

Ravynne. Les deux avaient l'air d'avoir beaucoup de choses à se dire.

J'ai entendu Ravynne lui parler, « Viens ! Laisse-moi te montrer les meilleures herbes pour guérir. Voyons si nous pouvons te faire faire de la sorcellerie. »

Il a ri, « Vous pensez que j'ai besoin de plus de pouvoirs que ceux que j'ai déjà en tant que seigneur vampire ? ».

« On ne sait jamais quand il peut être utile de connaître la sorcellerie. »

Je trouvais formidable la rapidité avec laquelle ces deux-là étaient devenus amis. On aurait dit que Ravynne traitait Damien comme son petit-fils. Ce qui est drôle parce que, quand on y pense, Damien était un puissant seigneur vampire et avait plus de deux cents ans. Mais je pense qu'il aimait la laisser jouer le rôle de la grand-mère. Je les regardais quitter la zone pour aller chercher des herbes.

De l'autre côté de la zone, ma belle Leila était là, parlant et riant avec Blake. Mon loup devenait plutôt jaloux. J'avais voulu lui parler pendant tout le voyage, et la voilà qui parlait joyeusement avec lui. Je devais me retenir de grogner, je savais qu'ils m'auraient entendu si je l'avais fait, et c'était ridicule. J'étais son compagnon, pas lui. Il n'y avait aucune raison pour moi d'être jaloux de lui. Je me suis dit que je pourrais aussi bien aller les rejoindre et voir de quoi ils parlaient. Mais juste au moment où j'allais y aller, Leila a sorti son arc et a suivi Blake dans la forêt. Ils sont partis si vite que je n'ai même pas eu le temps de leur dire d'attendre. Ils partaient probablement à la

chasse, pour attraper quelque chose à manger.
Leila étant une excellente archère, ils allaient
sûrement attraper quelque chose.

Je ne pouvais pas aller les chercher et laisser Skye,
qui était blessée, toute seule. Je devais aussi
vérifier le feu, pour qu'il ne devienne pas
incontrôlable. Vaincu, je me suis assis aux côtés
de Skye. Je regardais le feu, en lui jetant des
petites pierres. Je n'arrivais pas à me sortir de la
tête les images de Leila et Blake riant ensemble.

« Tu sais qu'elle l'aime », a dit Skye.
Qu'est-ce qu'elle venait de dire ? J'ai tourné la tête
pour la regarder.
« Tu ne sais pas de quoi tu parles », ai-je répondu
durement.
« Allez, tu as vu comme elle était proche de lui. Tu
as vu comment elle riait avec lui. »
Cette fille n'avait aucune idée de ce dont elle
parlait. Elle me tapait sur les nerfs. Je voulais juste
qu'elle se taise.
« Arrête, tu ne fais que dire des conneries », ai-je
grogné.
« Tu sais que c'est ma meilleure amie. Elle m'a
avoué ses sentiments pour lui. »
Je l'ai regardée avec des yeux incrédules.
« Ce que tu dis est impossible. »
Elle a haussé les épaules, « hey, ne me crois pas si
tu ne veux pas. Mais je sais ce qu'elle m'a dit.
Pourquoi penses-tu qu'elle ne veut pas te parler ? »

Je ne pouvais pas m'empêcher de me demander si
elle pouvait avoir raison. Est-ce que ce serait
possible ? Elle était ma compagne ! Comment

pourrait-elle en aimer un autre ? J'ai essayé de me
connecter à elle à travers notre lien, mais je n'ai
pas réussi. Elle s'était encore renfermée sur elle-
même. J'avais tellement besoin d'elle en ce
moment !
« Allez, elle lui tenait même le bras quand ils sont
partis. »
Mon cœur a fait un bond dans ma poitrine à ces
mots. Était-ce vrai ? Je ne m'en souvenais pas !
Est-ce qu'elle tenait son bras quand elle est partie
avec lui ? Cette pensée me dévorait de l'intérieur.
J'avais mal au ventre. Je ne savais pas ce que je
ferais si c'était vrai. Ça expliquerait sûrement
pourquoi elle était si froide tout à l'heure avec
moi.

Skye s'est rapprochée un peu plus de moi.
« Tu sais… elle a peut-être décidé de passer à
quelqu'un d'autre… Mais je suis toujours
disponible. »
J'ai écarquillé les yeux en la regardant. S'il vous
plaît, dites-moi que je n'ai pas bien entendu ce
qu'elle venait de dire ! Mais sûrement, elle avait ce
sourire sur son visage, comme si elle essayait de
flirter avec moi. Ça ne faisait que me rendre plus
malade. J'étais tellement choqué que je ne pouvais
pas bouger. Comment pouvait-elle même imaginer
que je pouvais être intéressé par elle ? Mon cœur
appartenait à Leila et à personne d'autre.

Une seconde, j'étais perdu dans mes pensées,
l'autre, les lèvres de Skye étaient sur les miennes.
Je me suis presque étouffé à son contact. Elle
n'était pas celle que je voulais embrasser.

J'ai entendu de loin la voix d'une femme :
« Comment oses-tu ? »
J'ai repoussé Skye, la faisant presque tomber au
sol et j'ai tourné la tête juste à temps pour voir ma
douce Leila s'enfuir.
Je me suis levé pour aller la chercher, en criant son
nom, « Leila ! »
Skye m'a arrêté en me prenant le bras.
« Tu n'as pas besoin d'elle de toute façon. »
J'ai froncé les sourcils et lui ai arraché la main de
mon bras. J'étais tellement en colère contre elle en
ce moment. Mais il y avait des choses plus
urgentes. Je devais aller chercher mon âme sœur.

J'ai essayé de voir où elle s'était enfuie, mais elle
était déjà partie. Sa louve était rapide. Je ne savais
pas si elle s'était transformée en loup ou si elle
était restée sous sa forme humaine. Mais je
pouvais parfaitement sentir son odeur, son doux
parfum que je désirais ardemment. Je serais
capable de la trouver à coup sûr. J'avais besoin de
lui parler, nous pouvions mettre les choses au
clair, je le savais. Au moins maintenant je savais
qu'elle n'aimait pas Blake, sinon elle n'aurait pas
réagi de cette façon. Je ne savais même pas
comment j'avais pu penser qu'elle l'aimait. Sans
perdre de temps, j'ai couru après elle, suivant son
odeur à travers la forêt.

Chapitre 13 (Leila)

Premier sang

J'ai couru à travers les bois. Des larmes coulaient sur mes joues. Je ne pouvais pas me débarrasser de cette douleur et la tristesse que je ressentais. Non seulement j'ai été trahie par ma meilleure amie, que j'ai connu toute ma vie, mais j'ai été trahi par mon compagnon. Ma louve avait mal, elle hurlait dans ma poitrine. J'ai juste couru, sans regarder où j'allais. Je sentais une douleur aiguë dans ma poitrine et ma vision était floue à cause des pleurs. Je voulais juste courir aussi vite que possible, aussi loin que je le pouvais. Mes jambes me faisaient mal, mais ce n'était rien comparé à la douleur que je ressentais dans mon cœur. J'ai continué à avancer.

Je ne savais plus où j'étais, mais je m'en fichais. Je continuerais jusqu'à ce que mon corps ne puisse plus suivre. Alors seulement, je me laisserais noyer dans le chagrin.

Soudain, j'ai entendu un fort rugissement. J'ai arrêté de bouger et j'ai regardé dans la direction du grognement. Ma bouche s'est ouverte. Je n'arrivais pas à croire ce que je voyais. Là, à quelques mètres de moi, se tenait une chimère. Je n'avais jamais vu une telle créature, j'en avais seulement entendu parler. On disait que c'était la progéniture de Typhon et d'Échidna. J'ai toujours pensé qu'ils étaient éteints.

La créature mesurait au moins trois mètres de haut. Son corps était massif ! Sa tête de lion rugissait agressivement vers moi, ses mâchoires ouvertes me laissant voir ses dents acérées. Sur le dos de la créature se trouvait la tête de la chèvre. Bien qu'elle n'ait pas de dents pointues, elle crachait du feu. Je suppose que ça expliquait les arbres brûlés qui m'entouraient. Dans ma hâte de m'enfuir, je ne les avais même pas remarqués. À l'arrière de la créature se trouvait une longue queue écailleuse qui se terminait par une tête de serpent. J'avais entendu dire que sa morsure était très venimeuse. Ses pattes avant avaient aussi d'énormes griffes.

La créature essayait de m'attaquer avec toutes ses têtes en même temps. Je parvenais à peine à éviter ses pattes tout en esquivant le feu qu'elle crachait. La peur avait remplacé la tristesse que je ressentais auparavant. Mon cœur martelait dans ma poitrine alors que j'essayais de trouver un moyen de vaincre cette bête. Il était clair pour moi que je n'avais aucune chance. Elle m'attraperait facilement si j'essayais de m'enfuir. Elle était bien plus forte que moi.

J'ai essayé de lui tirer des flèches, mais la peau de la créature semblait trop épaisse pour qu'elles puissent la transpercer. Et les flèches ne sont pas très efficaces contre le feu.

« Vise les yeux ! »

J'ai tourné la tête pour voir Will courir vers la bête. Je n'avais aucune idée de comment il m'avait trouvée aussi vite, mais j'étais contente qu'il soit là.

J'ai fait ce qu'il a dit et j'ai tiré des flèches dans les yeux de la créature. Elle se déplaçait rapidement, et il était difficile de la viser directement. Elle avait trois têtes, donc je ne savais pas non plus exactement laquelle viser ! J'ai décidé que la tête du lion était probablement la plus proche de moi et la plus agressive. Il semblait également probable que ce soit elle qui contrôle le corps.

Will s'était fait pousser les ongles et se battait à mains nues avec la bête. Il a réussi à ouvrir une plaie dans le cou de la bête. Elle a grogné de douleur et a chargé avec encore plus de force. J'ai finalement réussi à planter une flèche dans un de ses yeux. La créature a hurlé et a cessé d'attaquer pendant un moment. Elle essayait de libérer son œil de la flèche.

Will m'a crié, « Vite ! Viens ! »

Il avait raison, l'attention de la créature était détournée. C'était le moment de fuir. J'ai suivi Will et couru dans la forêt avec lui, plus loin que les arbres brûlés. Nous avons continué à courir jusqu'à ce que nous n'entendions plus la chimère, jusqu'à ce que nous arrivions à une clairière et que nous soyons sûrs que la créature ne nous suivait pas. Ce n'est qu'alors que nous nous sommes permis de reprendre un peu notre souffle. C'est alors seulement que j'ai réalisé que je devais faire face à ce qui s'était passé plus tôt. Will était là… Mon compagnon. Il m'a sauvée… Mais il m'a trahie… Je ne savais pas si je devais être heureuse ou triste. Mon cœur était perdu, ainsi que ma louve.

************ PDV d'Eurynomos ************

Je me régalais de la chair sucrée d'un gobelin mort. Il était mort d'épuisement plus tôt. Son sang était encore chaud. Je n'avais pas besoin de cuire la chair, j'aimais la déchirer et la manger crue, laissant le sang remplir ma bouche avant de l'avaler. Cela ajoutait une saveur que je ne pouvais pas vraiment décrire. De loin une de mes saveurs préférées. Mes serviteurs regardaient avec horreur comment je dévorais l'un d'entre eux. Je ne pouvais pas moins me soucier de ce qu'ils pensaient.

Soudain, j'ai entendu des cris venant de l'autre côté du monde souterrain.
J'ai regardé deux orcs barbares qui m'apportaient une jeune ange. Elle criait et essayait de se libérer de leur emprise, mais n'était pas assez forte, car elle était si jeune.
J'ai ri et j'ai quitté mon repas pour aller la saluer. C'était un spectacle rare ! Un tel pouvoir, je savais que j'avais besoin d'elle.

Je lui ai dit, aussi gentiment qu'un démon peut l'être :
« Hé, petite fille, entre… j'ai des friandises pour toi. »
Un de mes gobelins a immédiatement apporté une coupe de sang pour la faire boire. Je me suis approché d'elle, pour… la persuader. Elle résistait, détournant la tête, scellant ses lèvres de la coupe. Je commençais à être frustré. Elle a même eu l'impudence de recracher le sang sur mon visage.
« Sale démon ! Je ne me rangerai jamais de ton côté ! Laisse-moi partir ! »

*J'ai ri doucement, « des mots si courageux pour
quelqu'un dans une si mauvaise posture. »*

*Pendant ce temps, elle continuait à se battre,
essayant de se libérer des orcs qui la retenaient.
« Allons, allons, mon enfant. Il n'y a pas besoin de
se battre. Je me fiche que vous preniez ce qui est à
vous, tant que vous me donnez ce qui est à moi. »
Je savais que je voulais que ses pouvoirs soient les
miens. Elle avait beau être jeune, un peu plus de
dix-huit ans, je savais aussi que les anges étaient
incroyablement forts. Ces misérables créatures
semblaient avoir décidées de faire la guerre à mon
espèce. Je n'avais jamais vraiment compris
pourquoi. On met rarement la main sur un ange,
alors c'était une occasion rare que je ne pouvais
pas manquer.
« Il n'y a rien que je veuille de toi, sale démon ! »*

*Elle me tapait sur les nerfs avec ses insultes. Je ne
voulais pas la tuer, si je ne pouvais pas l'avoir par
la manière douce, je l'aurais autrement.
« Tu veux voir à quel point je peux être méchant ?
Tu veux le faire de la manière forte ? Qu'il en soit
ainsi ! D'une manière ou d'une autre, j'aurai ce
que je veux de toi ! »
Elle a commencé à se battre encore plus.
« Amenez-la dans une cellule. Enfermez-la bien !
Ne la laissez pas s'échapper, ou vous savez ce
qu'il adviendra de vous », ai-je menacé les orcs.
Ils ont tremblé de peur, mais ont hoché la tête.*

*Je les ai regardés partir, traînant l'ange dans une
cellule. Ses cris résonnaient sur les murs, une
douce musique à mes oreilles. Quelques plumes*

sont tombées sur le sol alors qu'elle se battait pour se libérer. Elle portait une petite robe moulante, révélant des jambes fines. Je ne voulais pas admettre les pensées qui me venaient à l'esprit en regardant son beau cul.

« Espèce de démon dégoûtant ! Ne t'avise pas de la toucher ! »
J'ai ri en entendant la jeune femme me parler à travers sa malédiction. Savoir à quel point elle était dégoûtée par mes actions rendait la chose encore plus drôle.

Je suis allé voir la sphère magique qui flottait près du portail. À l'intérieur, il y avait un petit morceau d'âme d'un blanc qui brillait si fort qu'il en était presque aveuglant. Comme je voulais écraser ce morceau d'âme, l'engloutir tout entier dans les ténèbres. J'avais essayé tant de fois, mais je ne pouvais pas. Cette misérable salope était trop forte. Les pouvoirs de la Déesse de la Lune étaient trop forts en elle, mais elle ne le savait même pas. Si elle parvenait à retrouver complètement son âme, elle serait une menace pour mon plan de domination. Mais il était impensable qu'ils réussissent.

J'ai continué à observer ; des dizaines de portes de sortie avaient déjà été ouvertes. Même si les portails étaient petits, mon armée avait déjà commencé à se frayer un passage dans le monde des vivants. L'invasion avait déjà commencé. Ce n'était qu'une question de temps avant que je ne sois libéré du monde souterrain.

*« Tu entends ça ? Fille de la déesse de la lune,
mon ennemi la plus chère. Ce n'est qu'une
question de temps avant que je ne t'écrase et te
détruise ! »*

************ PDV de Bianca ************

C'était le soir et j'étais de retour au château. La pleine lune brillait dans le ciel. J'étais sur le balcon le plus haut, avec Kate. Les observateurs nous avaient avertis plus tôt qu'une armée d'orcs, de centaures, de harpies et de gobelins avait été vue en train de faire un raid sur la ville la plus proche. Personne ne savait d'où ils venaient. Ils semblaient juste être apparus. Mais je savais qu'ils venaient des portes d'Eurynomos.

Kate avait envoyé des troupes pour s'occuper d'eux. L'armée du démon était maintenant aux portes du château, essayant d'y pénétrer. Ils étaient au moins cinquante. Je me demandais comment il était possible qu'ils soient déjà si nombreux. Je savais qu'il y en aurait encore plus si nous ne parvenions pas à fermer les portes.

Les orcs étaient hideux. Ils portaient des armures en cuir avec des boucliers à pointes. Ils maniaient des haches et des fléaux d'armes. Ils n'avaient pas l'air très intelligents et ne semblaient pas avoir de stratégies. Ils se contentaient de courir et d'essayer de frapper ce qu'ils pouvaient. Les gobelins étaient ceux que je craignais le plus. Ils avaient d'étranges machines volantes et lançaient des bombes artisanales sur nous. Ils unissaient leurs efforts contre un ennemi commun, ce qui les rendait plus dangereux que les orcs. Les centaures attendaient que les portes du château s'ouvrent et les harpies essayaient d'attraper les archers pour les faire tomber au sol.

Heureusement pour nous, notre armée était bien plus nombreuse qu'eux. Tous se battaient courageusement pour tuer l'armée du démon. Au milieu du combat, j'ai vu un orc être projeté en l'air. Quand j'ai regardé en bas, j'ai vu deux énormes loups blancs se battre contre lui. L'un d'eux était mon doux Steven, comme j'aimais son loup. Mais je ne connaissais pas l'autre. Les loups blancs étaient si rares.

J'ai demandé à Kate, « sais-tu c'est qui ? Je ne l'ai jamais vu avant. »

Elle a secoué la tête, « à peine. Il est arrivé il y a quelques jours. Son nom est Caïn. Il dit qu'il cherche un remède à la malédiction de son amoureuse. »

Je regardais le loup blanc combattre les orcs aux côtés de mon compagnon. Ils faisaient équipe, décimant l'armée de l'ennemi. J'ai regardé

attentivement et j'ai remarqué que Caïn semblait
éternuer.

« Est-ce qu'il… éternue ? »

Kate a gloussé, « On m'a dit qu'il était allergique
aux loups. »

Mes yeux se sont ouverts grands, elle a continué
ses explications, « Il a pris des pilules contre les
allergies, mais il y a tellement de loups dans le
combat. Je suppose que ce n'est pas suffisant pour
l'empêcher d'éternuer. »

La situation était drôle, mais j'ai essayé de ne pas
rire. Ces hommes, loups-garous et vampires se
battaient pour nous. Ce n'était pas le moment de se
moquer de ce grand combattant.

Kate a ajouté : « Il a dit qu'il resterait avec nous
jusqu'à lundi. »

« Lundi ? »

Elle a hoché la tête, « il a parlé d'un groupe de
soutien. Café et biscuits. »

« C'est un peu bizarre… Je n'ai jamais entendu
parler de groupes de soutien dans le coin. »

« C'est censé être dirigé par un vampire. »

« Un vampire ? Ils devraient plutôt servir du sang
et des biscuits. »

Kate a ri, « Je suppose que Damien l'aimerait
alors, non pas qu'il ait besoin de soutien pour quoi

que ce soit. Mais il aime avoir un bon verre de sang, de temps en temps. »

J'ai souri à ma sœur, je me demandais ce que cela faisait d'être en couple avec un vampire. Je n'aurais jamais admis à quel point j'étais curieuse. Mon compagnon était un loup-garou et je l'aimais tendrement. Mais je me demandais, juste un peu, comment ce serait s'il était un vampire.

Sur les balcons inférieurs se trouvaient des archers. Je pouvais reconnaître Elashor. Elle maniait une double épée, mais était aussi une archerie émérite, sa peau semblait briller sous la lumière de la lune. Elle visait juste, tuant les gobelins et les harpies, les empêchant de s'approcher trop près du château. Les harpies poussaient des cris aigus lorsqu'elles étaient touchées par les flèches, et les machines volantes des gobelins s'écrasaient au sol, leurs pilotes étant morts. Au sol, Arius tailladait et mordait ses ennemis. À ses côtés se trouvait Lilith, combattant avec une épée. Elle était forte, et coupait les ennemis comme un couteau chaud dans du beurre. Celui qui tuait le plus d'ennemis était Zach. Il se battait avec ses deux mains, ongles aiguisés et dents sorties. Il avait aussi son épée préférée qui lévitait à ses côtés, poignardant les ennemis. Ses pouvoirs étaient décuplés par la pleine lune. Il était si rapide, j'avais du mal à le suivre. Je ne voyais que les cadavres qui s'empilaient près de lui.

Près de Zach se trouvait un homme très grand à la peau bleu pâle. Il était couvert de tatouages tribaux noirs encrés et avait des yeux rouge foncé. Ses muscles étaient visibles à travers ses vêtements. Une sorte d'aura sombre semblait émaner de lui, lui donnant un air très mystérieux. Il semblait avoir une épée spéciale faite d'un métal très résistant. Je n'avais jamais rien vu de tel dans ma vie. Il a crié en tailladant l'armée de démons : « J'arrive, Syra, attends-moi ! »

Je me suis tourné vers Kate, « Qui est-il ? Je n'ai jamais vu quelqu'un comme ça. »

Elle a haussé les épaules, « son nom est Zarek, il est apparu il y a quelques semaines. Il a dit quelque chose à propos d'empêcher le royaume des âmes de s'effondrer. Quelque chose en rapport avec le sang du lion. Zach a vu le potentiel en lui, et bien qu'il soit déjà très entraîné, il a décidé de l'aider à décupler encore plus ses pouvoirs. »

J'ai regardé avec admiration l'épéiste tuer les orcs, le sang jaillissant de partout. Son visage était éclaboussé par le sang de l'ennemi, mais il s'en fichait. Son but le poussait à se battre. Je me suis demandé qui était cette Syra.

J'ai observé notre armée. Cette vague n'était pas une menace pour nous. Nous pouvions nous détendre, sachant que nous vaincrions facilement.

J'espérais seulement qu'il n'y aurait pas trop de vagues.

Je suis retournée à l'intérieur du château avec ma sœur. Nous sommes tombées sur un vampire qui marchait avec deux femmes vampires à ses côtés. Il marchait torse nu, avec une paire de jeans, montrant ses muscles. Je n'ai pas pu m'empêcher de regarder ce beau morceau de viande, remarquant qu'il avait quelques petits grains de beauté sur le ventre. Il a souri quand il a vu que je le fixais, ses yeux rouges s'illuminant de désir. Je pouvais remarquer la bosse dans son pantalon, même à distance. J'ai gloussé lorsque j'ai soudainement commencé à me demander à quoi il ressemblait sans pantalon.

Les deux femmes à ses côtés me fixaient. L'une d'elles avait des cheveux bruns avec des mèches. Ses yeux étaient également rouges, avec des mouchetures dorées. Ses crocs étaient sortis, et elle portait un corset noir et un pantalon serré. L'autre femme avait de longs cheveux bruns et des yeux rouge foncé. Elle portait une robe rouge moulante et des talons hauts.

« Jake, on n'avait pas encore fini », se sont-elles plaintes.

« Ne vous inquiétez pas mesdames, plus on est de fous, plus on rit. »

Il est venu vers nous, « Voulez-vous vous joindre à notre petite fête ? »

Il avait un regard sexy dans les yeux, ses crocs se montraient un peu tandis qu'il nous souriait à moi et à ma sœur.

Kate a crié, furieuse, « Comment oses-tu parler comme ça à ta Reine ! »

Jake s'est incliné légèrement, « mes excuses, ma reine. »

Kate garda la tête haute, mais semblait satisfaite de ses excuses.

« Tu devrais faire attention à la façon dont tu te présentes à ta reine. Si le Seigneur était là, il n'apprécierait pas beaucoup. »

Jake avait un sourire diabolique sur le visage, « mais il n'est pas là, n'est-ce pas ? »

J'aimais tellement Steven, mais ce vampire était très tentant. Même si je n'irais jamais vers lui, il y avait quelque chose de péché en lui qui m'attirait comme un aimant. Il a levé un sourcil, comme s'il lisait dans mes pensées.

« Je peux enlever mon pantalon si c'est ce qui te dérange. »
Je me suis figé, même si j'aurais aimé voir, j'ai répondu : « Vous devriez les garder. »

Il a ri tout bas, en se léchant les lèvres. Il savait très bien l'effet qu'il avait sur moi, et en profitait beaucoup. Les deux femmes à ses côtés semblaient impatientes, essayant de mettre leurs mains sur son corps. Celle qui portait un corset lui a léché le cou, mordant légèrement le lobe de son oreille, ce qui lui a valu un léger gémissement.

« Au lieu de marcher torse nu, tu devrais mettre une armure et te battre dehors, avec les autres », a parlé Kate.

Il s'est incliné et a fait un clin d'œil, « tout ce que ma Reine souhaite, je l'exaucerai. Cependant, je crois que j'ai des affaires inachevées à régler d'abord. »

Il se retourna, attrapant les deux vampires par la taille. Il a attiré celle qui portait le corset dans ses bras, l'embrassant, partageant un même souffle, ce qui lui a valu un gémissement. L'autre femme a commencé à s'impatienter, essayant aussi d'attirer son attention. Il s'est contenté de tourner la tête vers nous, ajoutant : « Passez une bonne soirée, mesdames. Faites-moi signe si vous changez d'avis. »

Il est allé dans sa chambre, avec les deux femmes.

Kate a soupiré quand il a disparu.

« Le culot de cet homme, devant sa reine ! »

J'ai rigolé, « je ne peux pas dire que je n'ai pas aimé voir son cul sexy, cependant. »

Kate a éclaté de rire à mon commentaire.

« Il était sexy en effet. Même si je ne pense pas que Damien apprécierait d'avoir un vampire à moitié nu se promenant dans le château. »

J'ai hoché la tête, « bien sûr ! Mais mes yeux ont apprécié la vue, alors je suis contente que Damien ne soit pas là pour le forcer à s'habiller. »

Kate a mis sa main sur sa bouche, en riant.

« Bien sûr, tu peux regarder. Mais tu ne peux pas
toucher », elle a fait un clin d'œil.

Chapitre 14 (Leila)

Amour véritable

J'étais dans la clairière de la forêt avec Will. Nous n'entendions plus la créature, ce qui était bon signe. Cependant, maintenant que je ne fuyais plus une créature, l'image de Will embrassant Skye était vive dans mon esprit. La douleur était encore vive dans mon cœur, me donnant mal au ventre. Il me regardait fixement, je pouvais sentir qu'il hésitait aussi. J'étais en colère et triste à la fois.

J'ai demandé : « Pourquoi es-tu venu me trouver ? Tu avais l'air de bien t'entendre avec Skye. »

« S'il te plaît Leila, écoute-moi. »

Il a essayé de se rapprocher de moi, mais j'ai fait un pas en arrière.

« Quoi que tu aies à dire, c'est maintenant ou jamais. »

« Leila, crois-moi, je n'aime pas Skye. »

Je me suis moqué de lui, « Ouais, c'est vrai, ça n'en avait pas l'air. »

Il a porté ses mains à son visage : « Je sais, mais tu ne comprends pas ! Elle m'a forcé ! »

« Elle a quoi ? »

J'ai levé les sourcils. J'avais du mal à croire que cette fille, née sans loup ni magie, pouvait forcer un loup-garou Alpha à faire n'importe quoi.

Will a continué, « elle disait que tu étais distante avec moi, et que tu étais proche de Blake, et que… tu l'aimais. Elle a même dit que tu lui avais avoué tes sentiments ! »

J'ai été surprise par ce qu'il a dit. Skye lui a vraiment dit que j'aimais Blake ?

Will a continué : « Je pensais à ce qu'elle avait dit. Ça m'a fait tellement mal de penser que ça pouvait être vrai. Ça m'a brisé le cœur. J'étais perdu dans mes pensées quand, sans prévenir, elle a commencé à flirter avec moi, et m'a embrassé. S'il te plaît, crois-moi Leila, tu es la seule pour moi. Tu es mon âme sœur, mon tout. J'ai besoin de toi. »

J'ai regardé cet Alpha fort tomber à genoux, le visage dans les mains, des larmes coulant sur ses joues, me suppliant de le croire.

Je n'aurais jamais pensé le voir de cette façon. Je pouvais sentir à quel point il était sincère, déversant son cœur pour moi. Toute la colère que j'avais envers lui a disparu. Ma louve voulait prendre soin de lui. Je suis tombée à terre et l'ai pris dans mes bras. J'ai immédiatement ressenti un soulagement à son contact.

Il m'a regardé dans les yeux, « S'il te plaît, dis-moi que tu n'aimes pas Blake. »

C'était la chose la plus stupide que j'avais jamais entendue, et j'ai commencé à ressentir de la colère dans ma poitrine contre Skye qui nous avait piégés. Je n'aurais jamais pensé que ma meilleure amie aurait pu faire ça.

« Bien sûr que je ne l'aime pas. Oh, je ne peux pas croire qu'elle ait dit quelque chose comme ça. »

« Je me fiche d'elle, la seule chose qui m'importe est que tu ne l'aimes pas. »

« Will, je ne pourrai jamais aimer quelqu'un d'autre que toi. Si seulement tu savais ce que Skye m'a dit. Elle a essayé de dire que tu étais distant avec moi et que je devais garder mes distances avec toi. »

Il a froncé les sourcils, « Je t'avais dit que son âme était grise. On ne peut pas lui faire confiance. »

Skye avait été mon amie pendant si longtemps. Je pensais que je la connaissais. J'avais ce goût amer dans la bouche.

Je lui ai fait un signe de tête, « tu as raison, tu me l'avais dit, mais je ne t'ai pas cru… Je suppose que la couleur de son âme en disait plus sur elle que je ne le pensais ».

J'ai pris une profonde inspiration et j'ai ajouté : « cette salope, je vais lui dire ce que je pense quand on rentrera. »

Je tournais tout ce que j'allais lui dire dans ma tête, devenant de plus en plus en colère. La seule chose que je voulais en ce moment, c'était de cracher tout ce que j'avais à lui dire en face. Notre amitié était terminée pour autant que je m'en soucie. Je ne savais même pas comment je pourrais la regarder sans lui arracher le visage.

Le baiser de Will a fait disparaître toute la colère que je ressentais.

« Ne nous concentrons pas sur elle pour le moment. Je veux me concentrer sur *nous*. »

Je lui ai fait un signe de tête, tandis qu'il caressait doucement ma joue avec sa main. Son contact me donnait des frissons. Je ne voulais jamais être loin de lui.

J'ai avoué, « Tu as raison, elle ne vaut pas notre énergie. Faisons juste attention quand nous sommes près d'elle. »

« Alors… » a commencé Will, « où est-ce que ça nous mène. Est-ce que tu m'aimes toujours ? »
Ma louve me suppliait de fondre dans ses bras.
« Je t'aime tellement Will, tu ne le sais même pas. Je ne veux même pas dormir la nuit, car être avec toi est meilleur que tous les rêves que je pourrais avoir. »
Will m'a serrée très fort dans ses bras. J'ai immédiatement été entourée de son doux parfum, mon cœur battant fort.
« Oh, ma douce Leila, je ne sais même pas comment j'ai pu penser que tu ne m'aimais pas. »
Il a caressé ma joue doucement avec sa main, les papillons faisant leur chemin dans mon estomac.
Je l'ai embrassé, n'ayant jamais assez de lui.

« J'avais tellement peur de te perdre », a chuchoté Will entre deux baisers.
Ma louve se languissait tellement de lui. Je ne pouvais pas me tromper, j'aimais cet homme plus que tout. Mon corps réagissait au contact de Will, je voulais être à lui. Je voulais être sa Luna. Je voulais être avec lui pour toujours.
« Will », ai-je demandé. « Prends-moi, fais-moi tienne. »
Ses yeux ont brillé et j'ai su que son loup m'avait entendu.
« Es-tu certaine ? Il n'y a pas de retour en arrière possible. »

Il était si proche, je pouvais sentir l'agitation de
son loup à l'intérieur de lui. Je savais qu'il le
voulait autant que moi.
« Oui, s'il te plaît, je ne veux pas m'éloigner de
toi… »
Will m'a regardé. Il semblait hésiter. Une fois
qu'on est marqué, on ne peut plus s'en défaire.
Mais je le voulais plus que tout autre chose.
J'ai ajouté avec un clin d'œil, « Ne sois pas timide,
je ne mords pas. »
Un son grave est venu de l'intérieur de lui. C'est
tout l'encouragement dont il avait besoin. Son
loup appelait le mien. Ma louve remuait la queue,
hurlant pour sortir.
Le rire de Will était irrésistible. « On devrait les
réunir avant qu'ils ne sortent tout seuls. »
Je lui ai souri, il avait raison, il était temps que je
laisse sortir ma louve.

J'ai regardé Will enlever sa chemise lentement,
révélant sa poitrine musclée. Il était si irrésistible ;
j'étais déjà mouillée par l'anticipation. Il a souri à
l'odeur de mon excitation. J'ai commencé à
défaire ma chemise, mais Will m'a interrompu,
« Attends, laisse-moi t'aider ».
Il a commencé à parcourir mon corps avec ses
mains, faisant apparaître la chair de poule partout
où il la touchait. Mes mamelons étaient durs et
tout ce à quoi je pouvais penser, c'est que je
voulais enlever ce soutien-gorge qui m'agaçait.
J'ai pensé : « Enlève ça avant que je l'arrache. »
Il a souri et a répondu à travers mon esprit, « avec
plaisir ».

J'ai souri ; j'étais heureuse de voir que notre lien d'âmes sœurs était restauré. Une fois que le lien sera scellé, je sais qu'il ne fera que se renforcer. Will s'est employé à défaire mon soutien-gorge, en passant sous ma chemise, et en le glissant dans la manche.

J'ai laissé échapper un souffle lorsque mes seins ont enfin été libérés, le tissu de ma chemise frôlant mes mamelons durcis.

Will a pris le temps d'admirer les bosses qu'ils faisaient à travers ma chemise, les mordant légèrement à travers le tissu, ce qui m'a fait gémir.

J'ai commencé à l'embrasser en attrapant son cul parfait avec mes mains. Sa queue se pressait contre moi, me rendant encore plus mouillée que je ne l'étais déjà.

J'ai défait son pantalon, le libérant enfin. Je n'ai pas pu résister et j'ai commencé à le lécher, le prenant lentement dans ma bouche. L'entendre gémir ne faisait que me donner plus envie de lui.

« Oh, Leila, bébé. Arrête ou je ne pourrai pas me retenir. » Il respirait lourdement, et je pouvais sentir sa bite presque palpiter dans ma bouche. J'aimais le contrôler comme ça, mais je ne voulais pas que ça s'arrête maintenant. J'ai décidé de le libérer et je me suis remis à embrasser ses lèvres à la place.

Will a presque déchiré mes vêtements tant il était pressé de les enlever. Il m'a déposée doucement sur le sol tout en m'embrassant. Ses doigts ont bientôt commencé à s'enfoncer en moi, me faisant gémir. Je ne pouvais pas m'empêcher de balancer mes hanches contre ses doigts. Il aimait jouer, passant de ma chatte à mon clitoris, puis y retournant. Il a continué pendant je ne sais combien de temps. Tout ce que je sais, c'est qu'à un moment donné, j'ai arqué mon dos de plaisir en jouissant de son contact, en criant et en gémissant. « Bonne fille », a-t-il déclaré avec le désir dans les yeux. Il s'est léché les doigts puis a commencé à m'embrasser, le goût de mon fluide persistant dans sa bouche.

Mon corps réagissait à chacun de ses contacts. Il prenait plaisir à me faire frémir. J'ai haleté quand il m'a pénétré. Sa bite s'adaptait parfaitement à moi, touchant toutes les bonnes parties en moi. Je pouvais me sentir de plus en plus serrée autour de lui à chaque poussée.
Il a commencé à lécher mon cou, me donnant des frissons. J'ai senti ses canines percer la peau à l'endroit où l'épaule rencontre le cou. La douleur n'a duré qu'un instant et a été immédiatement remplacée par un plaisir intense. Il a commencé à pousser de plus en plus fort en moi, mes murs se refermant autour de lui. J'ai enfoncé mes ongles dans son dos alors que je venais une nouvelle fois. Presque immédiatement après, il est venu fort aussi, pulsant à l'intérieur de moi, tout en enlevant ses dents de mon cou.

Nous sommes restés dans les bras l'un de l'autre pendant quelques minutes, à nous remettre.
« Je n'arrive pas à croire à quel point tu es parfaite. Je te chérirai toujours avec tout mon amour. »
Ses mots étaient sincères, et je ressentais la même chose. Je sentais ma louve qui tirait, me suppliant de la libérer. J'ai regardé ses yeux, je n'avais pas

besoin de dire quoi que ce soit. Il avait compris, il ressentait la même chose.

J'ai laissé ma louve prendre le contrôle de moi. Quand j'ai été complètement transformée, j'étais face au magnifique loup gris de Will. Je n'arrivais pas à croire à quel point son loup était fort et beau. « Wow », j'ai chuchoté à travers notre lien d'âmes sœurs.
« Tu devrais te voir », a répondu Will dans ma tête.
Son odeur me rendait folle. J'ai frotté ma tête contre la sienne, mélangeant nos odeurs. Je pouvais sentir combien ma louve était heureuse d'être enfin capable de ne faire qu'un avec son compagnon. Elle avait attendu cela depuis si longtemps.
Nous avons couru ensemble dans les bois, laissant nos loups se lier encore plus. Après un moment, nous sommes revenus à nos vêtements. Nous avons repris notre forme humaine et nous nous sommes embrassés une fois de plus avant de nous habiller. Je ne pourrais jamais avoir assez de lui.

Nous sommes retournés vers les autres, main dans la main, sans jamais vouloir rompre notre contact. J'étais heureuse de savoir que la marque sur mon cou resterait là pour toujours, montrant à tous que j'étais sa compagne. Le fait que je sois maintenant une Luna ne m'avait même pas traversé l'esprit jusqu'à maintenant et j'aimais bien cette idée.

Le soleil était couché quand nous sommes arrivés, et les autres avaient déjà mangé.

Skye était assise toute seule de l'autre côté du feu.
J'ai senti la colère monter en moi et la chaleur a
commencé à faire son chemin vers mes joues.
J'avais des choses à dire à cette salope.
Will a tiré sur ma main, « ignore-la, reste avec
moi. »
Je lui ai fait un signe de tête. Il a attrapé mes
hanches et m'a rapprochée de lui, sa langue se
frayant un chemin dans ma bouche. En un seul
baiser, il a réussi à calmer la tempête qui faisait
rage en moi.

Damien est venu nous voir. Il a vu la marque sur
mon cou et a souri.
« Hey! Content de vous voir. Je commençais à me
demander où vous étiez. »
Il nous a tendu de la nourriture qu'ils avaient
gardée pour nous pendant notre absence.

Ma grand-mère est venue en courant vers moi,
« oh, Leila ! Mon trésor ! J'étais si inquiète pour
toi ! »
J'ai ri ; ma grand-mère était toujours inquiète pour
moi.
« Grand-mère, tu n'as pas besoin de t'inquiéter
pour moi, je ne suis plus une enfant. »
Elle m'a grondé, « ne t'enfuis plus jamais comme
ça. Tu n'es peut-être plus une enfant, mais je suis
toujours ta grand-mère. »
Je l'ai prise dans mes bras, « ok, ok. Je te
promets. »

J'ai pris la nourriture que Damien nous tendait et
je suis allé m'asseoir près du feu avec Will.

Comme c'était déjà le soir, tout le monde avait décidé de faire un camp pour la nuit.

J'ai vu ma grand-mère faire les cent pas nerveusement, mais je ne savais pas pourquoi. Je me suis dit qu'elle était peut-être encore tendue à cause de ce qui s'était passé plus tôt. J'ai décidé de ne pas y penser.

Will et moi avons gardé nos distances avec Skye. J'ai remarqué à plusieurs reprises qu'elle nous fixait, mais j'ai décidé que cela ne valait pas la peine de dépenser mon énergie. Je suis restée dans les bras de Will, me prélassant dans son parfum, écoutant son cœur tout en regardant les étoiles scintiller. En ce moment, dans ses bras, je pouvais vraiment sentir que c'était là qu'était ma place.

Quand la nuit est tombée, nous sommes allés dans sa tente. Je me suis blottie dans ses bras. Il a enroulé ses bras autour de moi, déposant de doux baisers sur mon cou. Si je devais décrire ce qu'était le paradis, c'était ça.

*********** PDV de Will ***********

Je me suis réveillé avec Leila toujours dans mes bras. Elle était à la fois forte et sexy. Elle était ma compagne, ma Luna. Je voulais l'adorer tous les jours comme la reine qu'elle était pour moi. Son doux parfum d'agrumes et de jasmin était enivrant, et je ne pouvais pas me passer d'elle. Même maintenant, alors qu'elle dormait encore, elle réussissait à me mettre à genoux. J'ai enfoui mon nez dans le creux de son cou, en faisant attention à ne pas la réveiller.

Ses lèvres se sont retroussées alors que ses yeux étaient toujours fermés et qu'elle murmurait : « Hmmm… Bonjour Will. »

J'ai souri, sachant qu'elle appréciait ce moment autant que moi. J'ai enlevé les cheveux qui me gênaient et j'ai commencé à embrasser son cou. J'ai pris soin de laisser mes lèvres s'attarder sur sa peau douce à chaque baiser. J'ai lentement fait mon chemin vers l'arrière de son cou. Lorsque j'ai enlevé les cheveux de sa nuque, j'ai remarqué une marque en forme de diamant. Je ne l'avais pas remarqué plus tôt, car elle était cachée sous ses cheveux. On aurait dit un diamant doré, presque éclatant, comparé à sa jolie peau café. J'en ai tracé la forme avec mon doigt et elle a frissonné.

J'ai demandé : « Qu'est-ce que c'est ? » C'était la même marque que le diamant qu'elle avait quand elle était sous sa forme de loup. Je n'avais jamais vu quelque chose comme ça.

Leila a haussé les épaules, « Je suis née avec ».

Une tache de naissance… Je me suis demandé ce que cela signifiait.

Elle a demandé timidement : « Tu l'aimes ? ».

J'ai embrassé sa tache de naissance. « J'aime chaque partie de toi, mon amour. »

Une voix a appelé de l'extérieur de la tente.

« Hé, les amoureux, êtes-vous déjà debout ? Je ne voudrais pas entrer et tomber sur quelque chose que je ne suis pas censé voir ! »

Damien riait de bon cœur, et je pouvais entendre Blake rire à ses côtés aussi.

« Nous serons là dans une minute », ai-je répondu. Je ne voudrais pas qu'ils voient Leila comme ça. J'aurais aimé que nous n'ayons pas à partir. Mais je savais que nous avions encore un dragon à trouver, si les légendes étaient vraies.

Je me suis habillé et j'ai quitté la tente. Leila est sortie quelques minutes après.

Damien et Blake avaient déjà emballé toutes leurs affaires. Ravynne aidait Leila à emballer nos affaires également. Je gardais un œil sur Skye, qui gardait ses distances. C'était mieux ainsi. J'étais toujours en colère contre elle pour ce qu'elle avait fait. J'aurais pu perdre mon âme sœur à cause d'elle, je ne lui pardonnerais jamais. Je craignais toujours qu'elle tente des trucs pour nous éloigner l'un de l'autre.

Au moins, maintenant le lien était scellé. J'ai souri. Cela signifiait aussi que Leila allait tomber en chaleur dans quelques jours. Je me suis demandé si elle avait pensé à cela. Je savais que c'était rapide, mais j'avais déjà hâte d'avoir des petits avec elle. Je savais qu'elle était celle avec qui je voulais passer ma vie. Elle a tourné la tête vers moi, posant ses profonds yeux marron chocolat sur moi. Son regard contenait tout l'amour qu'elle ressentait pour moi, et des secrets plus profonds que la mer la plus profonde. J'avais seulement envie de m'y noyer.

« Hé Will ! Tu viens ? » Blake appelait.

J'ai hoché la tête et j'ai commencé à marcher vers la cascade. Ravynne marchait avec Blake et Damien. Leila marchait à mes côtés, et Skye marchait seule à l'arrière. Elle se plaignait toujours, mais personne ne se souciait d'elle à ce stade. Elle se plaignait de tout et de rien depuis le début du voyage, essayant d'avoir la pitié de tout le monde pour elle. Je pensais juste qu'elle voulait toute l'attention et qu'elle était jalouse de ceux qui en recevaient plus qu'elle.

Nous sommes arrivés rapidement au bord d'une grande grotte, cachée derrière la cascade. Elle était très haute, et je ne pouvais rien voir au-delà des premiers mètres, car il n'y avait pas de lumière à l'intérieur. On pouvait voir de petits cristaux pousser à travers les rochers. J'ai retenu mon souffle alors que je sentais que cet endroit nous imposait le respect. Un souffle glacé émanait de la grotte. Je me suis demandé si c'était vraiment le repaire de Ladon. Je me suis accroché à la main de Leila alors que nous commencions à marcher à l'intérieur de la grotte. Ravynne et Skye ont fait en sorte de rester près du groupe. Elles étaient les seules à ne pas avoir une vision nocturne.

La grotte s'est rapidement ouverte sur une large chambre. L'air était glacial, et de la fumée s'échappait de nos bouches lorsque nous respirions. Je suis resté bouche bée en apercevant cette immense statue de pierre au centre de la pièce. Se pourrait-il que les légendes soient vraies ? Au centre de la pièce se trouvait une immense statue de dragon. Il était recroquevillé sur lui-même, en train de dormir. Il n'avait pas cent têtes comme dans les légendes, mais il en avait six. Je me suis approché avec précaution. Il avait l'air si réel ! Chaque détail était parfait ! Je pouvais même voir chaque écaille sur sa peau. On aurait vraiment dit qu'il dormait et qu'il pouvait ouvrir les yeux à tout moment. La statue était gelée au toucher. J'ai dû retirer mes doigts, car ils commençaient à être engourdis par le froid.

« Le voilà… » chuchota Ravynne, émerveillée.

« Ce n'est qu'une statue », commenta Leila.

Ravynne secoua la tête, « ne te fie pas aux apparences ».

Elle s'est dirigée vers l'autre côté de la statue du dragon.

« Vient Leila, mon trésor. Nous devons le réveiller, » elle a fait un geste vers Leila. Puis elle nous a regardés, « il est important que Leila et moi ne soyons pas interrompues. Le rituel de réveil doit être accompli en silence pour que le dragon se réveille en paix. »

J'ai demandé : « Que se passera-t-il si le rituel est interrompu ? »

« Je ne suis pas sûre », a-t-elle répondu. « Mais nous pourrions ne pas vivre pour raconter l'histoire, alors faisons ça correctement. »

Nous nous sommes regardés les uns les autres, en hochant sérieusement la tête.

Leila et sa grand-mère se sont donné la main et ont commencé à réciter une incantation.
« Expergefactio, onis, Valentia... »

Je suis resté immobile en les regardant réciter, les yeux fermés. Bientôt, une énergie chaude a commencé à tourner autour d'eux, et partout dans la chambre. J'étais stupéfait par le pouvoir qui émanait d'eux. Cela m'a rappelé le moment où elles ont jeté le sort à mon père. J'avais été impressionné, et je le suis toujours. Je me suis demandé ce que ça faisait. J'ai fermé les yeux et essayé de me concentrer sur le lien d'âmes sœurs que j'avais avec Leila. Immédiatement, j'ai pu ressentir ce qu'elle ressentait. C'était comme si j'avais cette montée de puissance en moi. Je sentais ce feu, et ce calme en même temps. Comme une tempête silencieuse qui faisait rage à l'intérieur. C'était fort et apaisant à la fois.

Des rochers ont commencé à tomber de la statue, révélant de magnifiques écailles ! Elles étaient noires avec des reflets bleu-turquoise. Chaque fois que je bougeais, les couleurs semblaient changer également, chaque écaille scintillant d'un feu unique. Je n'avais jamais vu quelque chose d'aussi joli de toute ma vie. Soudain, l'une des têtes a bougé, et d'autres rochers sont tombés sur le sol. Les yeux de l'une des têtes de la bête se sont ouverts, pour révéler des yeux reptiliens verts.

Le dragon semblait calme, il nous étudiait. J'ai pris une grande inspiration. Leila et Ravynne étaient toujours en train de chanter leur sort. La bête n'était pas complètement réveillée, et elles devaient terminer le sort pour que le processus soit complet.

Du coin de l'œil, j'ai aperçu Skye avec un sourire vicieux sur son visage. Elle avançait vers Leila, une dague à la main. Mon loup a fait un bond dans ma poitrine, mon cœur battait vite. J'ai sauté près de Skye et j'ai attrapé son bras, lui faisant lâcher le couteau.

« Lâche-moi ! », a-t-elle crié, essayant de se libérer et de ramasser le couteau.

Leila et Ravynne ont ouvert les yeux. Le sort qu'elles psalmodiaient avait été brisé et l'énergie qui circulait s'était arrêtée.

« Qu'est-ce que tu allais faire ? » J'ai demandé, en colère contre elle. Comment osait-elle attaquer ma compagne ? J'ai vu son visage sournois. Je savais qu'elle l'avait fait exprès. Avait-elle vraiment l'intention de tuer son amie ? Ma poitrine s'est serrée. Je savais qu'elle était amie avec Leila depuis longtemps, mais en ce moment, tout ce que je voulais, c'était la déchirer en morceaux.

Skye n'eut pas le temps de répondre qu'un grognement emplit la chambre. C'était un hurlement à vous glacer le sang que l'on pouvait entendre jusqu'en outre-tombe. Un frisson d'effroi a parcouru mon échine. Ladon était réveillé, les pierres restantes tombant au sol. Debout sur ses pattes, il mesurait au moins trois mètres de haut. Il a déployé ses ailes, créant une rafale de vent au passage. Sa queue se balançait violemment, et Damien dut sauter pour ne pas être balayé par elle. Ladon avait l'air furieux. Ses têtes étaient concentrées sur Skye. C'est elle qui avait crié et arrêté le rituel. Il semblait vouloir déchaîner sa fureur sur elle.

Mon pouls s'accélérait. J'ai serré ma mâchoire, essayant de comprendre ce qu'il fallait faire. Leila était d'un côté avec sa grand-mère. Skye essayait de s'éloigner de la bête, mais elle suivait chacun de ses mouvements. Même Damien et Blake avaient l'air effrayés. Les grognements du dragon étaient bien trop forts pour que nous puissions essayer d'élaborer un plan.

Blake et Damien se sont regardés et ont sauté sur la créature. Damien a essayé de griffer le dragon avec ses ongles, mais sa peau était trop épaisse. Blake a sorti sa dague et a planté la lame dans la queue. Le dragon a hurlé de douleur et a essayé de mordre Blake. Il n'arrivait pas à reculer complètement, alors il a commencé à balancer sa queue encore plus violemment, essayant de faire sortir la dague. Il a frappé les murs de la grotte avec sa queue, faisant tomber des rochers sur le sol. Skye essaya de profiter de ce moment de distraction à son avantage, mais elle trébucha sur un rocher et tomba au sol. Le dragon a vu qu'elle était tombée et a plongé deux de ses puissantes mâchoires sur elle. Il était trop rapide pour qu'on puisse réagir. En un instant, les cris de Skye ont rempli la pièce alors que le dragon lui arrachait membres et chair. Leila était dans le bras de sa grand-mère, essayant de ne pas regarder son amie. Heureusement, ses cris ont cessé assez vite. La bête a dévoré sa chair en quelques secondes. Seuls du sang et quelques lambeaux de vêtements sont restés sur le sol.

La bête était toujours furieuse et tournait maintenant son attention vers nous.

« Enlève ta lame ! Ça ne fait que le rendre plus furieux », ai-je crié à Blake.

J'étais heureux que ma voix atteigne Blake. Dès qu'il a retiré la lame de la queue du dragon, il a semblé se calmer, du moins un peu.

Je me suis dit : « Si tout s'était bien passé, Ladon se serait réveillé calmement. »

J'ai levé les yeux vers Leila et une idée m'a traversé l'esprit.

Je me suis concentré sur elle à travers notre lien d'âmes sœurs, « Tu penses que tu peux le calmer ? »

Elle m'a regardé avec de grands yeux, « Le calmer » ?

« Oui, il était censé être calme à son réveil, mais le rituel a été perturbé. »

Elle m'a fait un signe de tête, « OK, je vais essayer quelque chose. »

J'admirais ses pouvoirs de sorcière, elle ne cessait de m'étonner.

Leila a dit quelque chose à l'oreille de sa grand-mère. Voyant que Leila et Ravynne allaient à nouveau lancer un sort, Damien utilisa ses pouvoirs hypnotiques de vampire sur le dragon. Bien qu'il soit le Seigneur des vampires et qu'il soit surpuissant, la bête résistait à sa magie. On pouvait le voir se débattre et essayer de se libérer. Damien a fait un geste vers Blake. Il l'a immédiatement rejoint. Les deux utilisant leurs pleins pouvoirs sur lui, le dragon n'avait d'autre choix que de céder. Ladon s'est retourné pour faire face à Damien et Blake. On aurait dit qu'il les étudiait, et je me demandais à quoi il pouvait bien penser.

Leila et Ravynne ont commencé à chanter, mais je
ne pouvais pas entendre ce qu'elles disaient. Je
pouvais, cependant, sentir la brise chaude de leur
sort autour de nous. Ladon s'est immédiatement
calmé.
« Tu dois aller le voir », Leila a parlé dans mon
esprit.
« Pourquoi ? »
« Il a besoin d'un maître. »
Les mots m'ont pris par surprise. Je sais que j'étais
un Alpha. Mais le maître d'un dragon tout-
puissant ? Cela semblait irréel.

J'ai marché vers Ladon. La bête était si
majestueuse, je retenais mon souffle devant une
telle puissance. La bête a tourné une de ses têtes
dans ma direction, et je me suis demandé, un
instant, si elle s'était libérée des sortilèges. Mais il
ne faisait que m'observer.
Je me suis approché de la tête qui était la plus
proche de moi, et j'ai approché ma main de son
nez comme on le ferait avec un chien. Il semblait
absorber mon odeur.
Je pouvais sentir mon loup essayant d'affirmer sa
position d'Alpha. Je veux dire sur un dragon ?
C'était de la folie. Je ne savais pas quel sort Leila
et sa grand-mère jetaient, mais il avait l'air
puissant.
Après un moment, j'ai senti que mon loup tenait sa
tête haute. J'ai compris que le dragon avait accepté
mon loup et moi comme son maître, aussi fou que
cela puisse paraître. J'ai été stupéfait quand la bête
a frotté sa tête dans ma main et a émis un doux
grondement. On aurait dit un bébé qui faisait des

câlins à sa mère. La seule chose que j'ai pu faire
était de frotter son cou avec mon autre main.

Ladon semblait vraiment satisfait du fait que je
sois son nouveau maître. J'étais tellement choqué
que je n'ai même pas remarqué que Leila et
Ravynne avaient arrêté de jeter des sorts. Damien
et Blake se tenaient ensemble, souriants. Je
suppose qu'il n'y avait plus besoin de pouvoirs
magiques. Le dragon était dans notre équipe
maintenant.

Chapitre 15 (Will)

Île de Délos

J'étais tellement étonné par ce qui s'est passé avec Ladon que j'avais complètement oublié ce qui était arrivé à Skye jusqu'à ce que j'entende Damien parler à Leila.

« Je suis vraiment désolé pour ce qui est arrivé à ton amie. »

Je me suis retourné pour leur faire face, inquiet que Leila puisse avoir besoin de mon soutien. Je ne connaissais pas Skye depuis longtemps, mais Leila l'a connue toute sa vie.

Les yeux de Leila étaient tristes, mais elle ne pleurait pas.

« Je… c'est bon… je suppose », a-t-elle chuchoté.

Je l'ai prise dans mes bras et lui ai dit doucement, « C'est correct, elle était ton amie. Tu as le droit d'être triste. »

Elle a levé la tête pour me regarder, m'étudiant avec ses beaux yeux.

« Même si elle a essayé de nous séparer ? »

Ces mots m'ont fait mal, mais j'ai hoché la tête pour lui dire que « les derniers jours n'ont pas été géniaux. Mais elle a été ton amie pendant tant d'années. »

Elle a hoché la tête, et Blake a ajouté : « Elle a essayé de la tuer, cependant. »

Leila a sursauté. Au milieu de l'incantation, elle n'avait pas réalisé que Skye avait essayé de la poignarder avec une dague.

Je l'ai serrée fort et elle s'est détendue dans mes bras en chuchotant. « Elle a vraiment essayé ? »

J'ai répondu doucement, « Oui… C'est pour ça que le sort a été rompu. Je l'ai arrêtée, et elle a crié. »

Des larmes ont coulé sur ses joues. Je pouvais sentir à quel point elle était dévastée par notre lien d'âmes sœurs.

« Je… ne peux pas croire… » a-t-elle réussi à dire entre les larmes. Mais elle n'avait pas besoin d'en dire plus, nous savions tous ce qu'elle voulait dire. C'était la confiance de plusieurs années, une véritable amitié, qui s'effritait dans son cœur. Le sentiment de trahison, plus fort qu'un typhon, ravageant tout sur son passage. Tout ce que je pouvais faire était de la tenir dans mes bras, pour qu'elle ne s'effondre pas.

Ravynne versait aussi quelques larmes, mais Blake, Damien, et moi… eh bien, nous ne connaissions pas Skye depuis longtemps. Et j'étais toujours en colère contre le fait qu'elle ait essayé d'attaquer ma compagne avec une dague. Qui sait ce qu'elle aurait fait si je ne l'avais pas arrêtée ?

Nous avons attendu que Leila se sente mieux. J'ai essuyé ses larmes doucement.

Lorsqu'elle alla mieux, Damien a rompu le silence, « Bien, nous avons un dragon maintenant. Nous sommes encore cinq. »

Leila a demandé, « Tu crois qu'il y a d'autres dragons dans le coin ? »

Nous nous sommes tous regardés, ne sachant pas vraiment quoi faire.

Ravynne a désigné Ladon, « Pourquoi ne pas lui demander ? »

Vu la façon dont ils me fixaient tous, il était clair qu'ils voulaient que je demande au dragon.

« Je ne sais pas… vraiment comment parler à un dragon. »

Est-ce que je devais rugir ou quelque chose comme ça ? Je me suis moqué de moi-même, en pensant à quel point ça aurait l'air ridicule.

Ravynne a hoché la tête, « Tu es son maître maintenant. Si tu te concentres sur lui, tu devrais être capable de lui parler. »

J'ai été décontenancé par son commentaire. Cela valait la peine d'essayer. Je suppose que cela pourrait être un peu comme lorsque je parle à Leila par le biais de notre lien de compagnon. Ou comme lorsque je communique avec mon loup, en sachant ce qu'il ressent et ce qu'il veut, même si je ne parle pas le loup. Je lui ai fait un signe de tête, puis je me suis tourné vers Ladon.

Il était assis, regardant dans ma direction, comme s'il attendait un ordre de ma part.

Je me suis approché d'une de ses têtes et j'ai posé mon front contre elle. Il était froid au toucher, mais pas autant que lorsqu'il était une statue. J'ai fermé les yeux et me suis concentré sur lui.

Je pouvais sentir un vent froid se lever en moi. C'était comme si je pouvais sentir Ladon à l'intérieur de moi. Je ne savais pas trop comment lui parler, mais j'avais l'impression que mon loup le savait. Vu qu'il était devenu l'Alpha un peu plus tôt.

J'ai essayé de me concentrer sur ce que je voulais savoir : y avait-il d'autres dragons à proximité

pour que nous puissions nous rendre sur l'île de
Délos ?

J'ai eu ce sentiment étrange, comme si mon loup
conversait avec Ladon. C'était la chose la plus
étrange qui soit. J'avais l'habitude de converser
avec mon loup, ou avec ma compagne, mais pas
d'assister à une conversation entre mon loup et
une autre personne. Je n'étais qu'un spectateur à
l'intérieur de ma tête.

Un moment après, Ladon a commencé à éloigner
sa tête de la mienne. J'ai ouvert les yeux et je l'ai
vu reculer de quelques pas. Il s'est dressé sur ses
pattes arrière et a crié d'un ton aigu. Il s'est
éloigné de l'endroit où il avait dormi, pour révéler
une grande ouverture dans le sol. On aurait dit que
la grotte continuait plus loin. C'était une très
grande ouverture avec une légère pente. Nous nous
sommes aventurés en bas, suivis par Ladon.

Nous sommes bientôt arrivés à une chambre
gigantesque. Ma bouche était grande ouverte. Je
ne pouvais pas bouger. Devant nous, il y avait des
dizaines de dragons. Certains volaient, d'autres se
reposaient. Il y avait des bébés qui se nourrissaient
de leur mère. On aurait dit qu'ils buvaient une
substance semblable à du lait dans la bouche de
leur mère, un peu comme le font certains oiseaux.
J'étais fasciné par eux. Leurs couleurs variaient
beaucoup, allant du noir au blanc. Certains d'entre

eux étaient bruns, voire dorés, et d'autres étaient
gris. Une partie d'entre eux avaient plusieurs
couleurs, et d'autres n'en avaient qu'une.
Quelques dragons avaient même plusieurs queues,
ou deux têtes. Mais Ladon était le seul à avoir six
têtes. Je me suis demandé s'il était le dernier de
son espèce. Ça devait être très dur d'être le seul de
son espèce. Je me sentirais seul. Je me demandais
si les dragons pouvaient se mélanger. Comme les
ours et les grizzlis le font parfois.

C'était tout simplement magnifique, comme si
nous étions tombés sur un monde complètement
différent, un monde dont nous ne soupçonnions
même pas l'existence.

« Wow », a chuchoté Leila.

« Comment allons-nous choisir ceux dont nous
avons besoin ? » a demandé Blake.

« Nous ne sommes pas ceux qui choisissent, » dit
Ravynne. « Ce sont *eux* qui vont nous choisir. »

Je me suis demandé ce qu'elle voulait dire par là.

Je n'ai pas eu à me poser de questions pendant un
long moment. Ladon a commencé à grogner
bruyamment. Il semblait communiquer avec les
autres dragons. Je me suis demandé ce qu'il leur
disait. On aurait dit qu'il était en quelque sorte le
chef. Y avait-il une hiérarchie parmi les dragons ?
Avaient-ils un Alpha, comme nous dans nos

meutes ? J'ai réalisé que j'en savais si peu sur eux. Je veux dire, eh bien… tout à l'heure, je pensais qu'ils n'existaient que dans les légendes, alors bien sûr, je ne savais pas grand-chose sur eux ! Avec la taille de ces bêtes, on pourrait penser que tout le monde les verrait!

Quelques secondes plus tard, plusieurs dragons se sont posés tout autour de nous. Ils se sont approchés, nous observant, prenant notre odeur. Maintenant, je comprenais ce que Ravynne voulait dire. Ils nous choisissaient, décidant s'ils allaient nous accompagner ou non dans notre voyage. Certains d'entre eux sont partis, je suppose qu'ils n'étaient pas intéressés à nous rejoindre. Mais assez rapidement, certains sont restés, chacun semblant choisir son coéquipier.

Damien avait un majestueux dragon blanc à ses côtés. Il se tenait grand et fier et semblait à la fois gentil et fort. Ravynne avait l'air d'apprendre à connaître son dragon. Il était gris et blanc, avec deux queues. Sa peau semblait vieille et craquelée, mais il avait l'air très doux et curieux. Blake avait un jeune dragon noir qui semblait impatient de se lancer dans l'aventure. Il n'était pas grand, mais il y avait une énergie dans ses yeux qui montrait à quel point il était engagé. Quant à Leila, elle avait un magnifique dragon brun et or à ses côtés. Il avait l'air fort, et ses écailles brillaient comme des bijoux.

Ladon s'est avancé vers le dragon de Leila et a frotté sa tête contre elle. Je suppose que c'était un dragon femelle, alors j'ai souri. Le dragon de mon amoureuse était aussi l'amante de mon dragon. Ils se regardaient avec une telle intensité qu'ils devaient voir l'âme de l'autre dans les yeux. Personne ne pouvait s'interposer entre eux. À ce moment-là, j'ai ressenti un besoin soudain de tenir ma Leila dans mes bras. De la regarder et de la chérir autant que Ladon aimait son amoureuse.

« Son nom est Cara, » Leila a poussé dans ma tête.

J'ai demandé, « Comment le sais-tu ? »

« Je le sais, c'est tout », a-t-elle répondu.

Je suppose que c'est la même chose avec la façon dont je communique avec Ladon.

Ne pouvant plus me retenir, j'ai réduit la distance entre moi et ma douce Leila. Je l'ai attrapée par la taille. Elle s'est penchée dans mon étreinte. Ses douces lèvres se sont écartées quand je l'ai embrassée. Aucun mot n'était nécessaire, je pouvais sentir son cœur battre fort dans sa poitrine, résonnant jusqu'au mien. Je savais qu'elle le sentait aussi. C'était mon paradis, mon salut. J'étais ivre de son amour et je ne voulais jamais arrêter.

Mes joues étaient chaudes quand on a rompu le baiser. Une partie de moi savait que tout le monde nous regardait. Une partie de moi s'en fichait. Mon corps brûlait de désir pour cet homme. Je voulais seulement me noyer dans ses yeux bleus et rester dans ses bras. Comme j'aimerais pouvoir arrêter le temps juste pour un instant.

Assez rapidement, j'ai remarqué que tout le monde était monté sur le dos de son dragon. Cara et Ladon ont rompu leur étreinte. Will m'a gentiment aidé à monter sur le dos de Cara, avant de monter son propre dragon.

Cara s'est mise à voler, et je pouvais me sentir tirée à chaque battement d'ailes. Nous sommes sortis de la grotte en un rien de temps. Bientôt, j'ai commencé à voir la forêt en dessous de nous, de plus en plus petite. J'avais le vertige et mon cœur battait la chamade. Je me suis accroché à Cara.

J'ai senti un vent de réconfort venant de l'intérieur. Will l'envoyait à travers notre lien et je me suis immédiatement calmée.

« Ne t'inquiète pas », a-t-il dit à travers mon esprit. « Tu vas t'y habituer. »

Je me suis demandé comment il pouvait en être si sûr. Comme s'il lisait dans mes pensées, il a ajouté : « Je faisais la même chose, la première fois que j'ai volé avec les vampires. Je m'y suis habitué maintenant. »

J'espérais seulement qu'il avait raison.

Nous avons volé vers le nord-est, en passant au-dessus du bosquet sacré de la nymphe Melian. Même d'en haut, je pouvais clairement distinguer l'arbre de vie encore en fleur, contrastant avec les arbres sombres sans feuilles qui l'entouraient. Le mois de novembre s'était lentement installé. Sur le sol, on pouvait encore voir quelques feuilles mortes, mais elles grisonnaient. Tout semblait sombre et sans vie dans la forêt en contrebas. Je suppose que c'est pour cela qu'on m'a toujours dit que c'était le mois des morts.

Nous avons continué à voler. Je profitais maintenant de la balade, sentant le vent dans mes cheveux. Ladon et Cara continuaient à voler ensemble, en se croisant. On aurait dit qu'ils faisaient une danse aérienne. On pouvait sentir à quel point ils s'aimaient. J'avais envie d'être dans les bras de Will en ce moment, de sentir sa chaleur et ses baisers.

Les dragons volaient vite, et assez rapidement, nous avons vu une grande île flottante devant nous. Nous pouvions également voir une puissante tempête qui faisait rage tout autour d'elle. Des nuages noirs l'encerclaient. Des vents violents faisaient voler des rochers et d'autres débris, et on pouvait apercevoir des éclairs occasionnels. J'ai regardé en bas et j'ai vu cette profonde crevasse. À l'intérieur se trouvait un énorme dragon, plus grand que tout ce que je n'avais jamais vu ! Je suppose que c'était le légendaire Kholkikos. Le dragon avait deux énormes cornes noires de chaque côté de sa tête. Ses yeux étaient tout noirs, et à sa vue, les poils de ma nuque se dressaient. Sa bouche était légèrement ouverte, pour laisser son souffle passer vers l'île au-dessus de lui, me permettant d'apercevoir ses dents pointues. Il était tout blanc, et à ma grande surprise, il n'avait pas d'écailles, mais était couvert de plumes. Il était couché, sa longue queue enroulée autour de lui. Ses deux ailes gigantesques étaient déployées, comme pour lui faire une couverture. Il était vraiment magnifique, et au moins dix fois plus grand que nos dragons, si ce n'est plus. Il était le protecteur de cette île. Si son seul souffle était assez fort pour faire flotter cette île, et créer cette tempête, alors je ne voudrais jamais essayer de l'affronter.

Nous nous sommes tous arrêtés, évaluant l'île et sa tempête. Je savais que nous n'avions pas d'autre choix que de passer, mais je ne pouvais m'empêcher d'avoir des doutes. La tempête était plus forte que je ne pouvais l'imaginer. La traversée serait probablement difficile, même pour les dragons. Les vents étaient trop puissants, et nous serions probablement poussés sur le côté. Voler contre les vents et se frayer lentement un chemin à l'intérieur était probablement une meilleure idée. Bien que cela nous prenne plus de temps, c'était probablement la seule façon d'y arriver.

Je n'ai pu m'empêcher de me demander quels types de trésors devaient être cachés sur cette île pour qu'elle soit protégée par un dragon aussi puissant.

Nous avons commencé à voler dans la tempête. J'ai failli être renversée du dos de Cara par une forte rafale de vent, mais j'ai réussi à me maintenir en place. Je pouvais sentir Cara se débattre, mettant toute son énergie à combattre la tempête. Autour de moi, je voyais des débris voler dans tous les sens. J'espérais seulement que nous ne serions pas touchés par quoi que ce soit. Mon cœur battait la chamade et je m'agrippais si fort à Cara que mes bras me faisaient mal. J'ai jeté un coup d'œil autour de moi et j'ai vu que les autres dragons se débattaient aussi, mais se frayaient lentement un chemin dans la tempête. La foudre dansait avec nous, et frappait bien trop près pour mon confort. Le tonnerre grondait si fort que je pouvais le sentir vibrer jusque dans mon corps. Le temps semblait s'arrêter alors que nous nous frayions un chemin à travers la tempête. Je ne pouvais pas attendre d'être de l'autre côté.

Bientôt, j'ai senti que je pouvais commencer à voir la fin de la tempête. Soudain, Cara a plongé vers le bas, la tête la première. Le mouvement soudain m'a fait décoller de son dos, et je tombais maintenant dans le vide.

J'ai crié : « Will. »

J'ai fermé les yeux : la seule chose à laquelle je pouvais penser était que j'allais mourir. Je ne savais pas pourquoi Cara avait fait ça ; nous étions si près de l'île. Je me demandais si j'allais d'abord être frappée par des rochers ou tomber sur le sol en dessous avant. Dans tous les cas, je savais que ce serait douloureux. Heureusement, je savais que ce serait rapide.

Je me suis braqué quand j'ai senti quelque chose venir vers moi. Mais au lieu d'avoir mal, j'ai reconnu l'odeur de Will.

Tout ce que j'ai entendu dans mon oreille était :

« Je te tiens ! »

C'était les mots les plus doux que j'avais jamais entendus. Je me suis accrochée à l'une des têtes de Ladon, les bras de Will autour de moi, s'accrochant également au dragon. Ladon descendait toujours aussi vite, et j'ai compris qu'il voulait attraper Cara.

J'ai regardé en bas, et j'ai remarqué que Cara ne volait pas, elle tombait, inconsciente.

Ladon essayait tant bien que mal de l'atteindre. Je me suis demandé pendant un moment s'il était assez fort pour nous porter tous les deux sur son dos, et attraper un autre dragon en plus. Je savais avec certitude que Ladon ferait tout ce qu'il fallait

pour sauver celle qu'il aimait, même s'il devait y
laisser sa vie. Je souhaitais seulement qu'il n'en
arrive pas là, mais je pouvais comprendre, car je
ferais la même chose pour Will.

Il s'est finalement assez approché pour attraper
Cara avec ses pattes. L'augmentation soudaine de
poids semblait être difficile pour lui. Je savais
qu'il était fort dès que je l'ai vu pour la première
fois, mais il était encore plus fort que je ne le
pensais. Il s'est mis à battre des ailes avec une
telle force qu'il a réussi à nous faire remonter tous
sur l'île, de l'autre côté de la tempête.

Nous avons atterri sur l'île, et j'étais heureuse de
descendre et d'avoir à nouveau mes deux pieds sur
terre. Dès que je suis descendue de Ladon, deux
bras forts m'ont entourée. Mon cœur battait fort
tandis que Will déposait des baisers dans mon cou.
« J'avais tellement peur de te perdre à nouveau »,
a-t-il chuchoté à mon oreille. « Tu commences à
en faire une habitude », m'a-t-il gentiment grondé.
Je me suis tourné vers lui, me perdant dans ses
yeux.
« Désolée », ai-je répondu.
Il a souri et m'a embrassé passionnément,
parcourant mon dos avec ses mains. À ce moment-
là, j'avais l'impression que rien d'autre ne
comptait. J'étais entourée d'amour et je ne pouvais
me soucier de rien d'autre.

Mais un cri de douleur m'a ramené à la réalité.
Cara était toujours allongée sur le sol,
inconsciente, et Ladon voulait désespérément
qu'elle se réveille. Toute sa tristesse et sa douleur

pouvaient être ressenties à travers ses cris. Je me
suis approché de Cara, pour sentir ses signes
vitaux. Je pouvais sentir un faible pouls. Elle était
si faible.
« Il faut la guérir », ai-je marmonné.
Je n'ai pas eu besoin d'en dire plus. Ma grand-
mère a hoché la tête et s'est approchée.
« Alors tu sais ce qui doit être fait. »
Je me suis levé et j'ai attrapé ses mains.

Ensemble, nous avons commencé à chanter notre
sort. C'était l'un des sorts que j'aimais le plus
jeter. Alors que nous psalmodiions les mots, je
sentais le vent chaud habituel m'envelopper,
l'énergie circulant tout autour de moi et en moi. Il
n'y avait pas de règle précise quant au temps
nécessaire pour lancer le sort. Nous savions
simplement quand nous devions nous arrêter. Ma
grand-mère appelait cela l'instinct de la sorcière.
C'était comme si nous pouvions communiquer
avec la magie elle-même, en canalisant l'énergie et
en recevant un retour de sa part pour savoir quand
c'était suffisant.

Je perdais toujours la notion du temps quand je
jetais un sort. Comme si mon esprit était si occupé
par la magie que rien d'autre n'était important.
Quand nous avons arrêté de chanter, j'ai ouvert les
yeux.
Tout le monde avait les yeux fixés sur Cara,
attendant qu'elle bouge. J'ai touché son ventre et
j'ai remarqué que les battements de son cœur
étaient plus forts, elle allait mieux, c'était sûr.
Elle a émis un doux grognement et a lentement
ouvert les yeux. Immédiatement, Ladon s'est

rapproché d'elle et a frotté sa tête contre elle avec
amour. Je pouvais sentir combien il était soulagé,
et je devais dire que j'étais aussi reconnaissante
qu'elle aille mieux.

Chapitre 16 (Eurynomos)

L'épée sacrée

Ses yeux étaient noyés dans la défaite. La force de combat qui les habitait hier était presque morte maintenant. Ils étaient presque vides de vie. Le fait d'être enchaînée, torturée, sans être nourrie, a donné des résultats encore meilleurs que ce que j'avais espéré. Je me suis réjoui à cette vue. Je ne pouvais pas attendre d'avoir ce que je voulais d'elle. Ce serait délicieux, c'en était sûr. Je pouvais presque la goûter sur mes lèvres.

Ses poignets saignaient encore, elle fixait le sol. Ses cheveux étaient défaits et souillés par la saleté et le sang. Les plumes de ses ailes traînaient sur le sol, là où elle les avait perdues pendant la torture.

C'était sûrement la plus belle vision que j'avais jamais eue. Je ne voulais pas admettre que sa vue faisait monter le feu dans mon sang.

Elle n'avait rien eu à boire. Je savais que le moment où elle ne pourrait pas résister à boire mon sang arrivait. Après ça, j'aurai tout ce dont j'ai envie. Elle me suppliera de la prendre. Elle fera ce que je lui demande, et elle me remerciera de le faire.

Lentement, elle a levé les yeux et a semblé réaliser que j'étais dans sa cellule. Je n'ai pas pu résister à l'envie de me rapprocher d'elle. J'ai léché le sang qui coulait de ses poignets. Il avait un goût si bon. Elle n'a même pas bronché, elle m'a seulement regardé. Elle ne pouvait pas bouger, car ses mains étaient enchaînées au mur et elle était suspendue aux chaînes.

« Hey, ma belle... as-tu soif ? » J'ai demandé avec un sourire malicieux. « Je te jure que tu vas en redemander. »
Elle n'a rien répondu. Ses lèvres étaient desséchées, craquelées et sales. Mon corps était par-dessus le sien contre le mur, mais elle ne s'est pas débattue. J'ai lentement léché ses lèvres sèches, j'en voulais plus.
Elle était tellement engourdie par la torture qu'elle n'a même pas réagi. Elle m'excitait plus que je ne voulusse l'admettre moi-même. Je sentais déjà ma bite dure, prête pour elle.

J'ai fait un pas en arrière, en essayant d'être le plus gentil possible.

« Eh bien, petite fille, pourquoi je ne te donnerais pas ce dont tu as envie ? »

J'ai pris la coupe de sang qui était sur la table et l'ai portée à ses lèvres. Elle était si désespérée ; elle était si assoiffée et mourante. Je l'ai regardée engloutir chaque goutte de sang, sans en laisser une seule.

Je l'ai regardé crier de douleur tandis que le sang affectait son corps et commençait lentement à la transformer. Ses yeux étaient maintenant d'un noir sombre, et je pouvais sentir à quel point elle devenait excitée.

« Bonne fille », ai-je chuchoté en défaisant ses liens pour qu'elle puisse être libre.

************ PDV de Bianca ************

J'ai fait une pause dans ma lecture et je suis retourné sur le balcon. J'ai regardé les combattants tuer vague après vague d'ennemis. Les corps s'empilaient sur le sol devant le château. Des flaques de sang se formaient, et une odeur métallique montait jusqu'au balcon. Je ne pouvais qu'imaginer l'odeur au niveau du sol.

J'avais l'impression que les vagues d'orcs et de gobelins grossissaient. Je me demandais si nos combattants allaient s'en sortir. Quelques-uns d'entre eux étaient blessés, mais nous n'en avions pas perdu beaucoup jusqu'à présent.

Heureusement, Steven allait bien. Bien sûr, je ne
voulais pas que quelque chose arrive aux autres
non plus, mais il était ma principale
préoccupation.

Kate est sortie et m'a rejoint.
« Eh bien, regardez ça », elle a désigné les
combattants.
J'ai suivi son doigt et reconnu son cul sexy de tout
à l'heure.
« On dirait qu'il en a fini avec les filles et qu'il a
décidé de se joindre à la lutte », ai-je dit en riant.
Kate a gloussé, « Il semble que Jake soit capable
de recevoir des ordres de sa reine. »
« Tu crois qu'ils vont s'en sortir ? »
Je ne pouvais pas m'en empêcher. Je commençais
à m'inquiéter. L'armée d'Eurynomos semblait de
plus en plus forte, et je craignais que nous soyons
envahis.
Kate a soupiré : « Je l'espère. »
Elle m'a tiré à l'intérieur du château, « viens, ça ne
sert à rien de les regarder. Tu ferais mieux
d'essayer de trouver quelque chose dans ces
livres. »
« Tu as raison », ai-je répondu.
Je savais qu'elle avait raison. J'adorais lire des
livres. Mais j'en avais lu tellement maintenant, à la
recherche de solutions pour briser la malédiction
ou pour arrêter Eurynomos. Pourtant, je savais que
la bonne chose à faire était de continuer à lire
jusqu'à ce que je trouve quelque chose.

Il faisait déjà sombre. J'avais mal aux yeux à force
de lire. J'étais sur le point de fermer ce livre quand
je suis tombée sur quelque chose d'intéressant.

C'était une partie qui parlait encore de la meute de Ravynne. Il semblait que ce soit une meute sacrée très ancienne, très proche de la déesse de la lune. La déesse de la lune elle-même a donné aux sorcières leurs pouvoirs. C'est ainsi que les humains sont devenus capables d'utiliser la magie au départ.

Comme je l'ai découvert plus tôt, ils étaient chargés de garder Eurynomos scellé, et ils ont échoué. Mais ce livre expliquait que pour retenir Eurynomos dans les Enfers, ils devaient sacrifier un membre de leur clan. Son sang devait être donné afin d'éloigner le démon, c'était une tradition perpétuée de génération en génération. Mais à un moment donné, les parents du jeune homme n'ont pas pu se résoudre à tuer leur fils. Ensemble, la meute s'est réunie et a décidé d'abandonner son rôle de gardien du démon et de fuir. C'est ainsi qu'ils sont devenus une meute de loups sauvages au tout début.

On dit que pour chaque génération, un membre du clan est né sous une nuit bénie. Cette personne était alors le membre le plus précieux de la meute. Il devait être chéri, jusqu'au jour où il ou elle devait être sacrifié.

Cela semblait être un destin si cruel. Je ne pouvais même pas imaginer ce que ça devait être. Je me suis demandé qui était né une nuit bénie dans la meute de Ravynne pour la génération actuelle. Cela pourrait-il avoir un lien avec l'énigme ?
"... Un trésor bien-aimé devra être sacrifié. »

Ça ne pouvait pas être une coïncidence ! Je devais dire ça à Kate tout de suite pour qu'elle puisse le dire à Damien.

*********** PDV de Will ***********

Les dragons s'étaient reposés. Cara semblait se sentir mieux maintenant. Ladon était à ses côtés depuis que nous étions de retour sur la terre ferme. Quant à moi, je profitais d'un peu de temps avec ma douce Leila. Je l'aimais tellement que je ne pouvais supporter d'être séparé d'elle. J'avais déjà prévu de la ramener à la meute une fois que tout cela serait terminé. J'avais déjà envie de construire une famille avec elle. Avoir nos propres enfants, vivre heureux ensemble, diriger la meute et se protéger mutuellement. Je me demandais si nos enfants naîtraient avec ses pouvoirs de sorcière. Il y avait tant de choses que je voulais savoir sur elle, mais pour l'instant, j'ai fermé les yeux et j'ai enfoui mon nez dans le creux de son cou.

J'ai entendu Damien parler. « Ravynne, je peux te parler ? »
J'ai ouvert les yeux et j'ai remarqué qu'il avait un regard étrange sur son visage. Ravynne l'a suivi un peu plus loin. J'ai regardé pendant qu'ils parlaient. Ravynne avait l'air d'être agitée, et je me demandais de quoi ils parlaient.
Quand ils ont fini de parler, je me suis levé et je suis allé parler avec Damien.

Je lui ai demandé : « Hé, c'était quoi ça ? Qu'est-ce qui se passe? »
Il a fixé le sol, puis m'a regardé de nouveau.
« Rien d'important. »
Je savais qu'il mentait. Il était avec ma sœur depuis assez longtemps pour que je le sache.
« Allez, je te connais mieux que ça. Crache le morceau. »
Il a secoué la tête, « Je suis désolé, je ne peux pas. »
Il s'est retourné et a essayé de partir, mais j'ai attrapé son bras.
« Je sais que tu caches quelque chose d'important. Pourquoi ne me le dis-tu pas ? »
C'était un seigneur vampire. Il était inutile que j'essaie d'utiliser mes pouvoirs d'Alpha sur lui. Cela ne marcherait pas. Il m'a regardé avec intensité dans les yeux.
« Tu le sauras en temps voulu. »
Il a libéré son bras et a continué à marcher.

Je n'aimais pas ça. Je savais que quelque chose n'allait pas. Mais j'avais confiance en Damien, je savais que s'il disait que je le saurais plus tard, alors c'était vrai.
Blake est arrivé en courant : « Les orcs sont sur l'île. »
J'ai couru vers lui.
« Quoi ? Comment est-ce possible ? C'était si difficile d'arriver ici en premier lieu ! »
« Il semble qu'un portail ait été ouvert sur l'île », a répondu Blake.
J'ai maudit.

« OK, pas de temps à perdre alors, on doit trouver le bosquet sacré d'Ares. Une idée d'où il pourrait être ? »
Ravynne a désigné quelques grands arbres un peu à l'est.
« Nous devrions aller par-là, je sens de la magie qui vient de là », a-t-elle répondu.
C'était la meilleure piste que nous avions.

Nous avons commencé à marcher vers la forêt. Les dragons étaient libres d'aller où ils voulaient, mais ils semblaient avoir décidé de nous accompagner. Je n'allais pas me plaindre. Les dragons étaient des créatures puissantes, alors les avoir avec nous était un grand avantage. De plus, quand nous voudrons quitter cette île, nous aurons besoin de leur aide. Le bruit des orcs au loin nous gardait sur le qui-vive. Je ne savais pas exactement où ils étaient, mais je savais qu'ils n'étaient pas très loin. J'espérais seulement que nous n'aurions pas à les combattre.

Alors que nous marchions vers l'est, la forêt a commencé à être plus épaisse. Je pouvais sentir l'air chargé d'énergie, même si je n'avais pas de magie en moi. Mon loup était agité. Il était évident que c'était le bon endroit. Nous avons marché un moment et sommes arrivés à une étrange porte en bois taillée dans une grotte. C'était la plus étrange des choses, car il n'y avait aucun bâtiment sur l'île, et je me suis demandé qui aurait mis une porte sur une grotte. Et qui plus est, une porte aussi énorme. Néanmoins, je savais que c'était l'endroit que nous cherchions.

Nous sommes entrés, et avons découvert que cet endroit était un ancien temple. D'après les symboles qui décoraient les murs, il semblait s'agir d'un lieu où les vampires et les loups-garous se réunissaient. Ce qui semblait très étrange, puisque les vampires et les loups-garous étaient ennemis depuis tant de siècles auparavant. Ce temple était sûrement très ancien alors, datant d'avant la première guerre. Je me demandais quels secrets renfermait cet endroit.

Des chambres étaient taillées dans les rochers. Elles s'effritaient avec la poussière. Des torches étaient suspendues autour des murs. Ravynne et Leila s'occupaient de les allumer, nous fournissant un peu de lumière. Non pas que j'en avais besoin, mais c'était plus facile comme ça. Il n'y avait pas beaucoup de pièces. Nous avons su que nous étions au bon endroit lorsque nous sommes tombés sur cette grande pièce avec un autel au centre. Un grand trou au centre du toit permettait à la lumière de la lune d'entrer et de briller sur l'autel.
D'un côté, nous avons vu une épée flottant dans l'air.
J'ai demandé, « Tu crois que c'est l'épée sacrée ? »
Leila a hoché la tête, « sûrement ».

En se rapprochant, elle semblait encore plus puissante que de loin. La lame était incrustée de symboles que je n'avais jamais vus. On aurait dit qu'elle était faite d'un des métaux les plus fins. Elle semblait à la fois tranchante et solide. Le manche était en or, incrusté d'améthystes. Je me suis demandé comment elle arrivait à flotter dans

les airs. J'ai essayé de l'attraper, mais je n'arrivais
pas à l'approcher.
« Elle est protégée par un sort, » dit Ravynne.
Hmm… Je ne savais pas grand-chose sur les sorts.
J'ai demandé à Leila, « Tu penses que tu peux
l'enlever ? »
Elle a haussé les épaules, « Je pourrais essayer. »
Mais Ravynne a secoué la tête.
« Ce sort est puissant. Il ne peut pas être retiré par
n'importe qui. »

Eh bien, ce n'était pas bon. Si Leila et sa grand-
mère ne pouvaient pas lever le sort, je me
demandais comment nous allions réussir à
récupérer l'épée. Nous sommes tous restés là, à la
recherche d'une solution.
Damien a parlé, « tu te souviens de ce que Bianca
a dit ? »
Je l'ai regardé avec des yeux interrogateurs.
Bianca disait beaucoup de choses franchement.
J'aimais ma sœur, mais je ne pouvais pas me
souvenir de tout ce qu'elle disait.
Il a poursuivi : « Elle a dit que les vampires et les
loups-garous devaient s'unir pour briser la
malédiction. »
C'est vrai, elle a dit ça.
« Tu crois qu'on doit s'unir pour avoir l'épée ? »
Damien a répondu, « Eh bien, ça vaut le coup
d'essayer. »
Il s'est rapproché de l'épée et a crié : « Hé ! Je
connais ces symboles ! C'est un ancien langage
vampirique. »
Il a ensuite poursuivi, « il est dit qu'un loup
puissant doit entrer dans le cercle et la formule

doit être récitée par une créature de la nuit… Je
suppose que c'est moi. »
J'ai rigolé.
« C'est drôle que même vos ancêtres se décrivaient
comme des créatures de la nuit. »
Damien m'a donné un coup de poing sur l'épaule.
« Alors, ça veut dire que je dois me transformer en
loup ? »
Damien a haussé les épaules.
« Je suppose que tu devrais essayer. »

Je me suis mis dans un coin sombre de la pièce
pour enlever mes vêtements. Ça ne me dérangeait
pas d'être nu devant Leila. Mais je ne voulais pas
me mettre à poil devant tout le monde. Je me suis
rapidement laissé changer en ma forme de loup.
Mon loup était agité depuis que nous étions près
de cet endroit. C'était bon de le laisser libre.

J'étais étonné de voir à quel point cet endroit était
différent maintenant que j'étais sous ma forme de
loup. Des symboles semblaient être visibles
uniquement avec ma vision de loup et non avec
mes yeux d'humain.
« Tu devrais voir ça », j'ai poussé Leila à travers
son esprit.
Elle a gloussé, « viens ici mon grand méchant
loup, laisse-moi passer mes doigts dans ta douce
fourrure ».
Je pouvais sentir à quel point elle me désirait à
travers notre lien.
J'ai fait mon chemin jusqu'à eux. Leila s'est assise
et a commencé à caresser mon loup. C'était si bon
d'avoir ses doigts dans ma fourrure. J'ai fermé les
yeux et j'ai frotté mon museau contre elle. Je

pouvais sentir sa louve se languir de moi. J'avais hâte que tout cela soit terminé et de pouvoir passer du temps seul avec elle.

« Hé, les amoureux, on peut s'y mettre ? » demanda un Damien amusé.
Je lui ai adressé un sourire, ou du moins un sourire de loup.
L'épée semblait briller d'un étrange pouvoir. Je pouvais clairement voir où je devais l'attraper. Je suppose que c'était seulement visible pour les loups.
J'ai fait un signe de tête à Damien, et il a commencé à réciter les mots.
« *Puterile care protejează această sabie sacră, pleacă* ».

Je n'avais aucune idée de la signification de ces mots, mais je pouvais voir l'énergie protégeant l'épée vaciller. Elle vacillait juste assez pour que j'aie le temps de prendre l'épée dans ma bouche. L'épée était plus lourde que je ne le pensais, et la lame a fait un bruit sourd en touchant le sol.
« Fais attention, petit loup », Damien m'a fait un clin d'œil.
Il m'a pris l'épée. J'ai repris ma forme humaine et me suis habillé avant de les rejoindre.

Ils étudiaient tous l'épée quand je suis arrivé.
« Bon travail », dit Leila avec un sourire.
Tout le monde semblait être heureux, mais Ravynne avait toujours un regard inquiet sur son visage.
Blake a demandé : « Que devons-nous faire avec ça ? »

« Hmm… repensons à l'énigme », répondit Leila.
J'ai repensé à l'énigme.
« Pour défaire un péché, commis il y a des siècles.
Une île flottante, au milieu d'une tempête
orageuse. Une épée sacrée doit être trouvée », ai-je
récité.

« Eh bien, nous avons déjà fait tout cela, » a
joyeusement dit Blake.

Je lui ai fait un signe de tête, « Je suppose qu'il
reste la dernière partie. Un trésor bien-aimé devra
être sacrifié… »

Bien que je n'aie pas compris ce que cela
signifiait, j'avais le sentiment que c'était lié au
centre de la pièce.

« Je suppose que c'est lié à l'autel là-bas », je leur
ai pointé du doigt.

Ils ont hoché la tête avec enthousiasme.

J'ai remarqué que Ravynne était plus loin, avec
Damien. Elle n'avait pas l'air heureuse du tout, et
Damien lui parlait. Je voulais aller les voir, mais
nous avons commencé à entendre de forts coups
sur la porte en bois.

Les yeux de Leila se sont agrandis, « les orcs ! Ils
essaient d'entrer ! »

« Nous devons faire vite ! » répondit Blake.

Nous nous sommes précipités vers l'autel, l'étudiant. Les détonations ont commencé à être de plus en plus fortes, des miettes de pierres tombant du plafond sur le sol autour de nous. Mon cœur battait la chamade. J'essayais désespérément de trouver quoi faire, avant que les orcs ne parviennent à franchir la porte.

Leila a crié : « Je vois des symboles ! »

Je n'avais aucune idée de ce qu'elle voyait, je devinais seulement qu'elle pouvait les voir grâce à ses pouvoirs de sorcière.

Damien et Ravynne se sont rapprochés de l'autel avec nous alors que les bangs continuaient à résonner autour de nous.

Chapitre 17 (Leila)

Le sacrifice

Je me suis baissée pour étudier les symboles de plus près.

« Pour réparer l'injustice commise, celui qui est né sous une nuit bénie, chéri de tous, le joyau de tous, doit être sacrifié. Ce n'est que lorsque cela sera fait que le péché sera pardonné. »

Ces mots ont résonné en moi. D'une certaine manière, j'avais l'impression de les avoir déjà entendus. J'avais le sentiment au fond de moi que je pouvais résoudre la formule. Les mots ont continué à jouer dans ma tête.

Les rochers s'effondraient autour de nous, les orcs essayant de se frayer un chemin à l'intérieur. C'était notre chance de briser la malédiction et peut-être d'empêcher Eurynomos d'entrer dans ce

monde. Nous ne pouvions pas nous permettre de
ne pas réussir.

Je me suis levée.

« Qu'est-ce que ça dit ? » a demandé Will avec
impatience. Blake attendait aussi avec impatience.
Pourtant, ma grand-mère détournait le regard, et
Damien était avec elle.

C'est là que ça m'a frappé. Mon cœur s'est arrêté
en réalisant ce que cela signifiait. J'ai fait un pas
en arrière, ma bouche s'est ouverte. Je ne pouvais
pas le croire, mais je ne pouvais pas échapper à la
vérité. Les larmes ont commencé à rouler
silencieusement sur mes joues.

J'ai regardé ma grand-mère en murmurant : « Tu
savais. »

Elle s'est tournée vers moi, un air coupable sur le
visage, des larmes coulant sur ses joues. Elle n'a
rien dit, seulement hoché la tête.

« Quoi ? » demande Will, qui courait déjà vers
moi.

Mes mains tremblaient, alors que j'enlevais les
cheveux qui cachaient ma tache de naissance,
montrant mon cou à tout le monde.

« Un trésor bien-aimé doit être sacrifié », ai-je
murmuré.

La voix de ma grand-mère tremblait, « Je ne voulais pas que ce soit vrai. J'espérais qu'on découvre autre chose. »

Will a crié de toutes ses forces : « Non ! Ce n'est pas possible ! »

Damien a parlé doucement, « c'est ce que Bianca pensait… Leur meute est ancienne Will. Ils sont liés à la déesse, et au démon… Je suis désolé Will. »

Will a balancé son bras violemment dans l'air, « Il doit y avoir un autre moyen ! »

Je pouvais sentir le désespoir à travers notre lien. Je ne voulais pas mourir.

Ma grand-mère a parlé faiblement, « J'ai toujours su, avec sa tache de naissance en forme de diamant. Une personne était toujours née avec, une génération après l'autre… C'est pourquoi nous sommes devenus une meute de loups sauvages. » Sa voix s'est brisée vers la fin de sa phrase.

J'étais tellement choquée que je ne pouvais pas bouger. Will était désespéré de trouver un autre moyen.

« Alors, partons maintenant ! On va rester une meute sauvage ! » cria Will. « Tant que je suis avec toi, tout ira bien. »

Blake a répondu avec incrédulité, « Et ton ancienne meute ? Qu'en est-il de ta sœur Bianca ? »

Damien a ajouté : « Et le château, et ta sœur Kate, et notre bébé qui grandit en elle ? ».

Il y avait de la tristesse dans les yeux de Will. Je savais qu'il ne voulait pas faire ça.

J'ai demandé à Will doucement : « Devons-nous laisser un démon prendre le contrôle du monde ? »

Will a attrapé ma main tendrement et l'a serrée. Tout autour de nous, des pierres tombaient sur le sol.

« Je suis désolé Will, ça doit être fait », a crié Blake. Il a essayé de saisir l'épée sacrée, mais Will la lui a arrachée des mains.

« Ne t'avise pas de l'approcher », leur grogna-t-il. Son loup grognait violemment. Il a mis ses bras de chaque côté de moi, pour me protéger.

Comme je souhaitais que les choses soient différentes. Le temps pressait. Nous n'avions pas d'autre solution. Je n'arrivais pas à croire que le destin était si cruel.

J'entendais Damien parler à Will, « Je sais ce que ça fait, l'armée du démon est déjà en train d'attaquer le château… Il y a des rapports de l'armée du démon partout… Je suis tellement désolé Will ».

Je me suis approché de Will doucement. Il s'est retourné pour me faire face. J'ai entouré ses épaules de mes bras. Je savais ce qu'il fallait faire. Il n'était pas question de laisser le démon gagner. C'était le devoir des ancêtres de ma meute depuis des siècles ; c'était mon devoir. Mon destin était scellé depuis ma naissance, il était inutile d'essayer de le fuir. Je ne laisserais pas le monde s'écrouler sous la puissance d'un démon.

Des larmes coulaient sur les joues de Will. J'ai attrapé son visage avec mes mains, ramenant sa bouche vers la mienne. Nous nous sommes embrassés doucement, les larmes ayant un goût salé dans ma bouche. Je tremblais de tout mon corps. Devant moi, mon rêve d'une famille, d'un avenir, de tout ce que j'ai toujours voulu s'effondrait.

J'ai attrapé la main de Will qui tenait l'épée et j'ai amené la pointe sur ma poitrine. Will pleurait, secouant la tête.

« Leila… s'il te plaît, non », sa voix s'est étranglée, « nous pouvons trouver un autre moyen ».

« S'il te plaît Will, ça doit être fait. Au moins, que ce soit par toi… »

Je tenais fermement ma main sur la poignée de l'épée, par-dessus la sienne.

« Je veux que la dernière chose que je vois soit tes yeux. Sache que je serai toujours à toi. »

Il pleurait fort maintenant, secouant la tête en niant ce qui devait être fait.

Je l'ai embrassé une dernière fois. Pendant que nous nous embrassions, je me suis penchée vers lui, la lame perçant ma peau, envoyant une douleur aiguë dans tout mon corps. Je n'ai pas rompu le baiser, je voulais qu'il sache à quel point je l'aimais, même si la lame déchirait ma chair. Je pouvais sentir du sang chaud couler sur mes jambes. J'ai vite senti que je ne pouvais plus supporter mon propre poids, mais Will m'a attrapé dans ses bras. Il a continué à pousser sur l'épée contre sa volonté, en pleurant à gros sanglots.

Mon corps était froid, mais celui de Will me tenait chaud.

Ma tête était légère, et mes yeux ont commencé à se fermer, même si je ne voulais jamais cesser de regarder l'homme que j'aimais.

« Je t'aimerai toujours avec tout ce que je suis », ai-je chuchoté.

J'ai souri en me sentant partir à la dérive, sachant qu'il ressentait la même chose que moi.

Je n'arrivais pas à croire qu'elle ait pu sourire dans un moment pareil. Elle ne respirait plus. Je me suis accroché à la femme que j'aimais plus que tout au monde. Je ne voulais pas la lâcher. La douleur était si intense, jamais de ma vie je n'avais imaginé qu'il était possible de souffrir autant. De perdre quelqu'un d'aussi cher à mes yeux. Elle était mon tout. Mon loup avait mal, le lien d'âmes sœurs était rompu. J'ai crié de toutes mes forces, un hurlement de désespoir. Rien ne pouvait exprimer la douleur que je ressentais.
Je suis resté là, à regarder ses yeux fermés, sachant qu'ils ne s'ouvriraient plus jamais.
Je n'arrêtais pas de lui murmurer : « Je n'aimerai que toi. »
En espérant qu'avec une sorte de magie, elle pourrait encore m'entendre. Qui sait, peut-être qu'elle pourrait même se réveiller ? Peut-être que tout ça n'était qu'un cauchemar, et que je vais me réveiller ?

Cara a grogné de douleur, suivie par Ladon et les autres dragons. Je savais que tout le monde me regardait, mais je m'en fichais. Rien ne comptait. Tout ce qui comptait était Leila. Mon amour, mon tout. Sans elle, j'étais perdu. Je ne pouvais plus vivre.

Le son du bois qui se brise résonna dans la pièce.
Les orcs avaient finalement réussi à briser la porte.
Damien et Blake aidaient Ravynne à monter sur
son dragon.
« Will, viens, on doit y aller ! » Blake a crié.
Mais je m'en fichais, je ne voulais pas la quitter.
« Tu es la seule pour moi », lui ai-je chuchoté, en
serrant fort son corps qui commençait déjà à être
froid.

*********** PDV de Bianca ***********

J'étais assise au château avec Kate quand je l'ai
senti. C'était comme si quelque chose s'était brisé.
Tout à coup, j'ai découvert que je n'étais plus liée
à Eurynomos. J'ai aussi ressenti une montée de
puissance en moi, comme si quelque chose qui me
manquait était revenu après avoir été enlevé
pendant des années. Je ne m'étais jamais senti
aussi bien. Cela signifiait que Will et les autres
avaient réussi. J'étais si heureuse, c'était une
grande victoire pour nous ! Au moins, nous avions
maintenant une chance de nous battre contre le
démon.

La seule chose que j'ai vue avant que le lien avec
Eurynomos ne soit rompu, c'est une carte,
accrochée à un mur. Sur celle-ci, je pouvais voir
Montréal, et une grande croix dessus, m'indiquant
l'emplacement de l'unique entrée des Enfers. Il
semblait que le moyen d'accéder aux Enfers se

trouvait dans une station de métro du centre-ville
de Montréal.

Je me suis tourné vers Kate et lui ai dit
immédiatement, pour qu'elle puisse le dire à
Damien. Nous avions besoin qu'ils viennent au
château afin que nous puissions nous regrouper et
planifier nos prochains mouvements.

J'ai reçu un appel téléphonique presque
immédiatement de ma mère. Elle hurlait de joie.
Mon père s'était miraculeusement remis. Il s'était
réveillé, recommençait lentement à boire et à
manger. Avec un peu de chance, il serait sorti du
lit dans quelques jours. C'était une excellente
nouvelle ; tout commençait à s'améliorer à
nouveau.

Arius s'est précipité dans la salle du trône, suivi
par Elashor. Quelques guerriers étaient avec eux,
dont mon cher Steven.
« Vite ! Les ennemis affluent ! Nous ne pourrons
pas les retenir. »

*********** PDV d'Eurynomos ***********

*J'ai regardé Amaliel se lécher les doigts. Elle était
si gracieusement coquine. Jamais je n'aurais
espéré avoir un petit ange aussi délicieux. Elle
exécutait tout ce que je lui demandais avec une
telle grâce. Tout son corps était si pécheur, je ne
me lassais pas de la voir jouir. J'ai poussé en elle,*

encore et encore, comme si je ne voulais jamais m'arrêter. Je devenais accro à elle, mais je ne l'aurais jamais admis.

Les heures ont passé, et j'ai décidé de la laisser se reposer. Elle était belle, mon propre petit ange de la mort.
Soudain, j'ai senti que quelque chose n'allait pas. Je me suis levé de mon lit, laissant Amaliel, qui me suppliait déjà de revenir. J'avais des affaires plus urgentes à régler. Je suis allé voir la sphère magique qui flottait près du portail. Bien sûr, elle avait disparu. La garce avait réussi à se libérer. Mais ça n'avait pas d'importance. Mon invasion était en bonne voie. Le portail principal était presque entièrement ouvert. Ce n'était qu'une question de temps avant que je puisse entrer dans le monde des vivants et régner sur tout. Avec un ange à mes côtés, rien ne pourrait m'arrêter. J'ai ri en retournant vers mon petit ange pour lui faire plaisir. Je me délectais déjà dans l'anticipation.

************ PDV de Will ************

Les orcs se précipitaient, hurlant, comme les bêtes grotesques qu'ils étaient. Je ne pouvais pas m'en soucier moins. Je ne voulais pas laisser partir mon amour.
Damien m'a crié : « Viens, il faut qu'on y aille ! Vite ! Nous devons nous regrouper avec Bianca pour nos prochaines étapes. »

Avaient-ils déjà oublié le sacrifice qu'elle avait
fait pour eux ? Devais-je la laisser ici, sans
sépulture ? Que feraient ces orcs de son corps ? La
rage grandissait dans mon cœur. Ils n'en valaient
pas la peine ! Personne n'en valait la peine ! Elle
n'aurait pas dû le faire. Pourquoi l'a-t-elle fait ?
« Pourquoi ? » J'ai crié du fond de mon âme. Je
n'aurais jamais de réponse. Tout ce qui restait était
la douleur, la tristesse et la colère.
Damien a appelé, « on sait que l'entrée des Enfers
est à Montréal. Dans une station de métro.
Viens ! »

De plus gros rochers ont commencé à tomber du
toit. Les Dragons ont utilisé leurs corps pour
essayer de me protéger de l'écrasement. Mais
même la douleur d'être écrasé par un rocher ne
serait pas aussi forte que la douleur de perdre ma
compagne. Je n'avais jamais ressenti un tel
désespoir. Tous les sons autour de moi étaient
coupés, comme si j'étais sous l'eau.
Les orcs ont fait irruption dans la pièce et ont
commencé à attaquer les dragons. Damien était sur
son dragon et me criait après. Je pouvais voir sa
bouche ouverte, me parlant, mais je ne pouvais pas
entendre ce qu'il disait.

Ladon me regardait, me suppliant de venir. J'ai
embrassé la joue froide de Leila une dernière fois.
Je te le jure, Leila. Je te vengerai. Je ne laisserai
pas ta mort être vaine. Eurynomos paiera pour ta
mort.

Un mot de l'auteure

Merci d'avoir lu !

J'espère vraiment que vous avez apprécié mon livre. Merci de prendre quelques minutes pour laisser un avis. Vous pouvez également laisser un avis sur Amazon ou sur Goodreads.com.

Les critiques aident beaucoup les auteurs. Je vous serais très reconnaissante de laisser un avis positif si vous avez aimé le livre. Merci beaucoup !

Le prochain livre de la série, Déchu, est déjà disponible!

https://www.amazon.fr/dp/B0BQZFW7JT

Vous voulez en savoir plus sur les origines de la meute de Leila ? Plongez dans un monde ancien plein d'amour, de désir, de tromperie et de mort. Découvrez la vérité sur ceux que l'on appelait les gardiens de la déesse. – Finaliste pour meilleur livre de fantaisie 2023 dans le Page-Turners awards.

https://www.amazon.fr/dp/B0C54BJVFS

Suivez-moi sur Instagram : @daniellephauthor

Mon compte est principalement en anglais, mais n'hésitez pas à m'écrire en français, c'est ma langue maternelle !

Vous pouvez aussi vous inscrire à ma mailing liste sur mon site daniellephauthor.com

Laissez une critique sur amazon et goodreads !

Merci pour votre soutien

Danielle Paquette-Harvey

Remerciements

Je voulais prendre le temps de remercier tous ceux qui m'ont aidé et soutenu. Je sais que je vais oublier certaines personnes et que je m'en veux. Évidemment, je ne peux pas nommer tout le monde, car cela prendrait plusieurs pages.

Tout d'abord, je dois remercier mon mari Martin, et mes enfants, Catherine et William, pour leur patience et leur soutien dans cette grande aventure. Ils ont été patients avec moi, alors que je passais mes soirées et mes week-ends à écrire. Ils m'ont toujours encouragée, essayant de m'aider de toutes les manières possibles. Je vous aime très fort, de tout mon cœur, et je vous aimerai toujours.

Je dois également remercier certains de mes amis les plus proches, Julie, Georgie et Stéphane. Je vous connais depuis des années. Je sais que vous êtes parmi mes plus grands fans. Je vous apprécie toujours et même si nous ne nous voyons pas aussi souvent que nous le voudrions, vous êtes toujours dans mon cœur.

Je veux aussi remercier tous les autres membres de ma famille, beaucoup de mes amis et collègues de travail, et aussi mes voisins, qui me lisent et me soutiennent. Je vous aime !

Maintenant, au fil des mois, je suis devenue une auteure et j'ai rencontré des tas de gens formidables du monde entier. Je peux vraiment dire que l'amitié ne connaît pas de frontières. J'ai la chance de pouvoir parler quotidiennement avec des personnes en Australie, en Malaisie, au Royaume-Uni, aux États-Unis et en Inde, et j'ai des amis dans le monde entier.

Je dois vraiment remercier Chelsea. C'est ma sœur jumelle qui vient d'un autre pays. Sincèrement, depuis le peu de temps que je te connais, tu es devenue l'une de mes amies les plus proches. Je suis si reconnaissante de t'avoir rencontrée. Merci pour tout ton amour et ton soutien.

Je veux vraiment remercier mon ami Charles aussi. Tu es un ami extraordinaire. J'apprécie vraiment nos conversations, ton soutien et ton amitié. Même avec la différence de fuseaux horaires, tu es aussi devenu l'un de mes amis les plus proches. Un jour, je traverserai l'océan pour te rendre visite. Ciao la banane table !

Je tiens à vous remercier tous, tous mes amis du monde entier. J'aimerais vous citer tous, mais ce serait bien trop long de nommer tout le monde. J'espère que vous savez tous à quel point je vous apprécie. Même si vous êtes si loin que lorsque c'est dimanche pour moi, c'est déjà lundi matin pour vous. Même si la covid fait qu'il n'y a pas de service postal de mon pays au vôtre. Même si vous vivez sur une petite île où il pleut toujours. Vous êtes incroyables, et je ne serais pas là si ce n'était pas pour chacun d'entre vous.

Merci du fond du cœur !

À de nombreuses autres années ensemble !

Danielle